CLANDESTINO

JAMES QUINN

Traducido por
ELIZABETH GARAY

Este libro está dedicado a los hombres y mujeres del Servicio Secreto de Inteligencia (SIS, por sus siglas en inglés), el Servicio de Seguridad (MI5) y el Cuartel General de Comunicaciones del Gobierno (GCHQ, por sus siglas en inglés).

Para mamá, con todo mi amor

INTRODUCCIÓN

Te contaré un pequeño secreto...

El espionaje es el arte de *robar* secretos. Es tan simple como eso. ¡Es impactante, lo sé!

Es un oficio tan antiguo como el tiempo, pero para poder seguir haciéndolo de manera efectiva, los espías deben operar de manera clandestina. Entonces, para todos los oficiales de inteligencia y agentes secretos en ciernes, recuerden que, fundamentalmente, estamos recopilando información, pero lo hacemos de tal manera que nadie sabe que lo estamos haciendo.

Y a pesar de toda la tecnología y el avance en el equipo, diría que los mismos elementos básicos de hace cientos de años han cambiado poco y siguen siendo igual de efectivos. Es el arte de observar, escuchar y hablar. Se trata de esa comprensión humana de la fuente de la que está tratando de obtener información, tener esa comprensión de la fragilidad personal y la mejor manera de motivar a su agente. Presionar, coaccionar, pero en última instancia tener empatía con su espía, porque solo entonces, si puede entenderlo y comprender lo que lo motiva, puede realmente obtener lo mejor de él.

Y así, eso es el espionaje en pocas palabras, el robo de secretos y es el comercio clandestino lo que nos permite hacer eso. Dos lados de la misma moneda.

Te contaré otro pequeño secreto...

Me encanta esa forma de arte (y sí, es una forma de arte) del cuento. Mi placer culpable es un vuelo de ocho horas a algún lugar y una colección de cuentos para profundizar; Stephen King, si lo tiene, muchas gracias... pero igualmente un compendio de escritores de suspenso, como Lee Child, servirá igual. Cualquier cosa más pesada que eso en un avión y pierdo interés.

El cuento es la forma de arte de obtener una información concisa en un número específico de páginas y aún así plasmar una imagen vívida de los personajes y los detalles. No todo el mundo lo hace bien (¡también puede encontrarlo en estas páginas!), pero creo que es algo que todo escritor debería practicar de vez en cuando. Lectores y escritores, por igual, suelen pasar por alto el cuento muy subestimado en lugar de la novela de gran éxito de taquilla de setecientas páginas.

Pero creo que eso es un perjuicio para algo que tiene el potencial de ser tan divertido para el lector. Si piensas en la novela como un banquete de cinco platos y la colección de cuentos como un almuerzo buffet, entonces eso te da una idea de la diversión que se puede tener. Los banquetes están muy bien, pero a veces solo quieres poder elegir los platos que se ofrecen sin compromiso de comerlos en cualquier orden.

Así que, para mí, el cuento está aquí para quedarse y continuar por mucho tiempo.

Y, sin embargo, dentro del 'género de espías', el cuento es una especie de rareza. Hay excepciones, por supuesto; Graham Greene sin duda en sus diversas colecciones de cuentos; John LeCarré con su excelente *El peregrino secreto* (es verdad que es una novela, pero en realidad es una colección de cuentos conectados por la narración de un personaje principal); Frederick Forsyth por *No Comebacks* y *The Veteran*; incluso Ian Fleming con su compendio de historias de Bond en *For Your Eyes Only*.

Pero en general, el libro de cuentos de espionaje se ha dejado marchitar. Lo que me intrigó y despertó mi interés...

Era 2020 (sí, todos recordamos ESE año) y acababa de terminar la novela final de la serie de libros *Gorilla Grant* y quería limpiar mi paladar antes de comenzar mi próxima serie de grandes proyectos. Así que cuando tuve la oportunidad de combinar las dos cosas que más me interesan, inmediatamente decidí tomarlo como un proyecto. ¡Y déjame decirte que me divertí mucho escribiendo esta colección de cuentos y espero que tú te diviertas tanto al leerla!

En estas páginas encontrarás todo tipo de espías, agentes secretos, mensajeros, asesinos, guardaespaldas, traficantes de información, estafadores y embaucadores de todas las formas y tamaños. Es posible que reconozca algunos rostros familiares, pero también conocerá algunos futuros.

Para los lectores, es una oportunidad de mirar detrás de la cortina encubierta y, durante unas pocas horas, sumergirse en el mundo clandestino que existe en nuestra imaginación.

Espero que disfruten el viaje.

James Quinn
Londres, RU
Agosto de 2021

CHIS

D<small>ICEN QUE CUANDO CUENTAS UNA HISTORIA, CUALQUIER</small> historia, no debes empezar con cómo estaba el clima. Estoy completamente de acuerdo, y en otras circunstancias no comenzaría una historia así.

Pero si soy honesto conmigo mismo, el clima de esa noche fue lo que sigo recordando, lo que más recuerdo. Era esa lluvia implacable; pesada y del tipo que te satura por completo. Que se filtra en tus huesos como la culpa.

Un sábado, estaba en Liverpool esa noche húmeda, fría y lluviosa, esperando en Central Station, una de las principales estaciones de tren en el centro de la ciudad. Los restos flotantes y los desechos me pasaban; estaba oscuro y los compradores del sábado estaban de camino a casa, mientras que los madrugadores y bebedores aún no habían descendido. Una hora más o así y el lugar estaría lleno de estudiantes, trabajadores, fiesteros, todos buscando pasar un buen rato y beber alcohol barato, pero por ahora estaba relativamente tranquilo; una especie de tierra social de nadie.

Estuve parado en el lugar durante casi media hora,

fingiendo revisar mi teléfono y mi reloj para mantener mi disfraz en su lugar. Me parecía a cualquier otra persona en la vecindad; vaqueros, botas pesadas y un anorak con capucha que me sujetaba el pelo largo y grasiento. Bienvenidos al glamour del operativo encubierto, damas y caballeros. No había un Vodka Martini a la vista.

Como controlador de fuentes para el Servicio de Seguridad Británico, en su mayoría mal conocido como MI5 en estos días por la prensa y los escritores de suspenso mal informados, estaba haciendo lo que me pagaban y en lo que era bueno. Estaba aquí para encontrarme, de forma encubierta, con uno de mis estacionarios de CHIS.

¿Y qué es un CHIS, te escucho preguntar?

Bueno, CHIS es un acrónimo de Covert Human Intelligence Source (Fuente de Inteligencia Humana Encubierta); que se traduce como espía, soplón, delator. Yo soy el manejador, el CHIS es el espía. Me pasa información, le pago en efectivo o, como suele ser el caso, los mantengo fuera de prisión.

La fuente OSMAN era Seamus McKiver, un camionero de Belfast que había sido atrapado hace dieciocho meses contrabandeando hierba. Un viaje rápido a la celda de la prisión lo había dejado listo para ser reclutado por un oficial de inteligencia sin escrúpulos, a saber, yo. Todo lo que tenía que hacer era congraciarse con algunas de las personas con las que había crecido en la finca de Shankhill. A pesar del proceso de paz, los extremistas aún no habían desaparecido por completo incluso todos estos años después y todavía había un séquito de asesinos leales, al igual que todavía había un séquito de asesinos de Provo, que estaban felices de tomar las armas y mantener el conflicto encendido.

Era mi trabajo como parte del Servicio de Seguridad echar un vistazo dentro de su campamento y averiguar qué estaban haciendo. Seamus era un agente perfecto para esto. Se había criado en la finca con la mayoría de los hombres importantes y se estaba acomodando, bajo mi dirección, a un poco de contrabando de armas, dinero y personas para los leales; excepto que él también me estaba pasando toda la información. Hasta ahora, en su carrera de un año como espía, había ayudado a evitar más de media docena de posibles ataques terroristas.

El vestíbulo de la estación de tren era anodino hasta el punto de ser imperceptible; reparadora de zapatos, pastelería, tienda de joyería barata, tienda de ropa de chaquetas de cuero y un quiosco. Y más allá de las barreras y del pequeño recolector de boletos estaban las escaleras mecánicas que llevaban hasta la estación de tren subterráneo.

Miré mi reloj. Seamus llegaba tarde, lo cual, para ser justos, no era propio de él en absoluto. Comparado con algunos de mis informantes, Seamus era un verdadero reloj suizo; siempre a tiempo y nunca corriendo lento. Así que esto era... extraño. Decidí deambular lento y había completado un recorrido más por la explanada cuando lo vi sentado en una mesa fuera de un café. Excepto que algo no estaba del todo... bien.

Era como *no* ver venir un auto hacia ti hasta el último momento. En teoría, sabes que podría estar allí, pero tu mente te dice que no... hasta que choca contra tu parachoques delantero. Lo mismo sucedió con el café. ¿Cómo no pude haber notado el café? Pero estaba seguro de que no lo había visto antes. El lugar parecía oscuro, en contraste con la explanada de trenes brillantemente iluminada. Las ventanas tenían esos pequeños cristales que no dejaban entrar mucha luz incluso en los días más brillantes; se veía en un tono Dickensiano.

Una mesera, probablemente de no más de veinte años, que vestía un vestido largo y negro hecho de tela pesada, salió con una bandeja con una taza de algo caliente. Su cara era escuálida y pálida, su cabello oscuro estaba recogido hacia atrás de manera rígida. Tanto ella como el café parecían fuera de lugar.

Un café temático, supuse. Para dar un poco del encanto del *viejo mundo* a una estación de tren antiséptica.

Seamus estaba sentado solo, afuera en una mesa luciendo completamente miserable y abatido; la capucha de su chaqueta estaba sobre su cabeza y los pliegues estaban envueltos alrededor de su cuerpo. Incluso desde aquí pude ver que estaba temblando. La mesera puso la taza caliente frente a él y comenzó a irse para regresar a la inquietante oscuridad del café. Pero cuando comencé a caminar hacia donde estaba sentado, Seamus se percató de mí, como si mirara a través de la niebla... distante, su labio se curvó en una mueca y sus ojos me miraron con hostilidad. Me detuve en seco.

«¿Cuál es tu maldito problema, amor?», pensé. Me mantuvo en el lugar durante unos segundos más y luego se dio la vuelta y desapareció en el interior. Perra idiota.

Me acerqué a él y me paré a su lado, pero él siguió mirando fijamente la mesa frente a él. Oh genial, pensé. Ha estado tomando cerveza y ahora está enojado.

—Seamus —dije, atrayendo su atención. Levantó lentamente la vista, vagamente consciente de mí.

—Oh, hola, señor Crowe. Ha pasado mucho tiempo —dijo Seamus, sus palabras salían lentas como la melaza.

—«Crowe» era mi nombre de tapadera cuando conocí a esta fuente en particular. No es mi nombre real, por supuesto. El procedimiento operativo estándar para los agentes de reuniones es tener un nombre encubierto; después de todo, nadie quiere que los terroristas busquen en el registro electoral su verdadero nombre.

—Mucho... mucho... mucho tiempo —murmuró Seamus.

Sí, pensé, definitivamente enojado.

Pero no estaba enojado. Era como si estuviera exhausto o tuviera un ataque de gripe. Independientemente de lo que fuera, no tenía tiempo para eso ahora. Yo era el controlador de fuentes y se esperaba que dominara y controlara la reunión. Así que repasé el oficio habitual de las reuniones encubiertas. ¿Te siguieron? ¿Notaste señales de que alguien te seguía? Si se nos acercan personas que conoces, soy Robert, Bob, un viejo amigo camionero de hace años, ¿entiendes? Si la policía local se nos acerca, déjamelo a mí y yo me encargo. ¿Entendido?

Pero en lugar del acento irlandés inteligente y enérgico, todo lo que recibí de mi agente fueron vagos asentimientos y gruñidos apenas audibles.

—Me siento tan, tan cansado, como si hubiera estado en el Jameson, pero juro que no he tocado ni una gota —murmuró.

Parecía la muerte calentada.

—¿Has ido a ver a tu hermana? —pregunté.

Seamus tenía una hermana que vivía en Childwall y estaba casada con un constructor. Seamus a menudo conducía y se quedaba con ellos cada dos meses. También era una tapadera perfecta para tener una reunión de contacto conmigo para pasar cualquier información de inteligencia que hubiera encontrado. Era menos arriesgado que operar los dos en las calles de Belfast.

—No, no... no lo he hecho. No todavía. Quiero... creo... que la próxima vez la visitaré —dijo.

Asentí en silencio.

—De acuerdo. Creo que es una buena opción. ¿Cómo va el trabajo?

Él medio sonrió.

—Me encanta mi camión. Pasé muchos momentos felices conduciendo ese tráiler.

Lo cual era una cosa extraña de decir, pero lo dejé pasar.

—¿Alguna noticia sobre los chicos? —pregunté, tratando de mantener las cosas en orden.

—Recuerdo haber escuchado, justo antes de que... justo antes... —Él frunció el ceño.

—¿Sí?

Luego pareció hacer un reinicio, como si su memoria hubiera regresado.

—Escuché sobre un alijo de pistolas y municiones. En Portadown, sí, eso lo recuerdo. Busque la carnicería en la calle principal, él es el tipo que los está almacenando —dijo con orgullo.

Miré hacia abajo y vi que, a pesar de que su ropa estaba relativamente seca, se estaba formando un charco de agua debajo de su silla. ¡Debía haber estado saturado! Traté de ignorarlo, traté de concentrarme de nuevo en la información que tenía.

—¿Cómo sabemos sobre esto, Seamus?

Pensó por un momento y luego se animó.

—Los hermanos Donnelly, fui a la escuela con ellos... *yachh... yachhhh.*

Su ataque de tos me sacudió. Lo último que quería era que vomitara por todos lados, pero no, esto era otra cosa. Seamus no estaba nada bien.

—*Yachhh...* me mostraron... me mostraron las armas... él estaba presumiendo, así que estaba... tratando de actuar como un gran hombre... *yacchh...* dijo que había tomado un envío de los chicos... quería saber si yo quería... *yachh* ... ganar algunas libras pasándolas de contrabando al Reino Unido... *yachhhh...* para vendérselas a las bandas de narcotraficantes... *yacchhh.*

Asentí de nuevo.

—Está bien, Seamus, ese es un buen trabajo. Buena información. Me aseguraré de que obtengas un poco más en tu pago del próximo mes.

Pero Seamus parecía no haberlo oído, estaba demasiado ocupado limpiándose la mucosidad de la nariz. Parecía desanimado, como si apenas pudiera mantenerse despierto. Decidí acortar la reunión, razonando que, si no llegaba a su cama pronto y con algunas cápsulas para la gripe dentro de él, sería un hombre muerto caminando.

Miré mi reloj y noté que había pasado casi una hora, lo que me desconcertó, ya que parecía que solo habíamos estado hablando durante no más de quince minutos.

—Salgamos de aquí. Mira, caminaré parte del camino contigo —dije.

Se enderezó, como si estuviera hipnotizado y salimos del café en Central Station y subimos por la rampa que nos llevó a Bold Street; una vía peatonal que era una mezcla de tiendas, bares y restaurantes. La calle estaba relativamente desierta, quizás debido a la lluvia incesante, y la oscuridad le daba al lugar un ambiente desolado y aislado.

—¿Dónde te estás quedando? —pregunté.

—No lo sé —dijo—. Encontraré algún lugar... tal vez duerma en mi cabina. Me encanta mi tráiler.

Había poca gente en la calle esa noche lluviosa, pero los que estaban, eran personas grises, vestidas de oscuro; sombreros, abrigos, vestidos largos, cosas que mi abuelo habría usado cuando era más joven. Caminaban lentamente, casi como si la humedad y el frío no les molestaran. Era una apariencia extraña para la gente en una ciudad moderna; especialmente en un sábado por la noche en el lugar de los clubes.

Lo ignoré y puse mi mano en el brazo de Seamus para guiarlo hacia el pavimento mientras subíamos por la pendiente de Bold Street. Cristo, su ropa estaba fría y húmeda hasta los huesos de nuevo. Su cuerpo se sentía como hielo y chapoteaba cuando caminaba.

Unos pasos más y Seamus se detuvo.

—Puede dejarme aquí, señor Crowe. No quiero que continúe... estaré bien de aquí en adelante.

—¿Estás seguro? —pregunté—. No me importa llevarte a un lugar seguro y seco; ¿un hotel cercano, tal vez?

Sacudió la cabeza.

—No, gracias, ha sido grandioso... simplemente grandioso... solo...

—Está bien, Seamus. Solo ve con calma. Estaré en contacto —dije, aún más preocupado por él ahora.

Comenzó a tambalearse calle arriba, el amarillo de las farolas le daba un brillo surrealista. Solo recorrió unos pocos metros cuando se detuvo y giró. Estaba llorando.

—No lo culpo, señor Crowe. No lo culpo por nada... esto no fue su culpa... me volví loco... así de simple... estoy tan, tan cansado... buenas noches, Sr. Crowe.

Y eso fue todo; se tambaleó de nuevo, dejándome con una sensación enfermiza en la boca del estómago. Me aparté de la figura tambaleante y comencé a caminar de regreso por Bold Street. Cuando llegué al final, junto a la estación de tren, di una vuelta rápida y miré hacia atrás.

Pero se había ido, desaparecido en la lluvia y la niebla de la noche.

Hice una larga ruta de detección anti-vigilancia durante otros treinta minutos, deambulando por el centro de la ciudad, evitando borrachos y gente mendigando. Finalmente, hice un recorrido por el vestíbulo de la Estación Central, solo para volver sobre mis pasos por última vez. Estaba ocupado, la gente salía de los trenes y entraba en los bares alrededor del barrio estudiantil.

Pero en cuanto al café, ya no estaba; la unidad estaba cerrada y las persianas enrollables estaban bajadas. Aunque, para ser sincero, no recordaba que tuviera persianas enrollables. Volví a salir a la calle y llamé a un taxi negro para que me llevara de regreso a mi hotel en las afueras del centro de la ciudad en Edge Lane.

Apenas había regresado a mi hotel económico cuando sonó mi teléfono móvil. Era mi teléfono operativo, por lo que, si alguien me llamaba por aquí, definitivamente estaba relacionado con el trabajo. Revisé el identificador de llamadas y vi que era la OIN/OES; la Oficina de Irlanda del Norte/Oficial de enlace de servicio.

—¿Sí? —respondí.

—Malcolm, ¿puedes hablar? —Reconocí la voz; un viejo amigo y compañero de trabajo de Irlanda del Norte.

—Claro, Tony. ¿Qué pasa? Estaba a punto de terminar la noche —dije, tratando de quitarme el abrigo al mismo tiempo.

—Bueno, no te pongas el pijama todavía, acaba de estallar una tormenta de mierda.

—Está bien, continúa... golpéame con eso. —Suspiré.

Hubo una pausa, como si estuviera leyendo algunas notas antes para entregar el mensaje.

—De acuerdo. Lamento tener que decirte esto, amigo, pero será mejor que tomes el próximo avión de regreso a Belfast.

—¿Qué? ¿Por qué? Acabo de aterrizar aquí en Liverpool; Iba a tomar el tren a Londres mañana para visitar la oficina central —dije. Mi voz emitió un tono de incredulidad e irritación.

—Como dije, es un desastre de mierda, tu fuente...

—¿Cuál?

—OSMAN.

—¿OSMAN? ¿Qué hay de él?

Otra pausa antes de que Tony diera el golpe de gracia.

—Ha sido encontrado. Un trabajo de cabeza. El primer puerto de escala fuiste tú como su manejador.

No tuvo que explicar qué significaba 'trabajo de cabeza'.

Cualquiera que hubiera trabajado en Irlanda del Norte durante los disturbios, y especialmente alguien que hubiera operado agentes encubiertos, sabía exactamente a qué se refería. Básicamente, el informante es atrapado, torturado y luego se le dice que se arrodille. Se coloca una pistola en la parte posterior del cráneo y luego se aprieta el gatillo. Es una ejecución para espías, traidores y personas que han desagradado a los grandes del grupo terrorista.

—E...eso es imposible —tartamudeé.

—Acabo de ser confirmado, Malcolm. Es real. Identificación positiva y huellas dactilares. La División Especial lo revisó a través de su base de datos y obtuvo un resultado —dijo Tony.

¡Mierda! ¡Nunca había perdido una fuente, nunca! Mi mente estaba pensando si había habido una fuga en la cadena de mando... si alguien lo había visto reuniéndose conmigo en la estación de tren... ¿había un escuadrón de asesinos leales operando aquí en Liverpool en este momento? ¿O era solo el hecho de que Seamus se había descuidado con su seguridad operativa y los había llevado a él, a nosotros, sin darse cuenta?

Pero todas estas eran preguntas para otro momento. Ahora, tenía que apagar el fuego potencial que podría causar su asesinato con el Servicio de Seguridad.

—De acuerdo. Dame el nombre del Detective de la Sección Especial de la Policía de Merseyside a cargo e iré allí ahora mismo.

—¿Policía de Merseyside? ¿Para qué? —dijo Tony. Parecía confundido acerca de a dónde iba con esto.

—Para obtener las circunstancias de la brecha de seguridad, por supuesto —tartamudeé.

Estaba a punto de recitar que acababa de reunirme con OSMAN hacía no más de una hora, pero algo hizo que me callara; un sexto sentido. Y entonces supe lo que había estado tratando de suprimir sobre la reunión con mi agente... la sensación extraña sobre el lugar... la mesera desconcertante... la apariencia física de Seamus... el constante charco de agua que se formaba a su alrededor... la inquietud de Bold Street cuando se alejó en la distancia. Escuché un ruido extraño en mi garganta y mi cabeza daba vueltas, tratando de racionalizar lo extraño.

—Él no está en Liverpool —dijo el OES—. Ha sido encontrado muerto en una zanja en Derry. Muerto a tiros. ¡La policía dice que llevaba muerto más de doce horas!

Cuando una fuente muere en el campo, el procedimiento operativo estándar es que el controlador de la fuente sea retirado de la escena de operaciones en caso de que se haya visto comprometido.

Ese fue ciertamente el caso para mí. Me sacaron de la Unidad de Manejo de Fuentes y me cambiaron para ser el segundo hombre en uno de los equipos de vigilancia con sede en el Reino Unido. Eso estuvo bien para mí; administrar una fuente puede ser una ocupación solitaria y, en verdad, sentí que necesitaba estar rodeado de gente nuevamente después de lo que sucedió en Liverpool.

Ya casi nunca pienso en Seamus, ni siquiera puedo recordar su aspecto. Pero lo que puedo recordar de esa noche fue la lluvia... siempre la lluvia.

CHIS

«Era esa lluvia implacable; pesada y del tipo que te satura por completo. Se cuela en tus huesos como la culpa».

L'ARENA

Casa de Seguridad de la DGSE, Córcega

El hombre que se hacía llamar simplemente Sr. Yuri era pequeño y con aspecto de niño. Su herencia tártara era evidente en su rostro eslavo y su edad estaba más al final del reloj que al principio. Probablemente, el nombre Yuri ni siquiera era su verdadero nombre. A lo largo de su vida, había reunido muchos nombres de diversas partes del mundo; Anton, Karla, Pytor... los nombres no eran más que una herramienta de su oficio.

Se sentó, manso y humilde, casi penitente, pasándose de vez en cuando una mano por su cuero cabelludo calvo, alisando los mechones deshilachados de pelo blanco para parecer arreglado. Su ropa era barata y holgada; vestía un traje negro sombrío que le daba el aspecto de un cura indigente y llevaba consigo una pequeña pelota de goma negra, que apretaba constantemente. Era a la vez relajante y desconcertante cómo su pequeño puño lo comprimía persistentemente.

—Mi médico en Francia me dice que la pelota de goma, la

llama pelota antiestrés, me ayudará. Que ayudará con mi ansiedad y por lo tanto ayudará a bajar mi presión arterial. Teme que mi corazón sea la muerte para mí, en lugar de mis viejos camaradas —dijo burlonamente.

Ella sabía lo que él quería decir. Desde su deserción hace casi un año, ha habido múltiples atentados contra su vida por parte del régimen ruso; un envenenamiento, un coche bomba, incluso un intento de accidente aéreo. Todos, afortunadamente, habían fallado. Parecía que los asesinos rusos de estos días ya no eran lo que solían ser.

—Mi bienvenida en Rusia había terminado con el falleci-miento del Nuevo Zar. Sabía demasiados secretos y a la gente nueva en el Kremlin no le gustaba la idea de tener un... ¿cuál era la palabra?... un comodín por ahí. No les gustan los cabos sueltos. Entonces, deserté antes de que tuvieran la oportunidad de asesinarme. —Se rió entre dientes.

Estaban en una casa de seguridad de la DGSE, servicio de inteligencia francés, en la isla de Córcega. La villa privada estaba en la región costera de Ajaccio y había sido alquilada por el oficial de inteligencia francés que manejaba al Sr. Yuri para esta entrevista con la CIA. Una vez que terminara, el Sr. Yuri y sus encargados de la DGSE volarían de regreso a Francia conti-nental, a la pequeña ciudad donde su desertor había sido reasentado. La villa era simplemente un lugar desechable.

La sala de entrevistas estaba en el salón principal de la villa. Las persianas estaban cerradas y un equipo de seguridad de la DGSE montaba guardia en la puerta y patrullaba el recinto. El Sr. Yuri observó cómo la joven oficial de la CIA se disponía a conectar el equipo de audio y video digital en preparación para su entrevista con él. Sacó alambres, cables y adaptadores de enchufe de su estuche y un bloc de notas y un bolígrafo estaban sobre la mesa frente a ambos. Un cómodo sofá para él y una lujosa silla de oficina con respaldo alto para ella; la mesa era tierra de nadie.

Eleanor Keeley era parte de la sección de Contrainteligencia de la CIA que se ocupaba de las operaciones soviéticas; captura de espías, reproducciones, desinformación y algunas otras cosas que estaban por encima de ser Ultra Secreto. Después de meses de disputas entre la CIA y la DGSE, la unidad de contrainteligencia estadounidense obtuvo acceso al desertor. El Servicio Francés había insistido que, solo por tiempo limitado, habría una sesión para obtener lo que necesitara para sus registros y luego eso sería todo.

Una sesión es todo lo que se necesita, fue la respuesta del jefe de CI de la CIA, un cazador de espías empedernido llamado Jenkins.

Fue Eleanor quien había presionado para la asignación, para ser quien lo entrevistara. De hecho, prácticamente le había retorcido el brazo a Jenkins por la espalda para darle su autorización. Tenía poco más de treinta años, era pequeña de estatura, con cabello corto, oscuro y rizado que enmarcaba un rostro bonito, un legado del linaje español de su familia, y que estaba parcialmente oculto detrás de un par de severos anteojos negros. Hoy, vestía su tradicional traje pantalón gris con una camisa blanca y zapatos cómodos, lo que le daba el aspecto de una profesional de los negocios. Sin anillo de bodas, sin relicario con una foto de sus hijos en él. Ella no era ese tipo de chica.

Instaló la grabadora de video digital en el trípode, lista para comenzar a trabajar y se reclinó. Estaba aquí para realizar un interrogatorio sencillo para ver si se podía aprender algo del creador de la operación rusa que había puesto a su país, casi, de rodillas. Eleanor apuntó el micrófono direccional adjunto de la cámara a su cabeza, hizo una verificación rápida más de que la lente estaba enfocada y que la cara del pequeño ruso estaba en cuadro completo y luego presionó GRABAR en la cámara.

—Esta es la oficial de la CIA Eleanor Keeley. El sujeto es el señor Yuri Poplov —dijo ella con claridad y confianza. Esto fue seguido por la recitación de la fecha y la hora del registro. Ella era toda negocios ahora, su mente enfocada; hubo una mirada final a su bloc de notas, un garabato rápido con el lápiz y luego se fue.

»Entonces, por favor, señor Yuri, dígame cómo llegó a involucrarse en la operación que estoy investigando. Proyecto Veneno Oscuro, *Temnyy Yadd*, espero haberlo pronunciado correctamente —dijo ella amablemente.

El Sr. Yuri asintió, luego, como un sacerdote al que imitaba, cruzó las manos frente a él y comenzó a hablar. Su voz era baja y humilde:

—Fui un guerrero de la Guerra Fría; aprendí mi oficio en los lugares más fríos de la Guerra Fría. Yo era un espía, pero Rusia es una amante voluble y muy a menudo puede escupirte cuando tu apariencia se desvanece. Ese fue mi caso. Los líderes van y vienen y a veces estás exiliado. Durante muchos años fui abandonado, abandonado para que me pudriera; una reliquia del pasado. Pero entonces el Nuevo Zar me desenterró de las ruinas de mi propio pasado. Su gente me dijo que podría volver a ser útil... Podría ayudar a servir a la Madre Patria... la nueva Rusia... destruir a nuestros enemigos y enriquecer a nuestros líderes.

»Durante casi una década viví la vida de los pobres. Mi hogar, tal como era, era un apartamento en el sexto piso con calefacción y electricidad intermitentes. Pero después de pasar mi tiempo en el Gulag, era un paraíso. En los Gulags, había aprendido quiénes eran los enemigos de nuestro gran líder. Me había muerto de hambre allí, había matado allí y había sobrevivido allí. Así que mi pequeño apartamento, libre de muerte, enfermedad y sodomía, fue mi refugio seguro.

Sonrió y miró a la joven, como si hubiera olvidado algún detalle menor que deseaba compartir.

—Estoy planeando escribir mis memorias, para la historia, para la posteridad. Espero trabajar pronto con una editorial. Me dicen que podría ser un libro muy exitoso.

Eleanor le dirigió una mirada fría y dura.

—Si pudiera limitarse a las preguntas, por favor, mi tiempo aquí es limitado.

—Por supuesto, por supuesto. Pido disculpas —dijo, apretando continuamente la pelota de goma, tratando de aliviar su malestar.

Y la cámara siguió grabando, con su lucecita LED brillando.

—Me despertaron de mi cama. En realidad, no era tan tarde, pero cuando eres pobre y estás solo, no hay mucho por lo que permanecer despierto. El sueño era un aliado cuando llegaba. Escuché golpes en la puerta de mi apartamento y supe quién era. En Moscú, cuando alguien llama a tu puerta en medio de la noche, suele ser una de dos cosas; el *Vory,* o Seguridad del Estado. Como nunca había tenido tratos con la *Mafiya*, y debido a mi experiencia en inteligencia, en realidad solo podría haber sido lo último.

»Los oficiales fueron muy profesionales, muy bruscos y no estaban de humor para hablar. Me dijeron que me vistiera, que me pusiera un traje. Solo tenía un traje y ya había pasado su mejor momento. Lo inspeccionaron y dijeron que tendría que funcionar. Camisa y corbata también. ¿Adónde iba?, pregunté. Dijeron que me habían citado para reunirme con un alto representante de la Seguridad del Estado. Eso fue todo lo que me dijeron. Seré honesto, ni siquiera creo que se suponía que me dijeran tanto, pero no importa.

—¿Así que se vistió? —preguntó Leonor.

El señor Yuri asintió.

—Sí. Me vestí y luego salí de mi pequeño departamento, bajé las escaleras y entré en un vehículo del gobierno. Nunca volví a mi apartamento. Condujeron durante la noche, al menos unas buenas tres horas, hacia el campo. Era una noche fría, la nieve era espesa, en su peor momento y la marcha era lenta incluso para estos conductores experimentados. Eventualmente, nos desviamos de las carreteras principales y comenzamos a bajar por carriles cada vez más pequeños hasta que llegamos a un camino privado. Uno de mis acompañantes salió del auto para abrir la barrera y luego nos dirigimos hacia las luces en la distancia.

»Era una dacha. Privada y lujosa, obviamente pertenecía a alguien de gran poder e influencia. Mis acompañantes, uno a cada lado, me llevaron dentro. Hacía calor después de la amargura de la noche rusa, y tenía razón, era lujosa. ¡Mi pequeño apartamento habría cabido solo en un pequeño rincón de la sala de estar!

»Pero a pesar de esta opulencia, me llevaron a un pequeño salón en el nivel superior. La puerta se abrió y entré. La habitación era austera, solo un escritorio, un archivador y dos sillas. El hombre que estaba sentado era ancho y poderoso. Reconocí su autoridad inmediata a pesar de que no llevaba emblemas de rango. Me ordenó sentarme y de un cajón del escritorio sacó un archivo que contenía la historia de mi vida. En este punto apenas me había mirado; yo no era más que un insecto para él.

—Yuri Poplov. Oficial de la KGB, caído en desgracia en la rehabilitación de 2005. Criminal, preso, piojos en la espalda del Estado. ¿Sabes por qué te han traído aquí? —preguntó el hombre de poder.

—Tengo que confesar que no —respondí.

—Para su mente y habilidades astutas. No es mi decisión, Yuri. ¡Es la del Nuevo Zar! Es él quien te quiere, no yo.

—Pero, perdóneme, señor, ¿quién es usted? —le pregunté

»Se sonrojó por mi impertinencia. Frunció el ceño y su voz se hizo más profunda.

—Yuri, soy el hombre que puede decidir si vives o mueres. ¿Todavía tienes tu cerebro, o está confundido con vodka barato y sin estimulación?

—Todavía tengo mi cerebro, señor —dije—. Aunque está un poco fuera de práctica.

»Me miró durante mucho tiempo; como si estuviera decidiendo si debía contratarme o hacer que mis escoltas me llevaran a la parte de atrás y me dispararan, enterrando mi cuerpo en la nieve. Entonces, finalmente, se decidió.

—Yuri, mi servicio, el SVR, ha recibido la orden de llevarlo de vuelta a su redil. Nuestro sabio líder te ha encargado montar una operación tan secreta que se hablará de ella en los pasillos de la inteligencia rusa durante generaciones. Este es un gran honor para usted. Le pagarán bien, tendrá privilegios, pero nunca debe hablar de esta operación —advirtió.

—¿Cuál es la misión? —pregunté.

—Hace muchos años, usted era un alto funcionario de la Sección de Planificación en Medidas Activas, ¿es correcto?

—Sí, durante un poco más de tres años.

—¿Y cuál fue su papel? —preguntó.

—Yo era coordinador. Fui responsable de crear posibles operaciones ofensivas contra nuestros enemigos —respondí.

—Proyecto Ciudadela. ¿Puede hablarme de ello con sus propias palabras?

—Estaba confundido, pero hice lo mejor que pude para

explicarme. Ciudadela no era nada. Un juego mental, nada más, señor. Su función era dar un golpe de estado en China. Cómo nosotros, como la KGB... SVR... disculpe... lo haríamos.

—¿Y lo mataron?

Asentí.

—Sí, señor. Su estimado predecesor lo tiró a la basura y yo con él en el *pogrom SVR* de 2005.

»Se sentó en silencio durante muchos minutos, mirando entre mí y el archivo frente a él. Finalmente, después de luchar con sus demonios internos, habló:

—Nuestro líder quiere que reactive y mejore este plan inicial. En resumen, quiere que obtenga un activo dentro de un nuevo objetivo.

—¿Qué objetivo, señor? —pregunté razonablemente. Pensé que sería Ucrania, tenía que ser. Su respuesta, bueno, nunca lo habría adivinado ni en un millón de años.

—Dentro del Despacho Oval —dijo finalmente.

—Puedes imaginar mi sorpresa. ¡Aquí estaba yo, sacado de la oscuridad y con todo lo que un espía, incluso un antiguo espía, podría desear! ¡Una base, personal, recursos, pero sobre todo, autoridad del Nuevo Zar de la Federación Rusa! Y fue todo mío y todo en el espacio de un día. Les di una lista de personal, me permitieron revisar sus archivos actuales y ¡tenía dinero más allá de mis sueños más salvajes!

»¡Dentro de una semana, tenía un plan que iba a ser presentado al Nuevo Zar! Pasé días trabajando en él y finalmente, hija mía, me lo quitaron y se lo presentaron al hombre más poderoso de toda Rusia. Y pensar que una semana antes estaba bebiendo sopa hecha con agua y vegetales de una semana.

»El Nuevo Zar revisó mi plan durante más de un mes; fue minucioso y profesional. Y entonces llegó la llamada. Debía dejar mi nuevo hogar, la dacha, y viajar para ver al Nuevo Zar. Me dijeron que quería interrogarme sobre mi operación planeada. De repente, ¿ahora era mi operación? Tenía el mismo coche y las mismas escoltas para hacerme compañía. A lo largo del viaje, repasé mis notas informativas. Había investigado cada contingencia y había pensado en todo lo que podía ganar o fallar. Conocía el plan mejor que mi propia piel.

»El Nuevo Zar era solo un hombre pequeño, pero tenía el magnetismo y la energía de un hombre del doble de su tamaño. Lo admito, le tenía miedo, pero no tenía por qué preocuparme. Me hizo sentir cómodo.

—Yuri —dijo él—. Serás mi heraldo en la batalla contra Occidente. Apruebo tu plan, ahora sigue adelante e impleméntalo.

—¿Por qué cree que lo eligieron? ¿Por qué merecía este gran honor? —preguntó Eleanor, devolviendo la historia a la realidad.

El señor Yuri sonrió.

—Me enorgullezco de tener un cerebro estratégico y de que necesitaban a alguien con mis habilidades. Pero con toda probabilidad es el hecho aleccionador de que yo era prescindible. Si todo saliera mal o les explotara en la cara, podrían negarme y hacerme desaparecer para siempre.

Eleanor asintió ante la verdad del mundo de la inteligencia. Parecía el resultado más probable.

El señor Yuri se aclaró la garganta y continuó con su historia.

—Veneno Oscuro constaba de tres elementos básicos que, una vez activados, trabajarían en conjunto durante un período prolongado de tiempo. El primer elemento fue la Fantasma. La Fantasma era en realidad una agente encubierto de SVR, lo que llamaríamos una 'ilegal' en los viejos días de la KGB, que había sido plantada dentro de los EE. UU. hace muchos años. Había construido una leyenda de hierro fundido y era experta en piratería cibernética y propaganda encubierta.

—¡Espere! ¿Entonces el Fantasma era una agente femenina? Nuestros archivos no dicen nada al respecto. Siempre supusimos que era un agente masculino —dijo Eleanor, tomando notas rápidamente en un bloc.

El señor Yuri se encogió de hombros, como si no tuviera importancia para él.

—El SVR fue muy pragmático sobre el uso de mujeres oficiales de operaciones y la Fantasma fue una de las mejores; entrenada en guerra cibernética, desinformación, espionaje e ingeniería social. Era discreta, anónima y totalmente leal a nuestro líder.

Eleanor asintió, apreciando la franqueza del ruso.

—Lamento haber interrumpido, Sr. Yuri. Por favor, continúe. ¿Cuál fue el papel de la Fantasma?

El señor Yuri le sonrió.

—La Fantasma estaba allí para promover la ilusión de un movimiento clandestino, una Quinta Columna que estaba organizada, comprometida y lista para ayudar a nuestro activo a llegar a la sede del poder. Este movimiento fue conocido con el nombre de TVA, True Voice of America, (Verdadera Voz de América), y la Fantasma fue el arquitecto que alimentó teorías de conspiración y propaganda negra a sus creyentes.

—¿Cómo supo que estos creyentes, ficticios o no, lo creerían? —preguntó Leonor.

—Esa fue la parte fácil. Nos dirigimos a un grupo selecto de personas y lo vimos crecer y crecer a medida que más personas se obsesionaban con las conspiraciones, sin importar cuán extrañas e inverosímiles las hiciéramos. Fue vergonzoso, en realidad. Apuntamos a los mal educados, los vagos, los mal informados y los crédulos. Personas que tenían bajas aspiraciones, o aquellos que tenían una ira vitriólica dentro de ellos por lo que querían que fuera su país, en comparación con lo que realmente era. Esas personas están en todas partes si sabes dónde encontrarlas.

»El segundo elemento fueron los especialistas técnicos de la inteligencia militar rusa, los llamamos los Reparadores. Estaban allí para piratear el proceso de votación estadounidense, para poner en duda su eficacia y precisión. Hackearon servidores, correos electrónicos, sitios web, esos tipos realmente eran los mejores, y luego piratearon un poco más hasta que no quedó nada que piratear.

—¿Y el elemento final? —preguntó Leonor.

—El elemento final fue el Activo —dijo simplemente el Sr. Yuri.

Fue aquí donde Eleanor hizo una pausa en la conversación; ella quería que esta parte fuera correcta, sin errores. Necesitaba su precisión.

—Señor Yuri, ¿puedo preguntarle sobre el Activo? ¿Cómo lo describiría en términos de espionaje? ¿Era un agente? ¿Era un agente consciente? ¿Una fuente? ¿En qué casilla lo colocaría?

El Sr. Yuri se reclinó en su silla y levantó los ojos al techo en un momento de contemplación. Permaneció así durante unos segundos más, organizando sus pensamientos. Todo el tiempo, los ojos de Eleanor nunca dejaron su rostro. Finalmente, volvió a ella.

—Ciertamente no era un agente o fuente de inteligencia; el hombre era tan agujereado como un barco viejo y en los años previos a su toma de posesión no tuvo acceso a ningún tipo de inteligencia secreta.

»Había estado en nuestro radar durante más de cuatro décadas; se le detectó talento, se le presentó como un agente de acceso vagamente útil para chismes o para abrir puertas, pero nada más. A lo largo de los años, a medida que su perfil creció y la KGB lo preparó como contacto, comenzamos a evaluarlo más. Era un individuo vanidoso e inseguro, que sobreestimaba sus propias capacidades tanto intelectuales como físicas. Era un bufón débil. Y como saben, este es el tipo de individuo al que a los espías nos encanta apuntar. Halagamos y aumentamos sus egos, les hacemos creer que son más grandes de lo que realmente son y luego los dirigimos y empujamos hacia donde queremos que vayan.

»Hace muchos años, un oficial desconocido de la KGB plantó la semilla de que tal vez debería considerar una carrera en política, tal vez tan alta como para llegar a la Casa Blanca. Dejamos que la idea germinara durante años, un empujón por aquí, tal vez un empujón por allá. Comenzamos a moverlo, nuevamente debido a su comprensión muy limitada de la política global, hacia una actitud más dócil hacia la política exterior rusa. No tenía ni idea de lo que estaba haciendo. Como digo, el hombre era un bufón. Entonces, si tuviera que categorizarlo, sería, como lo llamamos, un Activo. Alguien dirigido por nosotros, y que podría ser fácilmente manipulado para implementar o influir en lo que requería el Nuevo Zar.

Eleanor sostuvo la mirada del ruso durante unos instantes, garabateó una nota en el bloc y luego asintió para que continuara.

—Teníamos suficiente material de chantaje sobre él, como irregularidades financieras, actividades delictivas, fraude, pecadillos sexuales, que habíamos recopilado a lo largo de los años. Además, sabíamos que era lo que llamaríamos un gánster de plástico; le gustaba presentarse a sí mismo como un tipo duro, pero en realidad era un parásito, un miembro marginal de la delincuencia, un cobarde y, comparado con el despiadado Nuevo Zar, el Activo era un gatito maullador. Fue impulsado

24

por la codicia, la vanidad, el ego y la inseguridad y mi operación, Veneno Oscuro, alimentó eso y lo explotó sin piedad.

Eleanor se aseguró de tomar más notas, asintiendo mientras lo hacía.

—Gracias, señor Yuri. Comprende que estos detalles son muy importantes para mi trabajo y los archivos que estamos organizando. Por favor continúe. ¿Qué pasó después?

—Entonces, gran alegría, teníamos un activo potencial para el futuro... tal vez. Podría llegar a buen término en el futuro o podría morir de muerte natural. Tal es la aleatoriedad de las operaciones de inteligencia. Suena como un plan meticulosamente pensado... algo único... pero como saben, esto es algo que hacemos todos los días a cientos de personas diferentes. Rastreamos, avistamos, nos acercamos, reclutamos, manipulamos. Algunos casos tienen piernas y sobreviven, otros no. Durante muchos años pensamos que el Activo caería en la última categoría. Entonces, justo cuando estaba a punto de morir, el Activo hizo un anuncio; ¡Iba a postularse para el cargo más alto del país!

—¿Y fue entonces cuando lo reclutaron para activar su antigua operación? —preguntó Leonor.

—Esto es cierto. Una vez que Rusia supo que el Activo iba a ir por el gran premio, el Nuevo Zar se abalanzó. Envió la palabra al SVR, se convirtió en su obsesión: «Consígueme nuestro activo, mételo en el corazón de la política estadounidense, ¡lo quiero trabajando para Rusia desde dentro de la Casa Blanca!»

—¿Y cuál fue la razón de esto, señor Yuri? ¿Por qué quería esto el Nuevo Zar? —dijo Eleanor con picardía, sabiendo que el viejo espía no podría resistir.

El señor Yuri suspiró, como si estuviera tratando con un niño particularmente estúpido.

—¡Querida, conseguir un agente, consciente o no, en lo más profundo del corazón de la clase política enemiga es uno de los objetivos finales del espiócrata! El Nuevo Zar era un antiguo espía; esa cosa nunca deja el alma de uno por completo. Era un hombre que prosperaba con el amor de la Madre Rusia. Fue su protector, su mayor guerrero y su mayor sobreviviente político. Su núcleo giraba en torno a la fuerza y quería que eso se reflejara en cómo Rusia era vista como una superpotencia global. Para parecer fuerte, haces que tus enemigos se vean débiles y ¿quién era la mayor amenaza para Rusia?

—Estados Unidos —dijo Eleanor simplemente.

El señor Yuri sonrió.

—Exactamente. Estados Unidos. Destruir su democracia y su fantasía autocumplida de libertad, derribarlo por completo y hacerlos parecer débiles, pero mejor que eso, hacerlo de adentro hacia afuera. El Nuevo Zar quería tener un activo en la Casa Blanca, sin duda, pero lo que es más importante, ¡quería que el Activo derribara todo lo que Estados Unidos representaba internamente! Quería ciudadanos luchando contra ciudadanos, estado luchando contra el estado y quería que la corrupción se extendiera. Ese era su objetivo; para eso había sido diseñado el Veneno Oscuro.

»Y luego sucedió lo más sorprendente. A través de alguna peculiaridad, alguna casualidad en el sistema de votación política estadounidense, ¡ganó! ¡Creo que estaba tan sorprendido como nosotros! ¿Los reparadores habían hecho todo el trabajo? ¿O fue simplemente que el pueblo estadounidense se había aprovechado de su retórica? De cualquier manera, fue una sorpresa y, como ha demostrado la historia, el Activo no estaba preparado para asumir el cargo de presidente de los Estados Unidos. Se podía ver en los rostros conmocionados de la gente en la calle, los presentadores de noticias, los comentaristas políticos: era como si todos hubieran entrado repentinamente en una realidad alternativa y no tuvieran idea de cómo llegaron allí. Creo que la frase es «conmoción y asombro».

Leonor asintió. Ella recordaba ese día. Tan solo era una adolescente, pero de alguna manera la extraña naturaleza de lo que acababa de suceder había puesto a todos a dar vueltas. Fue un giro que duró cuatro años destructivos. «Si tan solo hubiéramos sabido entonces lo que sabemos ahora», pensó ella.

—Para nosotros, en Veneno Oscuro, teníamos que entrar en acción. Habíamos asegurado el Activo en su lugar, ¡ahora teníamos que mantenerlo allí a largo plazo! En términos puramente matemáticos, sabíamos que no contaba con el apoyo mayoritario de la gente, ni mucho menos. Así que tuvimos que inventar una quinta columna secreta que estuviera dispuesta a mostrar su apoyo al nuevo presidente de los Estados Unidos —explicó el Sr. Yuri.

—¿Fantasma? —preguntó Leonor.

—¡Por supuesto! La Fantasma. Los Reparadores habían manipulado la votación lo mejor que podían. El pueblo estadounidense se había enamorado de un estafador sin educación, sin experiencia y moralmente corrupto. El Nuevo Zar dominaría el Activo durante su tiempo en el cargo y lo haría doblegarse ante una actitud favorable hacia Rusia. Pero la Fantasma, bajo mi dirección, se activaría para difundir teorías de conspiración de que el otro partido político estadounidense era parte de una camarilla secreta, un estado secreto que alimentaba los temores de los religiosos, extremistas y con poca educación. Les dimos un culto a la muerte del que temer y les ofrecimos, al mismo tiempo, un salvador.

—El Activo —dijo Eleanor, sonriendo ante la simple efectividad del plan.

El señor Yuri asintió.

—Sí, el Activo. La Fantasma sería una fuente anónima que difundiría estas historias salvajes de satanismo, pedofilia y el mundo dirigido por unos pocos banqueros de élite, pero también ofrecería el bálsamo de que el Activo estaba allí para salvarlos. ¿Quieres un cristiano? ¡El activo puede darte eso! ¿Quieres un hombre casado y un padre cariñoso? ¡El activo puede hacer todo eso y más! ¿Quieres un brillante hombre de negocios en quien confiar tu economía y empleos? Bueno, él también puede hacer eso. ¡Quiero decir que lo dice en la propaganda de su autobiografía escrita por fantasmas! Era una tontería, por supuesto, pero jugamos con la mano que nos repartieron y... pareció funcionar.

Eleanor levantó la vista de su libreta y sonrió. El Sr. Yuri parecía haber llegado a su punto máximo. Parecía cansado, todavía apretando la pelota contra el estrés, tratando de controlar su presión arterial y su ansiedad. Este parecía un momento natural para detenerse, pensó ella.

—¿Tomamos un breve descanso? ¿Para tomar refrescos, ir al baño, ese tipo de cosas?

—Señorita Eleanor, eso parece una buena idea —dijo él.

Eleanor apagó la cámara y dejó que se enfriara.

El equipo de seguridad de la DGSE trajo café, té, jugo y algunos dulces para mantener los niveles de energía. La pareja se sentó en silencio durante unos minutos disfrutando de sus refrigerios, solo ocasionalmente interrumpidos por el oficial de seguridad enviado para verificar que estuvieran bien.

—Señorita Eleanor, si se me permite. Noté los pequeños callos en sus dedos y pulgar. ¿Es música? —preguntó el señor Yuri. Había renunciado a su pelota de goma en favor de un té negro fuerte y caliente, al estilo ruso, que sorbía con delicadeza.

Ella dejó su taza de café con cuidado y se miró los dedos. Ella sonrió.

—Es muy observador, Sr. Yuri.

—A veces es una maldición. —Se encogió de hombros—. El don y maldición de un espía.

—Sí, tiene razón, a veces toco algún instrumento, la guitarra clásica. En estos días solo toco para mí, pero ya no me considero una música —explicó.

—¿Por qué no?

Eleanor frunció el ceño y tomó aire.

—Dejé de tomarlo en serio cuando era adolescente. Mis padres me alentaron cuando era joven; decían que tenía un talento natural. Mi papá trabajaba turnos extra para poder ahorrar suficiente dinero para que yo fuera a Europa a aprender de algunos de los maestros modernos. Mi papá era de Nueva York, pero mi mamá nació en Madrid. Tuvieron una historia de amor cuando ella vino de visita a los Estados Unidos. Ella nunca volvió.

El señor Yuri asintió.

—Ya veo. ¿Y qué trabajo hace su padre? ¿Cuál es su profesión?

Dudó por un momento, sin saber si debería dar información privada a este viejo espía. Al final decidió que no haría ningún daño, ya no.

—Él era un oficial de policía —dijo ella—. No detective, ni nada por el estilo. Solo un oficial de coche patrulla. Era un buen hombre, lo extraño.

—¿Lo extraña? Señorita Eleanor, ¿por favor explíquese?

—Lo mataron en el cumplimiento de su deber cuando yo era una niña, señor Yuri. Cuando mi padre falleció, simplemente nunca volví seriamente a mis estudios de música —dijo.

El señor Yuri la miró, sin atreverse a decir nada simplista o fatuo. En cambio, asintió casi imperceptiblemente con la cabeza en reconocimiento.

Eleanor dejó su taza de café, medio terminada, y volvió a la cámara de video.

—¿Deberíamos continuar?

—¿Señorita Leonor?

—¿Sí, señor Yuri?

—Creo que tal vez algún día volverá a la música. Siempre volvemos a lo que amamos —dijo.

La cámara estaba rodando de nuevo y la entrevista se reanudó.

—Señor Yuri, ¿puedo preguntarle sobre las reuniones entre el Activo, ahora integrado en la Casa Blanca, ahora el líder del Mundo Libre, y el Nuevo Zar? ¿De qué hablaban en las reuniones privadas? ¿Cómo habría sido su relación? —preguntó Leonor.

—De qué hablaban en privado, no lo sabría —dijo—. Pero sé que el Nuevo Zar habría dominado. Era una fuerza de la naturaleza, de mente fuerte y voluntad fuerte. ¿Ha visto las imágenes de video en sus archivos de sus primeros encuentros? ¡El lenguaje corporal del Activo lo dice todo! Fue intimidado por el Nuevo Zar, quien afirmó el control. En las reuniones mundiales (Alemania, Brasil y Tokio) estaba claro quién estaba al mando. El Nuevo Zar le dio una directiva y el Activo se doblegaría.

El señor Yuri sonrió para sí mismo.

—Después de las primeras reuniones, se corrió la voz en el Kremlin y el SVR de que el Nuevo Zar a menudo se referiría al Activo como su *Bolonka*. ¿Conoce esta frase?

Leonor negó con la cabeza.

El señor Yuri explicó:

—Se traduce aproximadamente como un perro faldero, una mascota pequeña y mimada que otros pueden controlar fácilmente. El Jefe de la SVR fue aún menos elogioso; a menudo se refería al Activo como *Cyka*; perra.

Eleanor recordó las imágenes de archivo que había visto unos días antes; el lenguaje corporal de ambos hombres, los guiños y asentimientos secretos, las reveladoras micro expresiones del Nuevo Zar, su actitud de fortaleza y el ferviente correteo del Activo por congraciarse con su amo.

—Con el Activo en su lugar, lo dejamos a él y a su Administración para que siguieran estableciendo su control sobre el gobierno de los EE. UU. Los oficiales de inteligencia saben que no hay necesidad de controlar todas las facetas de un agente, pero si surgiera un tema polémico que afectara a Rusia, o si quisiéramos que la opinión pública empujara hacia un lado o hacia el otro, o si quisiéramos que el Activo hiciera una declaración en nuestro favor, entonces intervendríamos. El nuevo Zar estaba muy contento con la ruta que tomó el Veneno Oscuro, por lo que dirigimos nuestra atención a la siguiente fase de la operación; mantener el Activo en su lugar para las próximas elecciones. La primera elección había sido una prueba para ver si funcionaba, era el ensayo, pero la próxima sería la real.

»Teníamos todo preparado para facilitar esto; una red de mensajeros y subagentes completa con puntos muertos, reales y virtuales, pagos en criptomonedas imposibles de rastrear a quienquiera que necesitara dinero y suficientes sitios web falsos y de phishing para que pareciera que la información que publicábamos estaba en todas partes. La operación estaba funcionando perfectamente en conjunto; los Reparadores iban a dar un segundo mordisco a la manzana para la votación, la Fantasma estaba haciendo su magia con las teorías de la conspiración y reuniendo a la opinión pública para denigrar a la oposición política en Estados Unidos... ¡fue perfecto! Y entonces...

—¿Y entonces? —preguntó Leonor.

—Y luego... bueno, digamos que el Activo se entusiasmó demasiado. Quería emular al Nuevo Zar y quería ser como los hombres fuertes de Corea del Norte, China y una docena de otros regímenes autoritarios. Comenzó a ignorar nuestra guía. Comenzó a comportarse de manera errática y se volvió codicioso e impaciente. Empezó a volverse perezoso, diciendo estupideces a los medios. Perdió las elecciones, a pesar de nuestros mejores esfuerzos, y eso lo llevó a realizar un intento de golpe. Fue un final decepcionante para una operación soberbia. Desafortunado, pero ahí lo tiene —dijo el Sr. Yuri, encogiéndose de hombros.

—¿Desafortunado? Pero ese día murió gente, buena gente. Lo clasificaría como algo más que desafortunado, Sr. Yuri. — Ella mantuvo su voz tranquila, pero sabía que estaba luchando por controlar sus emociones sobre esto.

Ella recordó las imágenes de ese día espeluznantemente salpicadas en las pantallas de televisión; una mafia armada violenta, impulsada por la retórica incendiaria del Activo, descendió sobre Washington lista para asesinar, secuestrar y mantener como rehenes a miembros del Congreso a menos que se cumplieran sus demandas. La policía de Washington se vio abrumada y sorprendida. Hubo violencia en las calles durante días; tiroteos, linchamientos y bombardeos. Docenas y docenas de personas habían muerto en ambos lados de la línea divisoria. Nacía una nueva amenaza terrorista interna, y Washington durante esos oscuros días fue su bautismo de fuego. Solo unos días después, cuando la Policía Estatal y la Guardia Nacional lograron derrotar a los sublevados y comenzar a realizar detenciones, se recuperó la ley y el orden. Fue una época oscura en la historia de su país.

—No fue nada personal. Visité los Estados Unidos muchas veces. Me gustó el lugar y la gente. Esto no era más que un trabajo. Y, en verdad, no había ningún plan para que hubiera una insurrección —dijo Yuri.

—Pero tampoco le importó, ¿verdad? —desafió Leonor.

Se encogió de hombros.

—Simplemente encendimos el fósforo, pusimos las ruedas en movimiento, lo dejamos correr. Desafortunadamente para nuestra operación, se descarriló el loco que conducía la locomotora. Pero fue su propia gente la que alegremente vertió gasolina en todo, estaban felices de ver arder su preciosa constitución y democracia.

Ella frunció el ceño y le permitió eso, principalmente porque era verdad. Fue un caso de autosabotaje nacional.

—Las operaciones de inteligencia, como estoy seguro de que lo sabe, requieren que mantengamos el status quo. El Nuevo Zar quería que su perrito faldero continuara en su papel, que siguiera impulsando la agenda de Rusia, que hiciera que la democracia de su país pareciera débil y frágil. Desafortunadamente, el perro faldero fue demasiado lejos, comenzó a creer sus propias tonterías, pensó que era el hombre más inteligente de la habitación. Este tipo de operación requiere sutileza. Desafortunadamente, el Activo no era un hombre sutil; y esa falta de sutileza le costó muy cara. Ningún oficial de inteligencia quiere que su agente se vuelva deshonesto y pierda el control, pero eso es lo que sucedió con el perro faldero. Se convirtió en el monstruo de Frankenstein —dijo Yuri.

—El monstruo de Frankenstein tenía que morir en la historia —respondió Eleanor.

—Exacto, o en este caso terminó en prisión. Los agentes, activos, fuentes, pueden ser muy útiles cuando lo son, pero una vez que cruzan esa línea se convierten en una responsabilidad y los descartamos rápidamente. Los quemamos —dijo Yuri.

Captó el destello por el rabillo del ojo. El pequeño LED de la cámara estaba parpadeando, lo que indicaba que la batería se estaba agotando y pronto se apagaría. Se estiró y la apagó. Eleanor se sentó en silencio por un momento, reflexionando sobre lo que acababa de escuchar.

—Gracias, señor Yuri. Has sido de gran ayuda. En nombre del Director de Inteligencia Central de la CIA, tenga la seguridad de que tiene nuestro más sincero agradecimiento.

El señor Yuri le sonrió.

—Señorita Eleanor, fue un placer. Si puedo ayudar a la CIA en el futuro, hágaselo saber a mis contactos franceses. Estoy a su servicio.

Ella asintió y luego comenzó a guardar su bloc de notas y a desmantelar la cámara, el trípode y los dispositivos de alimentación. El señor Yuri se puso de pie, se enderezó el traje y caminó hacia la puerta del salón. Tocó una vez para alertar a sus encargados, pero antes de que se abriera la puerta, se volvió hacia ella por última vez y le dijo:

—Señorita Eleanor, espero que vuelva a ser música. Es una pena desperdiciar tal talento. Adiós.

Luego se fue, llevado a su habitación, asegurado por su equipo de la DGSE.

~

Estaba sentada en el aeropuerto Napoleón Bonaparte de Ajaccio esperando que el jet privado Lear que pertenecía a una empresa fachada de la CIA la llevara directamente a Langley.

Había un tiempo de espera mientras repostaban el avión, así que se sentó y hojeó sus notas y garabatos en el bloc que llevaba consigo. Después de estudiarlos durante un rato, lo guardó y volvió a pensar en el pequeño y extraño ruso.

¿Cómo alguien tan pequeño y frágil podía ser el artífice de tanto caos, muerte y destrucción? Pero en el fondo, ella sabía que él era una mera manifestación de un problema con raíces más profundas.

¿Qué había dicho? «No fue nada personal... No fue nada más que un trabajo».

Bueno, ¡eso era para ella! Su padre, el hombre al que había amado más que a nadie, estaba de servicio ese día en Washington cuando la turba violenta salió a las calles con armas. Lo habían llamado para un incidente fuera del Capitolio, había tratado de proteger a los periodistas fuera del edificio y lo habían asaltado. La golpiza que recibió ese día lo mató.

Bueno, este era *su* trabajo. Podía estar oficialmente adscrita a la unidad de contrainteligencia soviética de la CIA, pero en realidad era una agente de una pequeña subunidad llamada PASH.

PASH lleva el nombre de un oficial de la CIA estadounidense muerto hace mucho tiempo que también manejó "asuntos húmedos", como asesinatos y secuestros durante la Guerra Fría. El equipo de PASH pensó que era apropiado que su equipo especializado en asesinatos hiciera un guiño a una leyenda de la comunidad de inteligencia. Y el Sr. Yuri, el planificador, el creador de Veneno Oscuro, fue el último objetivo en la lista de Acción Ejecutiva del equipo PASH.

El Nuevo Zar había fallecido por causas naturales mientras dormía hace muchos años, o eso dijo el Kremlin. La Fantasma había sido eliminada por su propia gente poco después de los acontecimientos de Washington. Y varios de los equipos de ciberterroristas del GRU habían sido envenenados o se habían topado con balas; sus asesinos nunca fueron encontrados. Solo el Sr. Yuri había sido lo suficientemente inteligente como para hacer un trato y escapar.

Pero no por mucho. Estaría muerto en veinticuatro horas.

El rayo ultrasónico silencioso del dispositivo USEW (Ultra Sonic Energy Weapon) escondido dentro de la cámara de video y dirigido al cerebro del Sr. Yuri lentamente, durante el día siguiente, desgarraría una arteria y causaría un aneurisma. Para una persona saludable y en forma, le causaría un fuerte dolor de cabeza y vómitos, pero para una persona mayor y con presión arterial alta, la mataría.

El dispositivo USEW era experimental y, aunque todavía no era lo suficientemente poderoso como para instalarlo en un arma estándar como un rifle de asalto, era lo suficientemente poderoso como para ocultarlo dentro de un dispositivo y apuntarlo a corta distancia, digamos unos cuantos centímetros. Los expertos dijeron que sería particularmente efectivo si el objetivo permanecía quieto durante un período de tiempo prolongado. Unas pocas horas serían más que suficientes.

Yuri había tenido la amabilidad de hacer eso por ella, con el pretexto de una entrevista, para quedarse quieta y mirar directamente a una cámara de video. Y todo el tiempo esa pequeña pieza de maquinaria lo estaba matando; cada segundo, cada minuto, cada hora, las ondas ultrasónicas estaban desgarrando los nervios y las arterias de su cerebro.

«Un ataque en el cerebro» es como llamaban a un aneurisma. Le podía pasar a cualquiera, en cualquier momento, y nadie podía probar nada diferente. Ciertamente no el Servicio Secreto francés y definitivamente no los rusos.

—¿Señorita Keeley?

Un hombre había venido a recogerla. Él era la Agencia.

—Sí.

—El avión está listo ahora, puede abordar —dijo, extendiendo su mano para guiarla.

—Gracias —dijo ella.

Caminó por la pista y miró hacia el sol. El día parecía más ligero, mucho más ligero, como si le hubieran quitado un peso de encima.

Tal vez sacaría su vieja guitarra de nuevo cuando llegara a

casa. Tal vez ahora era el momento de empezar a tocar de nuevo, de perderse en su libertad una vez más; el tempo, la sensación de las cuerdas, la cadencia de la música… empezaría donde había iniciado originalmente, con una pieza musical que su padre le había enseñado a tocar.

L' Arena, una pieza musical de una película antigua, una película irónicamente sobre la venganza, que a su padre le gustaba ver y que era una de las piezas más famosas de Morricone. Había aprendido a elegir las notas y a tocar la música cuando era niña y ahora lo volvería a hacer como adulta, como una mujer fuerte. Se deleitaría con la música y aprendería a sanar y a amar una vez más.

Después de todo, era lo que su padre hubiera querido.

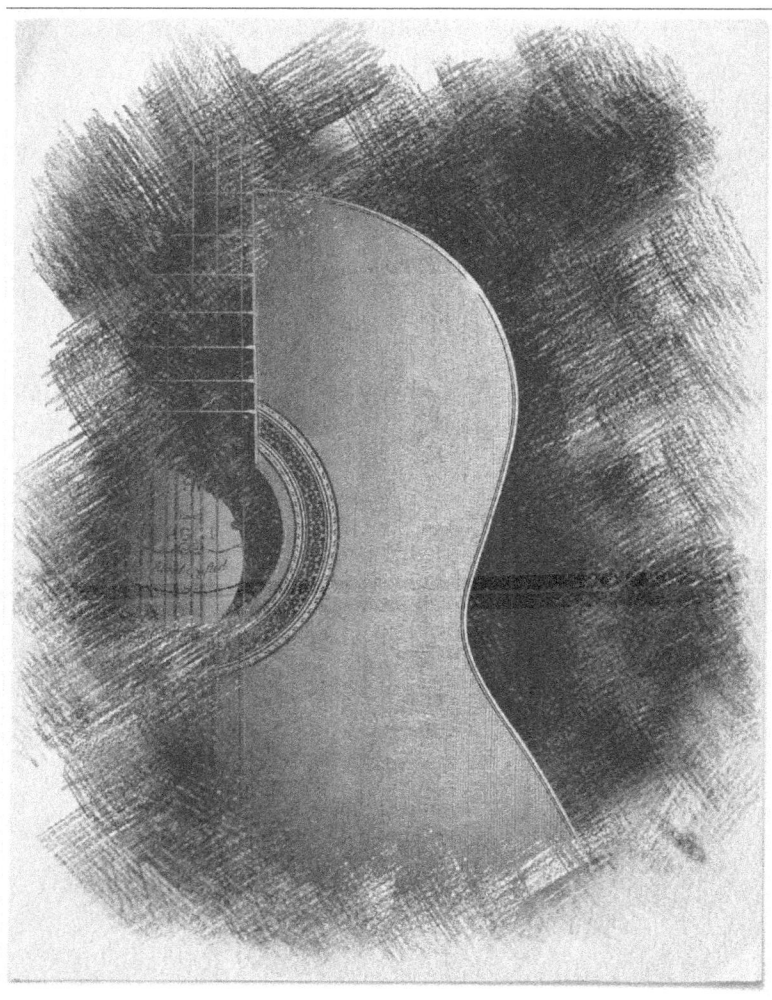

L'Arena
«Creo que algún día volverá a su música. Siempre volvemos a lo
que amamos», dijo él.

VAGABUNDO

Eastham Woods, Wirral, Merseyside, RU – Abril de 1957

A PRIMERA HORA DE LA MAÑANA, HABÍA SIDO ENCONTRADO el cuerpo en la fosa abandonada. Técnicamente se trataba de una fosa para osos, un vestigio de un zoológico de la época victoriana ya desaparecido, pero aun así no era un lugar en el que la mayoría de la gente quería pasar sus últimos momentos de vida.

A mediados del siglo XIX, el bosque de Eastham había sido originalmente diseñado como un «Jardín del Placer» y contaba con un zoológico, una casa de monos y un quiosco de música, todo ello con el servicio de un transbordador que llevaba a los visitantes al otro lado del río Mersey para hacer excursiones de un día. Más de cien años después, el zoológico había desaparecido y gran parte de los «espectáculos» hacía tiempo que estaban en mal estado. En los meses de verano lo utilizaban los paseadores de perros, los senderistas y la gente que realizaba un picnic familiar.

Pero en los meses de invierno apenas se utilizaba; solo

ahora, cuando el invierno se convertía en primavera, se veía a la gente caminando por el bosque con regularidad. Así es como en aquella húmeda y miserable mañana de abril, George Marshland, paseando a su labrador marrón, Biscuit, encontró por casualidad a la víctima de un asesinato.

George tenía un mal día; la artritis le estaba dando pellizcos en el hombro, así que su puntería no era todo lo buena que debería. Lanzó la vara, rebotó en un árbol y pareció caer en el famoso «Foso del Oso» del que los historiadores locales gustaban de hablar.

—¡Oh, maldita sea! ¡Biscuit, *Biscuit*! Sal de ahí, maldito animal tonto —gritó George. Tenía que volver a casa a las diez; su hermana habría tenido el té y los bollos en la mesa. Ahora tenía que buscar a tientas en el barro y sacar al maldito perro del pozo. ¡Maldita sea!

George subió por el sendero, rodeó la curva de la pista y pasó por delante de la desaparecida fuente victoriana. El perro estaba ladrando, ladrando y gruñendo. George, suponiendo que se trataba de una ardilla con la que Biscuit estaba luchando a muerte, aumentó el ritmo hasta coronar la subida. Miró por encima del borde del pozo y se estremeció. No era una ardilla. Era el cuerpo de un hombre boca abajo en el fango y el barro. Incluso desde esta distancia, la sangre era visible en toda su ropa.

George se dio la vuelta y corrió, consciente de que Biscuit le pisaba los talones. Tenía que llegar a un teléfono, al hotel que había al final de la carretera; allí tendrían un teléfono. Tenía que llamar a la policía.

Una hora más tarde, George y Biscuit estaban guiando a los detectives de la policía de vuelta por el camino embarrado, a través del bosque y explicando exactamente lo que había sucedido. Le hicieron repetirlo una, dos y luego una tercera vez para tener suerte, todo esto mientras anotaban la información en ese caballo de batalla de los detectives: un cuaderno de tamaño estándar.

Cuando terminaron, ya había llegado la ambulancia y luego llegó el problema logístico de cómo sacar el cuerpo de la fosa con delicadeza y sin destruir ninguna prueba. Lo que quedaba de él, lo que no estaba empezando a descomponerse o lo que no se había comido la vida del bosque, lo metieron en una bolsa de goma para transportarlo a la morgue y hacerle la autopsia. Por ahora era oficial; se había iniciado una investigación de asesinato.

El cuerpo sería enterrado poco más de una semana después. Con pocos asistentes. Pero así es el destino de un hombre solitario.

Era el día después del funeral y el inspector jefe Edge se enderezó la corbata y se volvió para mirar a su subordinado, el sargento detective Povey. Estaba a punto de hacer una declaración a la prensa local y quería estar lo mejor posible.

—Van a enviar a alguien como observador. Solo para asegurarnos de que no se nos ha escapado nada. La División Especial tenía una bandera con el nombre de la víctima, la pasaron hacia arriba y esto es lo que tenemos. Los tenemos a 'ellos' —dijo.

—¿Suena como si *ellos* estuvieran intentando enseñarnos a chupar huevos? ¿Quiénes son 'ellos'? —preguntó Povey.

El detective Edge se encogió de hombros.

—Podría ser el Ministerio de Defensa. No estoy seguro, para ser sincero. El jefe de policía ha dado órdenes de que le ayudemos y le enseñemos el lugar. Ayudarle a recorrer los viejos caminos. Las órdenes han venido de arriba.

Povey sacudió la cabeza con exasperación.

—¿*Qué*? ¿Y qué es él? ¿Un contador de frijoles con traje gris?

—Un 'observador', eso es todo lo que sé. No está aquí para supervisar la investigación, solo como observador benigno. Parece que el gobierno está cubriendo sus huellas. Entonces... ¿a quién tenemos que pueda hacer de niñera de este observador y llevarle de un lado a otro, llevarle de la mano y vigilarle? —preguntó Edge, tratando de aclarar el tema.

Povey pensó un momento.

—Está el joven Thompson. Es un buen muchacho; brillante y confiable.

—Excelente. Servirá, pero, por el amor de Dios, dile que mantenga su maldita boca cerrada y sus oídos y ojos bien abiertos.

~

DÍA UNO - *Viene el espía*

El observador llegó al día siguiente en un Jaguar XK 140 MC Roadster plateado. Voló por las carreteras sinuosas como una bala a la caza de su objetivo, su motor gruñó al aumentar la velocidad y el ritmo en las rectas.

Finalmente, se detuvo en la explanada de grava del River View Hotel and Guest House, un antiguo establecimiento de confianza situado en las afueras de Oxton y dirigido por una incondicional de la comunidad local: la señora Hyacinth Gregson.

Se sacó un pequeño maletín del maletero del coche y luego una figura alta, a grandes zancadas, se abrió paso hacia la recepción y se libró de la lluvia. El hombre llevaba un viejo abrigo militar que protegía su traje por debajo, y lo agitaba con una mano para sacudirse los restos de lluvia. Colocó su pequeño maletín en la alfombra frente al mostrador de recepción y se pasó el bastón a la mano izquierda. Un rápido PING en el timbre de la recepción y un confiado «¡Hola!» indicaron al mundo que un visitante había llegado a la ciudad.

Más tarde, sería la voz que más recordaría la señora Gregson. Era profunda, fuerte y culta. No era brusca y «encopetada», como los turistas visitantes o los miembros del Club de Golf local. No, ésta era de verdad; estaba acostumbrada a dar órdenes y conocía su propia mente.

Levantó su cabeza perfectamente peinada de la lectura e inspeccionó al dueño de la voz. Lo evaluó con severidad: pelo oscuro, ojos azules y fuertes. Le recordaba a su difunto marido, Albert.

—Buenas noches. Tengo una reservación —dijo el hombre—. El nombre es Sr. Bradbury.

Entonces, ¿quién era?

Bueno, su nombre ciertamente no era 'Bradbury'; al menos no su nombre real. Utilizaba los nombres como los semáforos: pasaba por ellos de camino a otro lugar.

Su verdadero nombre era H.D. Martineau, la H.D. significaba Henry David, pero las mujeres que había conocido en su vida siempre le habían llamado David; todo el mundo le llamaba simplemente Martineau. Los conocedores de su profesión le llamaban Vagabundo. Era un hombre alto y delgado, con un rostro fuerte y atractivo que daba la impresión de ser reflexivo y resistente a la vez a quienes le rodeaban. Tenía ya más de cuarenta años y, aparte del bastón que utilizaba por una vieja herida de guerra en la pierna derecha, seguía estando tan en forma como un hombre de la mitad de su edad.

Su origen era ligeramente aristocrático, pero solo a distancia, y se reflejaba en su desprecio por las cosas materiales y la pomposidad. El dinero no significaba nada para él; ni lo ansiaba, ni se preocupaba por tenerlo. Nunca se había casado, pero se había acercado peligrosamente varias veces a debutantes y chicas de sociedad de ambos lados del Atlántico, ninguna de las cuales estaba a la altura de su vigor o su vena romántica.

Un Don en Oxford antes de la guerra, su continua pasión por la arqueología, en concreto por la civilización maya, le había servido para hacer una carrera estable. Había publicado mucho y había escrito varios libros oscuros sobre el tema, pero en las fiestas nunca aburría a sus invitados, sino que prefería hablar de otros temas más esotéricos. Había pasado la mayor parte de la década de 1930 en Sudamérica, explorando, prosiguiendo sus estudios académicos y aventurándose. Luego, cuando llegó la llamada a la guerra, se había dejado reclutar por un compañero de Oxford, Pope, para hacer labores de inteligencia.

Martineau se había acercado al mundo de la recopilación de información al principio con diversión, y luego, a medida que pasaba el tiempo y la brutalidad de los nazis se hacía evidente, lo hizo con celo. Para él ya no era un juego, era una causa de primer orden para eliminar los venenos del odio y el fascismo de la faz de la tierra. Lo consideraba su obligación moral.

Enviado inicialmente a Francia para organizar las redes de inteligencia del MI6 que proporcionaban un flujo constante de información, su nombre en clave había sido VAGABUNDO. Hacía honor a su nombre y viajó a lo largo y ancho de Europa, combatiendo al enemigo por toda Europa y sin detenerse nunca demasiado tiempo en un mismo lugar. Había burlado el aparato de inteligencia alemán en Francia en todo momento y luego lo había trasladado a Italia, Suiza y finalmente a la propia Alemania. Había una mente astuta en juego, un estratega, pero con la disposición física de un hombre de campo. A Martineau le gustaba ser un operador encubierto que permanecía oculto, pero era igualmente hábil para despachar al enemigo de cerca si era necesario.

Con el impulso de la invasión aliada, Martineau fue transferido al Ejecutivo de Operaciones Especiales, algo que sus colegas del MI6 consideraban una herejía, para ayudar a reforzar las redes de resistencia en Francia. Se lanzó en paracaídas en Francia en los primeros meses de 1942 para armar, entrenar y organizar lo que más tarde se convertiría en la Red VAGABUNDO. Martineau era VAGABUNDO 1.

Habían operado bien, golpeando a los alemanes en los días previos al Día D. Luego, una emboscada a una patrulla alemana en el campo salió mal. Habían eliminado la unidad de las SS, pero no antes de que él recibiera un trozo de metralla en la pierna por el lanzamiento de una granada alemana. Fue trasladado rápidamente por aire y pasó las siguientes semanas recuperándose de sus heridas. Los médicos le dijeron que caminaría con una cojera y un bastón por el resto de su vida.

En los meses siguientes a la caída de Berlín, regresó a Francia una vez más, esta vez en una función más abierta, para dirigir un equipo de investigadores enviados para descubrir qué había sucedido con los agentes desaparecidos del SOE y el SIS que habían caído en manos de la Gestapo. Martineau y su equipo siguieron las pistas, interrogando a los agentes de inteligencia y de la policía secreta alemana capturados. Martineau sospechaba, y lo sigue haciendo hasta el día de hoy, que había habido una traición a los agentes, posiblemente más arriba en la cadena de mando, tal vez incluso hasta el mando del SIS o del SOE. Sospechaba que había un topo, pero no podía demostrarlo... aunque algún día descubriría la verdad y quién estaba detrás. En cuanto a los agentes asesinados, habían encontrado su destino en los sótanos de la policía secreta o en los campos de concentración.

Después de la guerra, Martineau había ayudado a forjar el nuevo Servicio Secreto de Inteligencia de la posguerra, racionalizando el amateurismo del viejo club de muchachos en algo que fuera capaz de funcionar en la nueva era. Martineau y sus colegas y compañeros de guerra tenían una gran experiencia operativa y lucharon con ahínco para que la nueva generación se beneficiara de su experiencia. Completó una breve gira como Jefe de Estación en Lima, Perú, antes de, aburrido, volver al mundo académico donde se lanzó a investigar y escribir un nuevo libro sobre la civilización maya en Oxford.

Pero, de vez en cuando, le llamaban para que ayudara a su antiguo Servicio en algún asunto. Un problema que había que investigar, un incendio que había que apagar, un escándalo que había que amortiguar; un agente que había desaparecido, un desertor con el que había que hablar, una mentira que había que desmentir.

Todo ello estaba al alcance de la mente inteligente del Vagabundo Martineau.

Su habitación de hotel era un ático reconvertido, cálido y acogedor, y sería una base perfecta mientras estuviera aquí. Dejó su maleta en la cama de matrimonio y sacó con cuidado su pequeña selección de ropa para colgarla en el armario: un segundo traje, varias camisas, un par de pantalones y un par de jerséis de cuello de tortuga.

Luego, del compartimento secreto de su maletín, al que se accedía mediante un clic lateral del cierre, sacó las copias de los archivos confidenciales que había traído de Londres. Los expedientes eran delgados y solo contenían la información pertinente para lo que necesitaba sobre su investigación. Si necesitaba algo más detallado, tendría que luchar con el departamento de registro en la sede del SIS en Broadway.

Unos minutos más tarde, llamaron a la puerta de su habitación y rápidamente volvió a colocar los archivos en el maletín y dijo con firmeza:

—Adelante.

La puerta se abrió y la empleada doméstica trajo una tetera y una selección de sándwiches. Era joven y guapa, con una sonrisa brillante y el acento de Liverpool que mantenía a raya ante los invitados.

—La Sra. Gregson pensó que le gustaría tomar un refrigerio después de su viaje, señor —dijo.

—Gracias, ponlo en el tocador. ¿Me ocuparé de ello más tarde, eh...? —Dejó la frase colgada, esperando que ella llenara el vacío.

—Daisy, señor.

—Encantado de conocerte, Daisy. ¿Trabajas aquí a tiempo completo? —Sonrió.

—No, señor, solo entre semana. Hago un poco de limpieza y mantenimiento para algunas de las casas más grandes en Wallasey. ¿Está aquí por el asesinato, señor, si no le importa que le pregunte? Es un asunto terrible —dijo.

Él asintió y puso su maletín debajo de la cama.

—Oh, solo estoy aquí para ver si puedo ser útil. ¿Qué sabes de lo que pasó? Y sí, tienes razón, es un asunto terrible.

Martineau tenía una calma cuando hablaba y una amabilidad en su trato. Hacía que la gente se sintiera cómoda. Era una habilidad que lo convertía en un eficaz ladrón de información.

—Oh, solo lo que salió en los periódicos, señor. Es simplemente impactante. Nunca piensa uno que va a pasar en la puerta de su casa, ¿verdad? Bueno, ¡mire cómo me pongo a parlotear! Disculpe, señor, será mejor que me vaya —dijo Daisy. Se dispuso a marcharse y entonces recordó algo—. Oh, casi lo olvido, ¡yo y mi mente! Un oficial de policía dejó su tarjeta para usted hoy temprano, dijo que lo vería en la mañana. —Metió la mano en el bolsillo de su delantal y le entregó una pequeña tarjeta de visita blanca antes de salir, cerrando la puerta suavemente tras ella.

Martineau miró los datos de la tarjeta: *D.C. Martin Thompson*. En el reverso estaba garabateado a lápiz, *recogida a las 8:30* y un número de teléfono en caso de emergencia.

Martineau siguió deshaciendo el equipaje mientras picoteaba los sándwiches y sorbía el excelente té. Cuando terminó, levantó la carpeta de manila y se sentó en el borde de la cama para leerla. La abrió y se sumergió en la historia de la vida y los antecedentes de la víctima, un tal Robert Gordon Dutton.

Robert Dutton, antiguo resistente en tiempos de guerra y antiguo oficial del Servicio Secreto de Inteligencia Británico, había sido un solitario, pero en general un tipo totalmente decente que había servido bien a su país.

Cuando Martineau recibió la llamada de la planta superior del cuartel general del SIS en Broadway para «ayudarles con un pequeño problema», estuvo a punto de negarse. En ese momento estaba metido de lleno en las entrañas de una traducción maya de un texto antiguo que había permanecido oculto durante siglos.

—Vagabundo, necesitamos un hombre con tu toque delicado. Necesitamos tu mente de trampa de acero para averiguar qué le pasó a Dutton, un antiguo miembro de este Servicio, como tú. Al fin y al cabo, es de tu generación —había dicho el Vicejefe del Servicio.

La última vez que le habían pedido un favor para el SIS, su antiguo Servicio, había sido un año antes, cuando ayudó a organizar la deserción de un empleado de cifrado polaco de Sudamérica.

—Queremos que te asegures de que no hay nada que avergüence al Servicio; que limpies la casa, que entierres cualquier basura, que alises las asperezas —continuó el vicejefe.

Así que Vagabundo Martineau hizo lo que siempre hacía. Antepuso el deber a sus necesidades personales como buen soldado secreto que era.

DÍA DOS - *Anatomía de una investigación*

A la mañana siguiente, hacía frío y estaba húmedo y Martineau se vistió adecuadamente con un jersey negro de cuello de tortuga, pantalones y un par de zapatos resistentes. Su gabán y su fiel bastón completaban el conjunto. Tenía la sensación de que hoy iba a estar a la intemperie y quería estar lo más cómodo posible.

Después de un excelente desayuno cocinado en el comedor del River View (donde era el único cliente), salió al camino de grava para esperar a su acompañante policial de los próximos días.

Se quedó en el refugio, al abrigo de la lluvia. Era el tipo de día para quedarse dentro... o para investigar un asesinato, pensó Martineau. Unos instantes después, un coche Oxford Morris azul oscuro se abrió paso por el sinuoso camino que llevaba a la entrada del hotel y se detuvo frente a él. Un hombre de rostro joven, pelo rubio arenoso y buena cara, al menos a los ojos de Martineau, empujó la puerta del copiloto y se inclinó.

—Buenos días, señor Martineau, perdón por el tiempo. Soy el detective Thompson, su escolta durante los próximos días.

Martineau subió, primero con su cuerpo y luego con el bastón. Las viejas costumbres no mueren y siempre lo tenía preparado en caso de ataque. Primero la espalda, el bastón listo para rechazar un ataque.

—D.C. Thompson. ¿Te han dado un nombre de pila? —preguntó Martineau.

—Martin, señor. Martin Thompson.

—Me quedo con Thompson, si le parece bien. Yo no soy policía, así que prefiero un enfoque más informal, especialmente si vamos a pasar algún tiempo juntos. Ah, y olvídate del «señor» conmigo, solo llámame Martineau. ¿Te parece bien?

Empezaron a conducir fuera del recinto del hotel y hacia la frondosa carretera principal, con un destino aún por decidir. Thompson se dejó guiar por el hombre mayor, a pesar de estar clasificado como civil.

—¿Es usted un especialista de algún tipo, señor, si no le importa que le pregunte? Pero nunca he visto tanta actividad en torno a una víctima de asesinato. No es que tengamos muchos en esta zona —dijo Thompson.

—Oh, solo estoy aquí para mantener un ojo en las cosas para la gente de más arriba. ¿Qué puedes decirme sobre el asesinato? —preguntó Martineau, mientras observaba cómo la carretera se curvaba alrededor de la media luna de una colina.

Thompson fue conciso.

—El cuerpo fue encontrado hace poco más de una semana. Calculan que había estado allí unas ocho horas o más antes de ser encontrado.

—¿Quién lo encontró?

—Un hombre de la zona que paseaba a su perro. Los bosques de Eastham son un lugar popular para los paseadores de perros y los senderistas, incluso con este tiempo —dijo Thompson.

—¿Causa de la muerte?

—Heridas de arma blanca. Puedo enseñarle el informe de la autopsia y las fotografías cuando paremos, si quiere.

Martineau asintió. Ya conocía la mayoría de los detalles; solo quería ver si este joven policía podía ofrecer alguna información nueva.

—¿Algún pariente cercano?

Thompson negó con la cabeza.

—Nadie, al menos por lo que sabemos. Llevaba una vida solitaria según todos los indicios, una pensión modesta, era muy reservado. Asistía al club de bolos Crown Green en Birkenhead Park durante los meses de verano, pero ese parece ser el límite de su vida social. Sin esposa, sin hijos, la familia extendida hace mucho tiempo que falleció.

—¿Quién se encargó de los preparativos del funeral?

—El abogado del difunto, Roger Brownlow, una firma respetable, con sede en Hamilton Square. Ellos se encargaron de todo.

—¿Fuiste al funeral?

Thompson asintió.

—Fue un asunto un poco patético, para ser sincero, señor Martineau. Solo estábamos yo, el detective inspector jefe, el abogado y unos cuantos viejos del club de bolos.

Martineau asintió en señal de comprensión. Los agentes secretos tienden a llevar una vida un poco solitaria, incluso los jubilados.

—¿Y cuál es el estado de la investigación en este momento?

Hubo una pausa y Martineau la captó al instante, así que decidió establecer las reglas del juego.

—Thompson, no espero que me cuentes los pequeños detalles y no quisiera comprometer la investigación de la policía de ninguna manera. Es solo que yo también tengo gente a la que debo rendir cuentas, y necesito saber si estoy perdiendo el tiempo estando aquí arriba, o si es mejor quedarme un tiempo más. Al fin y al cabo, tengo que redactar un informe, igual que la policía de Merseyside.

Martin Thompson miró de reojo al hombre mayor. Había algo en ese Martineau que le gustaba. Tenía un aire tranquilo y seguro de sí mismo que le inspiraba seguridad y confianza.

—En realidad, no hay mucho que hacer por el momento. La idea actual es que fue un robo que salió mal, ya que la cartera y el reloj de la víctima desaparecieron. El ataque fue frenético, o al menos lo pareció. No hay testigos, nada forense, ningún motivo real aparte del mencionado robo. Su coche fue encontrado aparcado en las afueras del bosque y registramos su casa, pero no había nada que nos diera pistas; era la casa de un soltero empedernido que vivía solo.

—¿Y la ubicación? ¿No es inusual? —dijo Martineau.

Thompson asintió con la cabeza.

—Un poco. Por lo que sabemos, la víctima nunca salía a pasear por allí, y menos a esa hora de la noche. Vivía a unos once kilómetros de distancia, en Wallasey, así que no era como si este paseo estuviera en su rutina.

Martineau dejó que la información calara y dijo:

—Gracias, Thompson. Me gusta saber a qué atenerme.

Thompson apuntaba más o menos hacia la ciudad y hacia la comisaría principal. Martineau parecía estar sopesando sus opciones. Finalmente, Thompson preguntó:

—¿Qué le gustaría ver primero, señor?

Martineau pensó por un momento y luego dijo:

—Bueno, hagámoslo bien, ¿sí? Vamos a presentar nuestros respetos.

Cuando llegaron al cementerio, el tiempo había mejorado, y solo una nube gris ocasional dejaba entrever lo que había sucedido antes.

Thompson había pasado por delante del crematorio y se dirigió al lado católico. Temblaba dentro de su impermeable; la idea de volver aquí después de solo una semana no le gustaba. Los cementerios eran el último lugar en el que quería pasar tiempo.

Martineau había visto el suelo recién removido y se dirigió hacia la parcela, con su bastón clavado en la hierba húmeda para darle estabilidad. Se detuvo y miró la lápida gris pizarra.

ROBERT GORDON DUTTON
12 de junio de 1895 - 7 de abril de 1957
«Nos lo arrebataron demasiado pronto».

—¿Lo conocía? —preguntó Thompson claramente desde el coche.

Martineau se quedó un momento en silencio, mirando la lápida, ensimismado. ¿Lo había conocido? Martineau pensó en los años transcurridos; rostros de la guerra, compañeros del SOE y del SIS. Había conocido a Dutton, por supuesto, primero en un curso de formación del SOE durante la guerra y luego, después de la guerra, cuando ambos se habían trasladado al SIS en Broadway, Londres, antes de ser enviados a varios rincones del mundo. Martineau pensó que ambos habían estado en numerosas reuniones juntos en la misma sala durante algunas horas, nada más que una cara alrededor de una mesa después de un tiempo.

—No, en realidad no —mintió Martineau, sacudiendo la cabeza—. Solo presentaba mis respetos a un viejo colega de la misma oficina. Me parece lo correcto.

—Lo entiendo, señor.

Martineau le dedicó unos instantes más y luego se giró para mirar al joven agente de policía apoyado en el coche.

—¿Ha dicho algo sobre el informe de la autopsia?

—Sí, lo tengo en el maletero, en mi maletín —dijo Thompson.

—Enséñemelo.

Las fotografías eran el epítome de clínica. Martineau ya había visto cuerpos muertos y traumatizados; gente con la que había luchado y gente contra la que había luchado. Pero había algo espeluznante y perturbador en la fría crudeza de un cuerpo siendo examinado en una losa.

La primera fotografía mostraba un cuerpo pálido, blanco y corpulento con siete heridas de arma blanca en el torso, cada una de ellas marcada con un pequeño trozo de papel numerado. Martineau recorrió la hoja de papel adjunta en la que se exponían los detalles.

—El arma utilizada era larga, fina y afilada. En resumen, un cuchillo. En el informe se dice que hubo ocho heridas de inserción, pero esta fotografía solo muestra siete —preguntó Martineau.

—Mire la siguiente fotografía, señor Martineau —dijo Thompson, indicando la siguiente página.

Martineau rebuscó entre los papeles hasta dar con otra fotografía en blanco y negro. Ésta mostraba una herida limpia justo debajo de la oreja derecha, de no más de dos centímetros de longitud.

Martineau ya había visto heridas como ésa, de hecho, él mismo se las había hecho en combate con una daga de comando tipo estilete. Era el arte de matar en silencio. Se agarraba a la víctima por la espalda, se le arrancaba la cabeza hacia un lado y se le introducía la hoja larga y fina directamente en la carne, justo debajo de la oreja. La hoja penetraría hasta el cerebro, matando a la víctima. Un rápido giro y luego la hoja se retraía rápidamente. Era silencioso y mortal.

—Entonces, ¿cuál de las heridas lo mató? —dijo Martineau—. El informe no lo aclara.

Thompson frunció el ceño.

—¿Acaso importa? Fue un frenesí.

Pero Martineau no lo creía. De hecho, pensó que era exactamente lo contrario de un frenesí. Parecía frío y calculado, no era algo que haría un ladrón con un cuchillo. Si tuviera que adivinar, había sido la fría inserción detrás de la oreja lo que había matado a Dutton y lo había eliminado en silencio. El resto de las puñaladas estaban ahí para distraer la vista y despistar a los detectives de quienquiera que fuera a buscar. Era el equivalente a esconder un árbol en un bosque.

Martineau echó un último vistazo al informe antes de devolvérselo, prefiriendo mantener su propio consejo.

—¿Qué pasó con las cosas de su casa? —preguntó.

—Tengo entendido que los muebles se vendieron. Había una caja con posesiones personales; papeles, medallas, ese tipo de cosas. Me enteré de que nuestro señor Dutton era un héroe de guerra —dijo Thompson, indicando con su voz que le gustaría saber más sobre el hombre.

Martineau asintió.

—Eso creo. Me gustaría verlos, si es posible.

Thompson asintió y puso en marcha el motor.

—Tendríamos que volver a la comisaría y tendría que conseguir el permiso del DCI. Por el momento, todavía están clasificadas como pruebas.

La comisaría principal estaba en Birkenhead, en una calle lateral junto al Ayuntamiento. Martineau fue conducido a través de la recepción al despacho del inspector jefe que llevaba el caso. El inspector jefe John Edge era un policía duro y práctico que había ascendido desde la categoría de «policía» hasta la de oficial superior de investigación. Como a la mayoría de la gente, no le gustaba que hubiera intrusos husmeando en su investigación, especialmente los que procedían de un entorno civil y habían nacido con una cuchara de plata en la boca.

—Hay límites, señor Martineau, a lo que puedo darle — advirtió con su marcado acento de Liverpool. Hoy en día, podía vivir en un bonito chalet adosado en Cheshire, pero no había duda de dónde procedían sus raíces. Era un tipo duro hasta la médula.

Martineau asintió con la cabeza, haciendo lo posible por ofrecer diplomacia.

—Lo entiendo. Simplemente deseo revisar algunos de los papeles personales de Dutton para ver si hay algo relacionado con sus antiguos empleadores.

—¿Qué tipo de papeles? —preguntó Edge, con un ojo astuto ladeado con desconfianza.

—¡Papeles oficiales o semioficiales! Cualquier cosa que pueda comprometer al Gobierno de Su Majestad de alguna manera.

—¿Y quiénes son exactamente sus empleadores... lo siento... los empleadores de Dutton otra vez? —presionó Edge.

—Bueno, si quiere tomar el teléfono y llamar al Superintendente Jefe de la Policía de Merseyside, estoy seguro de que estará encantado de ponerle en claro... o tal vez no... pero, de nuevo, eso es lo que pasa con las órdenes, no siempre sabemos por qué están ahí, solo que se espera que las cumplamos. —Las palabras de Martineau fueron dichas con calma, pero no había duda de la amenaza subyacente. *Hay poderes más grandes que el suyo en el trabajo, DCI Edge*, parecía decir.

Edge lo miró fijamente y luego:

—¡*Thompson!* —gritó a través de la puerta abierta de la oficina.

—¿Sí, jefe? —dijo Thompson, deteniéndose en la puerta.

—Lleva al señor Martineau a la sala de pruebas y toma la caja de objetos personales —dijo Edge. Luego giró la mirada y dirigió a Martineau otra dura mirada—. No te llevas nada, ¿me entiendes? Así que espero que tengas memoria fotográfica. Tienes una hora y nada más.

Era la vida entera de un hombre, condensada en una pequeña caja de cartón y era tan trágica como sonaba.

Martineau y Thompson se quedaron solos en una pequeña sala de entrevistas, con sólo una mesa y dos sillas para que estuvieran cómodos mientras clasificaban los objetos.

Era el habitual conjunto de papeles de una vida; partidas de nacimiento, certificados de defunción de familiares olvidados hace tiempo, viejas tarjetas de Navidad y cartas de amor de años pasados. Cada uno de los artículos estaba sellado individualmente en carpetas de papel y, cuando vació una en particular, cayeron las medallas de guerra de Dutton y las citaciones de operaciones sin nombre en las que había participado durante la guerra.

El único objeto ligeramente conflictivo que alertó a Martineau fue una fotografía en blanco y negro. Era una foto de un grupo de hombres y mujeres y parecía estar tomada en las Tierras Altas de Escocia; en ella aparecía un Dutton mucho más joven junto con el resto de personas de su curso de formación. Martineau le dio la vuelta y observó los detalles escritos a mano, *Arisaig - 1941*, en el reverso. Escondido entre la multitud de compañeros corpulentos, Martineau se vio a sí mismo. Parecía una persona diferente entonces, inocente y aún no curtida en la batalla.

Después de otros treinta minutos, Martineau se sintió aliviado y decepcionado a la vez. Aliviado porque no había nada que realmente pudiera avergonzar al SIS o a cualquiera de sus operaciones y personal, pero decepcionado porque no había nada, ninguna pista, que pudiera conducir a lo que estaba detrás del asesinato de Dutton. Así que, en realidad, su tarea aquí iba solo a medias. Empapelar las grietas de un posible escándalo, ciertamente, pero lo más importante es averiguar quién mató a Dutton y descubrir si fue porque era un espía, o si simplemente estaba en el lugar equivocado en el momento equivocado.

—¿Algo, señor Martineau? —preguntó Thompson, consultando su reloj. Su hora estaba a punto de terminar.

Martineau negó con la cabeza y devolvió los artículos a la caja de cartón de pruebas.

—No, nada, me temo, Thompson.

—¿Y qué hacemos a continuación, señor? —dijo Thompson, quien ya estaba empaquetando los artículos en la caja.

Martineau golpeó su bastón distraídamente, perdido en sus pensamientos.

—Bueno, ha sido un buen primer día. Hemos cubierto mucho terreno, nos hemos hecho una idea de la situación, pero ahora creo que me gustaría volver a mi hotel. Estoy agotado.

Treinta minutos después, Martineau estaba tumbado en la cama de su habitación. A pesar de su deseo de descansar antes de la cena, descubrió que no podía. Su mente trabajaba en exceso, como un ordenador que procesa una gran cantidad de información y trata de filtrar lo inútil de lo útil. Cerró los ojos y ralentizó su respiración, concentrándose en su cuerpo tumbado en la comodidad de la cama, que lo aterrizaba.

Martineau había llegado a un callejón sin salida natural y lo sabía. La policía no estaba más avanzada en su investigación que antes de que él llegara; sin testigos, sin motivo, sin pruebas forenses y sin identidad para el asesino. Los objetos de la caja de pruebas no habían ofrecido nada de utilidad y no había nada en los antecedentes de Dutton en el SIS que sugiriera que los dos incidentes estuvieran relacionados... al menos no todavía.

Lo único que preocupaba a Martineau, y que no parecía preocupar a la policía, era la puñalada detrás de la oreja; de estilo asesino y asestada por alguien que había sido entrenado en el arte del asesinato silencioso.

Empezó a dormirse lentamente, los acontecimientos del día lo habían agotado. Y fue en algún lugar de ese sueño, de ese reino subconsciente, donde las piezas fracturadas se unieron. Había una cosa que no había considerado antes. Dutton era un hombre reservado, un antiguo espía, no era fácil confiar en cualquiera. Fuera cual fuera la causa de su muerte, no dejaría ninguna pista vulnerable y expuesta en su propia casa como no lo haría atado a una asta bandera en medio de la plaza del pueblo.

Haría lo que todos los buenos espías hacen, de hecho, lo que Martineau había hecho en el pasado muchas veces; utilizaría a un recortado, alguien profesional en quien pudiera confiar tanto como en cualquiera. Sin familia y sin amigos cercanos, eso realmente sólo dejaba una opción.

Utilizaría a su abogado, Brownlow.

DÍA TRES: *La caída de la muerte*

La mañana siguiente fue una repetición de la anterior. Martineau se había levantado temprano y después del desayuno fue recogido por Thompson.

—¿Qué le gustaría ver hoy, señor Martineau? —le preguntó Thompson.

Martineau había pasado la noche pensando y reexaminando todo lo que había aprendido por si se le había escapado algo. Hasta ahora, estaba seguro de que no lo había hecho. Pero tenía un presentimiento sobre el abogado Brownlow, y quería analizarlo. Le dijo a Thompson lo que quería: una reunión con el abogado de Dutton y el albacea de su testamento.

Thompson los llevó a la estación e hizo una llamada. Diez minutos más tarde estaba de vuelta, mientras Martineau tomaba una taza de té tibio.

—El Sr. Brownlow está ocupado la mayor parte del día, pero puede dedicarle algo de tiempo una vez que la oficina haya cerrado. Parecía bastante dispuesto —dijo Thompson.

Martineau sonrió y dio un sorbo al té.

—Gracias, Thompson. No tendrá que esperarme. Sólo quiero tener una charla rápida con él. Puedo volver por mi cuenta al hotel.

Thompson asintió. Tenía un bebé en casa, y su mujer le estaba presionando por todas las horas extras, así que un regreso temprano lo pondría en buenos términos.

—¿Hay algo más que le gustaría ver durante el día? Me parece una pena no aprovecharlo bien.

Martineau pensó por un momento y realmente solo había un lugar al que quería ir, especialmente durante el día.

—Por supuesto. Quizá podríamos hacer una pequeña visita al lugar donde se encontró el cadáver, si no es mucha molestia —dijo Martineau, tomando su bastón y levantándose.

Condujeron durante treinta minutos hasta Eastham Woods y el lugar del asesinato, y estacionaron el coche en la carretera principal, junto a un embarcadero que ahora era un mirador que les ofrecía una magnífica vista de la longitud y la anchura del río Mersey. La lluvia de los últimos días había enturbiado el sendero y el suelo, al iniciar el recorrido hacia el bosque, parecía un lodazal. En esta época del año, el bosque tenía un aspecto de cuento de hadas de los Grimm: oscuro, melancólico y opresivo.

—Es justo a la izquierda, señor Martineau —dijo Thompson. Martineau clavó su bastón en el suelo y subió la pendiente sin esfuerzo, pasando por una fuente de agua en desuso que en su día debió de ser bastante grande.

Finalmente, llegaron al Foso del Oso y ambos miraron hacia abajo. El suelo era una masa de hojas húmedas y empapadas y de barro. Martineau se fijó en las anillas soldadas en la obra de piedra que habrían sujetado a los osos en sus inmensas cadenas para que no pudieran escapar ni alcanzar a los visitantes que los contemplaban. También se fijó en las marcas de las garras de los animales que habían arañado la piedra con sus letales garras.

—¿Cómo lo encontraron? ¿Boca abajo o de espaldas? — preguntó Martineau.

—Boca abajo —respondió Thompson.

Martineau asintió para sí mismo, confirmando lo que sospechaba: que Dutton había sido atacado por la espalda, apuñalado y luego empujado al pozo, cayendo de espaldas. Una vez allí, el asesino había saltado y le había apuñalado «estratégicamente» al cuerpo para que pareciera un ataque frenético, antes de darle la vuelta al cuerpo para que estuviera boca abajo.

Martineau miró a su alrededor para encontrar un lugar adecuado donde el asesino pudiera haberse escondido y esperar a su presa. Cerca, había un arbusto de tamaño decente que podía ocultar a un hombre, a no más de dos metros del borde del foso de los osos. El asesino habría sido sigiloso, silencioso; se habría acercado a poca altura y se habría movido lentamente. Luego, cuando estuviera a su alcance, habría dado una patada en la parte posterior de las rodillas de Dutton para dejarlo caer, le habría agarrado la cabeza, se la habría jalado hacia un lado y habría introducido rápidamente la larga y fina hoja detrás de la oreja. Martineau sabía cómo funcionaba. Era la forma en que operaba un asesino silencioso.

—¿Por qué estaba aquí otra vez? —preguntó Martineau, recorriendo la circunferencia de la fosa para verla desde un ángulo diferente.

—De nuevo, no tenemos una idea real, señor. Suponemos que fue simplemente el lugar y el momento equivocado —dijo Thompson, moviéndose en sentido contrario a las agujas del reloj, frente a Martineau.

—¿O podría ser un encuentro? ¿Una cita? ¿Una reunión? ¿Fue Dutton atraído aquí y luego asesinado por cualquier razón? El método del asesinato y el lugar me dicen que fue una trampa. Creo que la policía está mirando al revés —dijo Martineau, pensando en voz alta. Por desgracia, de momento no podía demostrarlo y lo sabía.

—¿No es un poco aislado para un lugar de encuentro, señor? Es decir, lo dejaría vulnerable. A no ser que tuviera refuerzos, claro.

Martineau negó con la cabeza.

—No los tenía. Había operado en solitario. Era la forma en que lo habían entrenado.

Thompson dejó pasar eso, sin querer indagar en un pasado del que no sabía nada.

—De acuerdo, pero sigue sin responder a la razón de la ubicación aislada. Quiero decir, seguramente la seguridad es lo primero.

—¿Pero para quién? —replicó Martineau, mientras su

mente daba vueltas a las posibilidades del motivo y del asesinato.

—Bueno, Dutton, seguramente.

Martineau parecía escéptico.

—¿Es por Dutton? ¿O es el lugar aislado, la seguridad, para la persona con la que se iba a reunir? ¿Era para el asesino? ¿Era para alguien con algo que ocultar?

—Parece que una reunión encubierta tiene dos vertientes —dijo Thompson.

—En mi experiencia, Thompson, ese es ciertamente el caso. Volvamos. Déjame en la estación, me gustaría dar un paseo por la ciudad antes de mi reunión con el señor Brownlow. Toma la noche libre, Thompson; un joven como tú no debería acechar a viejos fantasmas como Dutton y yo.

Roger Brownlow era un hombre regordete de carácter alegre que rondaba los sesenta años. Era el único socio del consolidado bufete de abogados Brownlow y Rogers, y durante los últimos veinte años se había ganado una sólida reputación de representación legal justa y honesta.

—Mi difunto socio falleció hace muchos años, así que ahora somos Mary y yo los que llevamos el negocio. No lo haría de otra manera —explicó con alegría.

Brownlow acompañó a Martineau por un tramo de escaleras de caracol hasta su despacho del primer piso. La gran ventana ofrecía una amplia vista de Hamilton Square, el corazón del distrito legal y comercial de Wirral.

—¿En qué puedo ayudarle, señor Martineau? —preguntó Brownlow, ordenando los papeles de trabajo en su atareado escritorio antes de dedicar su atención al caballero que tenía delante.

Martineau actuó con astucia y mantuvo el tono bajo. Quería saber cuánto habían comunicado los tambores de la selva sobre su participación en el caso Dutton. Los abogados y los policías suelen hablar a puerta cerrada.

—Como ya habrá oído, estoy aquí en contacto con la policía de Merseyside en relación con un antiguo cliente suyo: ¿Robert Dutton? —declaró Martineau.

Un asentimiento de Brownlow le confirmó que había oído rumores de que el desconocido estaba ayudando a la policía.

—Dutton era un colega mío de hace años. Sería una mentira decir que éramos amigos, ni mucho menos. Pero me han enviado aquí para ver si puedo ayudar a averiguar lo que pasó. Sus antiguos jefes consideran que es su deber ayudar a la policía y descubrir lo que le ocurrió a un miembro muy apreciado de nuestra... comunidad —dijo Martineau con cuidado. Estaba caminando por la cuerda floja y lo sabía.

Brownlow se sentó de nuevo en su silla y realizó una genuflexión.

—¿Un antiguo colega, dice? ¿Qué tipo de trabajo sería, señor Martineau?

—Fuimos una especie de compañeros de guerra.

—¿Y después de la guerra?

—Trabajamos para el mismo departamento —respondió Martineau.

—¿En los negocios?

Martineau negó con la cabeza.

—En el servicio gubernamental. No estábamos exactamente en el mismo departamento, sino más bien en la tangente el uno del otro.

—Ya veo —dijo Brownlow, claramente inseguro.

Martineau se adelantó.

—Señor Brownlow, simplemente estoy aquí para supervisar el orden de los asuntos que puedan estar relacionados con la carrera del señor Dutton y para ayudar a la policía, si puedo, con cualquier... conocimiento de fondo.

—¿Pero no puede decirme para qué departamento trabajaban ustedes... él... ambos? —dijo Brownlow con cautela.

—Me temo que no puedo —dijo Martineau—. He firmado la Ley de Secretos Oficiales. Solo eso debería darle una idea de la gravedad de la situación.

Brownlow asintió sabiamente.

—Señor Brownlow, como representante legal del señor Dutton, ¿puedo preguntarle si le dejó algo para que lo custodie? ¿Algo que tal vez quisiera que usted entregara a un tercero? —dijo Martineau.

Brownlow hizo una pausa, sopesando su respuesta en su mente.

—Continúe —dijo finalmente.

—Algo que solo sería relevante para alguien que hubiera trabajado en un empleo similar al suyo durante su vida laboral... Algo no necesariamente para la policía, por muy valorado que sea su función. No, estoy pensando en algo que quisiera dejar, quizás para un viejo camarada, algo que pudiera ayudarnos a entenderle y lo que estaba pasando. Tal vez incluso nos indique por qué lo mataron —dijo Martineau, con un tono genuino y una actitud abierta.

Brownlow metió la mano bajo su escritorio y sacó una botella de whisky y dos vasos pequeños. Sirvió y ofreció uno a Martineau. Ambos dieron un sorbo al whisky.

—Nunca me han gustado mucho las conspiraciones, para ser sincero —dijo—. En mi línea de trabajo, ya se tiene bastante de eso en el día a día. Pero Dutton, buen tipo y todo, era diferente. Era un libro cerrado. Muy afable y todo eso, muy desenfadado, pero no sé más de él ahora que cuando lo conocí hace años en el Bowling Club.

Martineau asintió en señal de comprensión.

—Los secretos son el precio que pagamos por la vida que llevamos —dijo.

Brownlow hizo otro sabio gesto con la cabeza.

—No me importa si es el maldito Servicio Secreto o lo que sea; no es mi mundo y no quiero formar parte de él. Pero sé dos cosas. Primero, nadie merece ser masacrado como lo fue Dutton, y segundo, llevaré a cabo las instrucciones de mi cliente lo mejor que pueda. Dijo que alguien como usted vendría. No sabía quién ni cuándo, solo que alguien de su antigua vida encontraría el camino hasta aquí y que si yo creía que esa persona era auténtica, debía transmitir lo que se me había encomendado. Creo que usted es ese hombre, señor Martineau.

Brownlow se puso en pie y se dirigió a una habitación trasera situada en un lateral de su despacho. Martineau oyó el giro de una llave en el metal y luego un ruido seco al cerrarse una puerta; una caja fuerte de acero.

Cuando regresó, Brownlow tenía un sobre de manila en la mano que le pasó a Martineau.

—Esto, sospecho, es el último secreto de Robert Dutton. No sé lo que contiene y no he mirado. Lo único que le pido es que, si puede, encuentre al cabrón que lo mató y lo lleve ante algún tipo de justicia... si no, ¿qué maldito sentido tendría todo esto?

Martineau se puso de pie.

—Gracias por la bebida, Sr. Brownlow. Haré todo lo posible.

Después de su reunión con Brownlow, Martineau paró un taxi en Hamilton Square y regresó a su hotel.

Llegó justo a tiempo para alcanzar el horario de la cena. Se sentía agotado y solo quería comer, tomar una copa de vino y luego retirarse a su habitación para inspeccionar lo que había dentro del sobre que le habían confiado.

El restaurante estaba casi vacío, solo un puñado de clientes en las mesas, así que Martineau encontró un asiento en la ventana y se acomodó. La mesera de la noche era la criada, Daisy.

—Buenas noches, Sr. Bradbury. ¿Qué le sirvo, señor? —preguntó ella, con su libreta y su bolígrafo en las manos.

Martineau pidió la parrillada mixta, una copa del Burdeos y luego se sentó en la soledad, pensando en los acontecimientos del día. Su mirada seguía atrayendo el sobre que asomaba en el bolsillo de su abrigo. Al final, no pudo resistirse más. Abrió el sello, comprobó que nadie en el restaurante le prestaba atención y miró dentro.

Era una fotografía en blanco y negro de buena calidad, una 9″ x 8″, y mostraba la vista lateral de un ornamentado puente de madera sobre un lago. En uno de los paneles laterales del puente alguien, presumiblemente Dutton, había dibujado un círculo con un lápiz, indicando que esa parte concreta del puente era algo especial. Martineau volvió a comprobar el sobre para ver si se le había escapado algo, pero no, ésta era la única pista que tenía. Así que lo que Dutton había querido transmitir debía estar escondido en alguna parte de esa foto. El problema era que no tenía ni idea de dónde estaba ese puente ni de cómo encontrarlo.

Lo dejó a un lado cuando le sirvieron la comida y se concentró en comer. Pero su mente seguía activa, tratando de averiguar dónde estaba el lugar y qué significaba. Finalmente, terminó su comida y dio un sorbo a su vino, mirando de vez en cuando la fotografía, tratando de descifrarla, fracasando. No había nada en ella que permitiera precisar su ubicación.

—¿Piensa hacer un poco de turismo, señor Bradbury?

Se dio la vuelta y vio que Daisy estaba recogiendo los platos de su comida. Ella estaba asintiendo a la fotografía en sus manos.

—¿Sabes dónde está esto? Tengo que ir a depositar una corona de flores para el pobre tipo que falleció —mintió Martineau—. Era su última voluntad.

Daisy inspeccionó la foto con más detalle y luego sonrió.

—Oh, sí, señor, por supuesto que lo reconozco. Está en el Parque Birkenhead, es el Puente Suizo.

Una hora después, Martineau entró en el parque al amparo de la oscuridad.

Había aparcado el Jaguar a una distancia decente en un camino lateral y había bajado el resto de la colina hasta encontrar las puertas de entrada al parque. Estaban, como esperaba, encadenadas y con cerrojo. Evidentemente, el parque estaba asegurado una vez que oscurecía.

Hacía muchos años que no realizaba una infiltración nocturna, y aunque esto no podía compararse en absoluto con colarse en un patio de ferrocarriles ocupado por los alemanes para colocar un contenedor de explosivos de gran potencia, le traía recuerdos vívidos.

El parque de Birkenhead había sido el primer parque cívico del mundo financiado con fondos públicos. Inaugurado en 1847 y diseñado por el diputado Sir Joseph Paxton, quien posteriormente influyó en el diseño de Central Park en Nueva York. El parque era una inmensa zona vallada, pero, como en cualquier estructura y entorno de gran tamaño, siempre había puntos débiles en los que un operador hábil podía penetrar sigilosamente. En el caso de Martineau, se trataba de una pequeña parte de una valla de madera en mal estado que le hacía salir no muy lejos del pabellón de cricket.

Había encontrado un rudimentario mapa turístico del parque en la recepción del hotel que le daba una idea aproximada de dónde estaba el puente suizo de la fotografía y, tras comprobarlo, se adentró en la oscuridad circundante. El silencio le resultó abrumador y, al mismo tiempo, reconfortante. Siempre había operado bien de noche, su cobertura le daba una sensación de seguridad. Y para lo que esperaba que hubiera allí, es decir, un buzón muerto, Martineau necesitaba anonimato y soledad.

No temía los ataques físicos, solo era precavido. Su arma preferida era su bastón; un bastón de caballero, de color marrón sólido, de haya lacada y con el clásico mango contorneado de Derby. Era robusto, resistente y sorprendentemente ágil como arma en las manos adecuadas.

Martineau llegó a una encrucijada en el camino y volvió a consultar su mapa, con la luz de la luna como linterna. A la izquierda estaba la extensión abierta del parque, pero a la derecha, el sendero acababa bajando hacia un lago y, finalmente, hacia el Puente Suizo. Unos minutos más de caminata en la oscuridad y el camino, como era de esperar, se dirigía a la derecha. Podía ver la silueta del puente delante de él. Para él, éste era el momento del peligro, siempre lo había sido. Era ese momento de vulnerabilidad antes de acercarse a un punto muerto y así, como un espectro, se colocó detrás de un árbol para observar y esperar. No podría haber sido un escenario más dramático si lo intentara. La luz de la luna se reflejaba en el lago y proyectaba largas sombras desde los árboles. En lo que respecta a los posibles sitios de buzones muertos, si es que se trataba de eso, ciertamente estaba allí arriba como el más singular.

Le dio cinco minutos... luego diez... luego quince... hasta que se cercioró de que no había nadie en la zona antes de empezar a acercarse con cautela al puente. Según el folleto turístico, el «puente suizo» del parque de Birkenhead era un puente peatonal de seis metros que tenía la notoriedad de ser el único puente cubierto de madera del tipo de construcción tradicional del Reino Unido. Al principio, pensó que era de diseño asiático, pero sólo al acercarse pudo ver los finos detalles de los artesanos europeos que confirmaban su herencia.

Para él, lo único que importaba ahora era encontrar el panel lateral que estaba marcado en la fotografía. Según la imagen, era el tercer listón, justo después de los escalones que daban acceso a la construcción. Martineau avanzó por el borde de la hierba y tanteó con la mano en la oscuridad... uno, no... dos, no... tres. La madera cedió bajo la presión de su mano y metió la mano dentro.

Sus dedos encontraron al instante algo cuadrado, sólido y cubierto de un papel ceroso. Un estirón y un agarre y sacó el objeto del buzón muerto. Tenía forma de libro y probablemente tenía el tamaño de un libro de contabilidad. Pero no era el momento ni el lugar. Tenía la siguiente pista en la búsqueda del tesoro de Dutton y ahora tenía que ver a dónde conducía.

Una vez de vuelta en su hotel, Martineau arrancó el papel marrón que ataba el paquete. Era, como esperaba, un libro, o más exactamente un diario. Era el último testamento de Robert Dutton.

El diario era antiguo y estaba encuadernado en cuero, con un candado de latón en la parte delantera para sujetar las páginas. Martineau lo abrió e inspeccionó la primera página. En ella figuraba el mensaje habitual, estar en su sano juicio, etc., etc. Martineau escudriñó hacia abajo hasta llegar a la carne y huesos del diario. La escritura de Dutton era clara y compuesta y, como todos los buenos informes de los oficiales de inteligencia, era concisa.

Me reclutaron de los Royal Engineers, probablemente porque tenía un francés decente como segunda lengua. Luego, tras una serie de entrevistas, fui adoctrinado en el mundo secreto de la inteligencia. Fui entrenado como operador de radio para una red SOE llamada BOW-TIE y nuestra área de operaciones era Lyon, Francia.

El diario hablaba de ser lanzado tras las líneas enemigas, de reunirse con su red y de vivir encubierto en territorio hostil. Pero entonces, como sucede a menudo, hubo una traición.

Me capturaron esa noche. Solo puedo adivinar cómo supieron que íbamos a estar allí, pero con toda probabilidad fue gracias al trabajo de un informante de la Gestapo. Esa fue la primera vez que conocí al Haupsturmfurher Hans Krause. Era el típico ario; alto, rubio, fuerte. Un chico del cartel del Tercer Reich. En la zona de Lyon tenía una reputación de despiadado contraespionaje del SD que le había valido el nombre de «La Bestia de Lyon».

También tenía una reputación con las chicas locales de la región. A algunas las tenía como amantes y a otras las veía con él una sola vez y luego desaparecían. Se rumorea que las mataba en un frenesí violento. No puedo demostrarlo, aunque tengo mis sospechas. Lo que sí puedo decir es que, durante mi interrogatorio y tortura, Hans Krause no tenía nada de frenético. Era todo lo contrario; era frío y calculador y despiadadamente eficiente.

Me torturó muchas veces durante esa semana. Muchas las he borrado de mi mente... o al menos la mayoría. Algunas todavía vuelven a mí cuando duermo, en mis pesadillas. Me golpearon, me hicieron pasar hambre, me interrogaron y me volvieron a golpear. Me introdujeron metal en el cuerpo y me quemaron con fuego. Pero el momento que siempre recordaré fue cuando Krause, con sus guantes de cuero negro de torturador, desolló la piel de mi espalda y luego vertió amoníaco sobre las heridas frescas. Estoy seguro de que hubo muchas más que fueron peores, pero esa fue la que permanece conmigo como las cicatrices que aún tengo en mi carne. ¿Hablé? Por supuesto que sí; tarde o temprano todo el mundo lo hace. Mi única esperanza era que diera a mi red el tiempo suficiente para cancelar las operaciones y escapar de la zona. Es algo con lo que tendré que vivir el resto de mi vida. Las cicatrices se han curado, pero la culpa me acompaña como una sombra.

Solo cuando me trasladaron a otra prisión, antes de ser trasladado a uno de los Campos de Concentración, fui rescatado por miembros de mi célula de la Resistencia. Me salvaron la vida. Sabía el destino que me esperaba y sabía que no era lo suficientemente fuerte como para sobrevivir a las prolongadas torturas de la Gestapo.

Después de la guerra me pasé, sin problemas, al Servicio Secreto de Inteligencia, donde pasé muchos años como Jefe de Estación en Sierra Leona antes de mi jubilación. Cuando finalmente me jubilé, opté por volver a la casa de mi familia en Wirral. Había estado tanto tiempo fuera que la mayor parte de mi familia, si no toda, incluso la lejana, había fallecido hacía tiempo. Pero construí una vida y disfruté de mi jubilación, viviendo con mi pensión del gobierno.

Luego, un día, muchos años después, asistí a un acto benéfico del Rotary Club local en un hotel privado de Cheshire. Se trataba de una velada; corbata negra para los caballeros y vestidos de verano para sus buenas esposas. Como soltero, me habían colocado en una mesa con otros solteros y algunas parejas, más bien para que interactuáramos y no nos quedáramos solos. Acabábamos de terminar el plato principal cuando lo vi sentado en una mesa al otro lado del abarrotado comedor. Al principio, pensé que debía ser un error, que mis ojos me estaban jugando una mala pasada. Pero supe al instante que no era así.

El hombre era mayor, distinguido y bien cuidado. Sentada a su lado había una mujer más joven; su esposa, supuse. Era tan rubia como él y se mostraba igual de distante con la gente que les rodeaba. Me excusé de mi mesa y comprobé el plano de asientos en la recepción, encontré su mesa y descubrí que los asientos estaban a nombre del Sr. y la Sra. Paul Jago de Benchmark Developments, Ltd.

Pero no era Paul Jago... ¡Sabía que era Hans Krause!

Me sentí mal del estómago. No sabía qué quería hacer. Hacer una escena. Matarlo. Vomitar. Llorar. Al final me fui, alegando una emergencia en casa. No recuerdo realmente haber conducido a casa esa noche; mi mente era una pesadilla despierta. No recuerdo realmente los días siguientes... Me emborraché, dormí, intenté decidir qué hacer.

Martineau hojeó las páginas, revisando rápidamente el texto hasta llegar a la siguiente sección que le llamó la atención.

Mi plan era sencillo. Iba a averiguar todo lo que pudiera sobre Paul Jago y demostrar, a mí mismo si no es que al mundo, que en realidad era un antiguo torturador de la Gestapo que vivía bajo una identidad falsa. Así que investigué, investigué e investigué. Utilicé todas mis habilidades de recopilación de información que había aprendido de la guerra secreta para encontrar toda la información que pudiera sobre Jago. ¡Y qué tesoro era!

Paul Jago, o al menos eso decían los archivos oficiales, era un refugiado checoslovaco que había escapado de los nazis y había llegado a Inglaterra para luego ayudar en la guerra como intérprete. Era un hombre de negocios hecho a sí mismo que renovó y desarrolló propiedades tanto en el Reino Unido como en Europa. Su habilidad consistía en comprar barato, renovar rápidamente y vender cuando el mercado estaba en su punto más alto. Según los periódicos locales, Jago viajaba a Europa varias veces al año para buscar y gestionar sus proyectos en el extranjero. Su

empresa, *Benchmark Developments, Ltd.*, realizaba regular-
mente donaciones a varias organizaciones benéficas locales. Se
había casado con Celia Montgomery, la hija menor de un barón
naviero de Liverpool, y la pareja, actualmente, no tenía hijos.

¿Y Hans Krause? ¿Qué había sido de él? La única información que pude encontrar sobre él fue un oscuro artículo de The
Times en el que se mencionaba brevemente su nombre en el
juicio de Nuremberg contra Walter Schellenberg, el jefe de la
inteligencia nazi. Pero después de eso, no había nada más.

Martineau comenzó a leer más rápido, sus ojos escaneaban
las páginas.

*Empecé a vigilar esporádicamente a Jago en sus oficinas de
Liverpool y en su casa, una lujosa mansión de cinco dormitorios
llamada Stormlands, que estaba encaramada al borde de un
acantilado cerca de la playa de Thurstaston, en la península de
Wirral.*

*La mayor parte del tiempo, era la rutina normal de una
pareja acomodada; trabajo, descanso, los ocasionales invitados a
cenar. Era banal. Pero entonces, cada mes más o menos, su
mujer se iba de compras a Londres con su hermana. Jago las
llevaba a la estación de tren de Liverpool Lime Street y las
despedía. Se iban durante varios días y era entonces cuando
Jago, o más exactamente Krause, cobraba vida. Era como ver
cómo se arrancaba una máscara.*

*La vigilancia me llevó casi un año, y varias veces pensé que
era una pérdida de tiempo. Construí la imagen lentamente,
incrementando, nada demasiado apresurado ni demasiado verde.
Jago recogía a una prostituta cerca de los muelles, a veces en
Liverpool, en la Dock Road, a veces en Birkenhead, en Corpora-
tion Road o en las calles del río. Ocasionalmente, viajaba más
lejos, a Manchester. Todas encajaban en un tipo conocido: jóvenes, de cabello oscuro, de aspecto inocente.*

A veces tenía sexo con ellas en su coche, pero ocasional-

mente, de vez en cuando, llevaba a algunas a su casa, a Storm-lands. A estas chicas las llamaba «las desaparecidas». Una vez que estaban dentro de la casa, en una hora llegaban otros coches. Todos hombres, todos solos y todos vestidos de cierta clase. Los hombres se quedaban varias horas y luego se iban. Las chicas nunca salían (ver fotografías adjuntas).

Martineau echó un vistazo a una fotografía granulada en blanco y negro que había sido pegada en el diario. Era de una colección de varios hombres vestidos de esmoquin que entraban en una propiedad grande y ornamentada. Un hombre en particular había sido rodeado con tinta. Era pequeño, delgado, incluso con aspecto de comadreja.

Cuando todos los hombres entraron, miré con mis prismáticos para descubrir las matrículas de sus vehículos y las anoté. Varias horas más tarde, salió uno de los hombres (véase la fotografía adjunta) y decidí seguirlo, discretamente y a distancia, lo que, teniendo en cuenta que era de noche, no era tarea fácil.

El coche me condujo finalmente a una pequeña vicaría en las afueras de Parkgate. En el tablón del exterior figuraba el nombre del reverendo William Blenkinson. El hombre se bajó de su pequeño coche y entró. Una luz se encendió brevemente y luego se apagó mientras el hombre se preparaba para acostarse.

Sabía que era mi momento. Podría haber esperado, reunir más pruebas, pero algo dentro de mí sabía que éste iba a ser un punto de inflexión en mi investigación. No tenía más que una información de vigilancia poco convincente, algunas teorías a medias y un montón de faroles. Pero sabía, por haber dirigido agentes en África, que cuando hay que ser duro con un informante, ¡hay que entrar con fuerza y apretarle las pelotas!

Le di diez minutos para que se acomodara y luego me acerqué a la puerta y la golpeé varias veces tan fuerte como pude. El efecto fue instantáneo; se encendió una luz en el piso de arriba y hubo una sensación de movimiento en el interior. Final-

mente, la puerta se abrió y apareció un hombre pequeño, calvo y con aspecto de comadreja, en pijama y bata, cuyos ojos parpadeaban al adaptarse a la luz.

Entré con toda la fuerza que me había prometido. «¡POLICÍA, apártese!», grité a voz en cuello, para controlar y dominar. Le pasé por encima y comencé a avanzar hacia la zona del salón. Cuando protestó, me di la vuelta y le di una fuerte bofetada en la cara. Eso lo dejó sin aliento y se hundió en una silla cercana. Lo tenía. Las palabras brotaron de mí... ¡¡Paul Jago, una fiesta privada, una chica, estás en un gran problema, y tú un vicario!! Y todo el tiempo estuve sobre él, dominándolo físicamente en caso de que decidiera huir. Lo necesitaba contenido y en un solo lugar.

Me pasé diez minutos ablandándolo con la retórica: sería una desgracia, estaría arruinado, se vería en la cárcel con los pedófilos y los pederastas. Al final, lo hice llorar, que era exactamente lo que quería. Entonces vino el endulzante: eres insignificante, cuéntame todo y podremos hacer una excepción en tu caso, mantenerte fuera de los papeles, probablemente incluso mantenerte fuera de los tribunales. Pero sólo, SOLO, ¡si entregas a tus compinches! Asintió con la cabeza y le serví un pequeño jerez, para calmar sus nervios.

Martineau avanzó unas cuantas páginas más, dispuesto a leer la confesión del hombre.

Era una fiesta de sexo. Bueno, en realidad más que eso. Paul Jago las organizaba varios meses al año. En su sótano, había construido lo que llamaba su mazmorra. Tenía ataduras, cadenas, una mesa de operaciones y una cámara de cine para grabarlo todo. La lista de invitados era de élite; había que ser elegido personalmente por Paul Jago.

—¿Quién estaba en la lista? —pregunté.

No se usaban nombres. Solo Jago conocía a los invitados. Pero, por supuesto, la gente habla mientras se toma una copa;

conozco personalmente a varios empresarios, concejales, un detective de la policía, banqueros... gente de esa calaña.

—Dime qué ocurre —le gruñí.

—Tenemos una fulana para la noche. Así es como se llaman las chicas, a veces chicos jóvenes de los barrios bajos; Fulanos. Se les engaña para que vengan a la casa, pensando que es solo para tener sexo con Jago. Pero luego todos nos turnamos con ellos, sujetamos a la chica y luego todos nos turnamos con ella. A algunos de los invitados no se les levanta así; para ellos, solo pueden excitarse infligiendo dolor a la Fulana. Luego, a medida que avanza la noche, Jago elige a un cazador para la velada, normalmente alguien a su favor o con el que intenta congraciarse. El cazador entonces ata a la chica a la mesa de operaciones y puede hacer lo que quiera con ella...

—¿Hacer lo que quiera?

—Sí. Violación, tortura, he visto las cosas más brutales.

—¿Y usted ha participado?

Ahora, el vicario lloraba con fuerza, asintiendo con la cabeza. No sentía nada más que asco, incluso su visión daba ganas de vomitar.

—¿Cómo termina todo? —pregunté.

—Termina con la chica siendo asesinada, masacrada. El cazador consigue matarla.

—¿Y Jago?

—Jago lo filma todo. Es para su colección y luego se deshace del cuerpo de alguna manera. No sé más que eso. Lo prometo, por favor...

Volví a abofetearle, con fuerza y varias veces. Lloró y gimió un poco más. Pero yo sabía que mi trabajo no había terminado todavía. Tenía que meterle el miedo en el cuerpo. Le dije que aún no estaba fuera de peligro. Que no dijera nada y actuara con normalidad. Si Jago volvía a ponerse en contacto con él para hablar de otra «fiesta», debía actuar como si estuviera entusias-

mado, pero sin comprometerse a nada. Asintió con la cabeza, su cara era una máscara de miedo. Me fui, advirtiéndole que yo volvería. Pero en realidad sabía que nunca lo haría.

Martineau dejó el diario sobre la cama y se alejó de él. Era difícil de leer, aún más difícil de digerir. Salió de su habitación y se dirigió al bar vacío, se sirvió un whisky grande y firmó una ficha para que se lo pusieran en la cuenta. Se bebió la bebida de un trago, se armó de valor y volvió a subir a los horrores de lo que Dutton había descubierto.

La imagen de mi inteligencia se estaba aclarando un poco.

Busqué en los informes de los periódicos regionales de los últimos años para encontrar casos de chicas, chicos y niños desaparecidos y encontré varios que se ajustaban al perfil. Jago parecía cazar en zonas en las que se sentía cómodo; no justo en su puerta, pero a una distancia razonable en coche. Las seleccionaba porque eran vulnerables, estaban aisladas y desesperadas. Su modus operandi no había cambiado en absoluto desde Lyon y tampoco, al parecer, sus inclinaciones.

Pero la inteligencia que había reunido mostraba que no se trataba de un simple fetiche sado-sexual de Jago. No, era algo mucho, mucho más; estaba comprando influencia y almacenando material de chantaje sobre los ricos y poderosos que entraban en su órbita.

¡Pero entonces algo me golpeó! Nunca sabré por qué no me di cuenta antes. ¿Quizás tenía sed de sangre y estaba cegado por la venganza? Creo que ese fue probablemente el caso. Mi problema era este: ¿y si las autoridades británicas sabían todo sobre Jago/Krause? ¿Era posible que lo estuvieran protegiendo? Sabía por mi propio conocimiento de las operaciones en tiempos de guerra que muchos nazis habían sido convertidos y se les

había ofrecido un nuevo comienzo en un nuevo lugar. ¿Pero aquí? ¿En el Reino Unido? Seguramente eso no era posible.

¿Estaba Jago vendiendo a sus antiguos colegas? ¿O estaba ofreciendo información sobre agentes de la amenaza comunista? ¡El enemigo de mi enemigo es mi amigo! Si acudía a la policía o al MI5, ¿lo protegerían? ¿Habían hecho un trato con él? Parecía muy probable; después de todo, que un antiguo criminal de guerra nazi adquiriera una nueva identidad y se convirtiera en un exitoso hombre de negocios millonario no sucedía por sí solo, ¿verdad? Habría que mover hilos, evitar la burocracia y poner en marcha órdenes de protección.

Podía sentir que mi obsesión crecía, que se apoderaba de mi vida. He vivido, dormido y comido con ella constantemente. Pero a pesar de todo, no podía parar, tenía que alimentarla. Tenía que descubrir la verdad y hacer pagar a Hans Krause.

Martineau pasó la página y se dio cuenta de que varias de las páginas siguientes habían sido arrancadas apresuradamente, casi como si Dutton hubiera tenido dudas sobre lo que había escrito. ¿O es que tenía dudas sobre lo que realmente iba a hacer?

Si Jago está protegido por las autoridades, entonces atacaré lo único que lo hace vulnerable: su reputación. Daré a conocer las imágenes a la prensa. ¿Por qué él, un asesino, un criminal de guerra y un violador, puede vivir libre y disfrutar de una riqueza ilimitada? He utilizado un farol una vez, podría funcionar de nuevo.

La siguiente entrada del diario fue varios días después. Los registros eran cada vez más cortos, más concisos y más juntos.

Me puse en contacto con Jago. Le dije que sabía de sus pecadillos... y de su pasado. Le dije que quería 5000 libras para comprar mi silencio y que, si no cesaba en sus perversiones, daría a conocer todo lo que tenía a los periódicos. Esperaría su respuesta cuando volviera a llamar en unos días.

Luego, unos días más tarde, hubo otra entrada:

Siempre he querido visitar la costa de Amalfi en Italia, quizás incluso Niza o Cannes. Creo que merezco disfrutar de los frutos de mi trabajo... He servido a mi país con honor y he pagado con sangre. Unos pocos miles de libras aquí o allá no son nada para alguien como Jago. Quiero que esté bajo los talones de mis botas en el futuro inmediato. Lo someteré a mi voluntad.

Otra vuelta de página y Martineau encontró las últimas entradas.

¡Jago se ha doblegado a mi voluntad! Ha aceptado pagar el dinero del chantaje. Pero no soy tonto y no me fío de él. Me ha pedido que nos encontremos en un lugar donde no lo reconozcan y que me pague el dinero en efectivo. Una vez más, me considera un tonto. Sé que planea matarme. Pero es un farol dentro de un farol. Iré a su encuentro, tomaré su dinero y luego, cuando esté a punto de atacar, le dispararé hasta matarlo. Tengo mi viejo revólver de la guerra. Lo mataré. Siento simpatía por sus víctimas, los Fulanos. Pero en realidad, esto es simplemente sobre mi venganza.

Sin embargo, por si acaso las cosas no salen como se planean, he decidido una pequeña póliza de seguro. Dejaré este diario (junto con todas las fotografías y la información) en un buzón ad hoc en el puente suizo de Birkenhead Park. Y si he dejado suficientes pistas, solo alguien de mi antiguo Servicio podrá deducir dónde está y qué ocurre. Espero que puedan hacer uso de él. Si es así, lo más probable es que ya esté muerto.

No me arrepiento de nada.

Robert G. Dutton

1957

DÍA CUATRO – 'Stormlands'

Martineau se levantó temprano, desayunó y encendió el Jaguar. Necesitaba caminar, estirar las piernas y, sobre todo, pensar. La Sra. Gregson le había dibujado un mapa apresurado sobre cómo llegar al paseo costero de New Brighton y así, veinte minutos después, estaba aparcando el coche y avanzando a toda velocidad por el malecón.

La vista era impresionante, con una panorámica de la península de Wirral, pero a lo lejos, con vistas a los muelles de Liverpool, el cielo gris se dirigía hacia él. Se avecinaba una tormenta.

En teoría, su tarea aquí había terminado; había tapado cualquier grieta que vinculara a Dutton con el SIS. Pero en el proceso se había topado con una conspiración mayor, una que implicaba a criminales de guerra, desviados sexuales y posiblemente a su servicio hermano, el MI5.

¿Pero qué era más importante para él? ¿Seguir con el status quo manteniendo el flujo de información sobre antiguos agentes nazis y comunistas, o llevar ante la justicia a un asesino, violador y sádico de niñas inocentes... niños inocentes? Tenía que elegir y ninguna de las dos vías era especialmente fácil o aceptable. Finalmente, tomó una decisión y, acertada o no, tenía al menos una idea de cómo iba a manejarla. Su plan era sencillo: mantener el hecho del pasado nazi de Jago para sí mismo por el momento e impulsar la teoría de que todo se trataba de desviados sexuales que secuestraban y asesinaban niñas. Por eso habían asesinado a Dutton.

Además, si empezaba a soltarle historias de guerra nazis al joven Thompson, el detective no se lo creería. Estaba demasiado lejos de su mundo y de sus conocimientos. Pero un pornógrafo, un sádico y una red de vicio... sí, eso podía ver que Thompson lo consideraría más plausible.

Martineau se dirigió a una cabina telefónica pública cercana, rebuscó en su bolsillo y marcó el número que Thompson le había dado. Cuando escuchó la señal, introdujo las monedas.

—¿Thompson? Soy Martineau. Siento no haberte visto esta mañana. Mira, ¿puedes reunirte conmigo en New Brighton? Podría necesitar tu ayuda con algo. No, no lo hagamos por teléfono; mejor cara a cara. Y sé tan rápido como puedas, no creo que nos quede mucho tiempo.

Estaban sentados en una cafetería del paseo marítimo con vistas a un faro y a un fuerte que había protegido las rutas marítimas durante las guerras. Ambos tenían ante sí té y club sándwiches, sin tocar. La comida sólo estaba allí para pagar el alquiler y poder resguardarse de los vientos de la tormenta.

—¿Y de dónde ha sacado esa información? —preguntó Thompson con escepticismo.

Martineau sonrió.

—Digamos que me la pasó una fuente anónima que tengo que proteger por el momento.

Pero Thompson seguía sin estar convencido.

—El Sr. Jago es un hombre de negocios bastante prominente en esta zona y tiene muchas conexiones políticas. Es un riesgo terrible, Sr. Martineau, especialmente sin ninguna prueba... El DCI Edge tendría mis tripas como ligas.

—Creo que las pruebas estarán en la casa, solo necesitamos que entre y haga algunas preguntas. Ver si podemos ponerlo un poco nervioso. Además, si conseguimos lo que creo que conseguiremos, Edge te dará palmaditas en la espalda y te invitará a unirte a la logia masónica local. Serás el chico de los ojos azules.

Thompson sonrió ante eso.

x

—¿Y qué se supone que debo decir exactamente?

—Algo vago —sugirió Martineau—. Algo parecido a que un hombre que se ajusta a su descripción fue visto en el bosque el día del asesinato y que puede ofrecer una coartada sobre dónde estuvo. Él sabrá que todo es una tontería, habrá sido demasiado cuidadoso, pero veamos si se le escapa algo. Así, siempre podremos llevar nuestras sospechas al DCI Edge.

—¿Y dónde estará?

Martineau jugó con el sándwich y luego lo rechazó.

—Tendré que esperar en el coche fuera. Soy un observador no oficial, ¿recuerdas? No tengo autoridad ni poderes de arresto. Te quiero como mi espía dentro de la casa; avanza, ve qué clase de hombre es y cuáles son sus reacciones. Después de eso... bueno, ya veremos a dónde nos lleva.

Thompson lo consideró todo. La investigación policial oficial estaba muerta en el agua, así que esto era mejor que no hacer nada. Si todo salía mal, dejaría que Martineau asumiera la culpa, ¡eso esperaba!

—Muy bien, ¿cuándo nos vamos?

Martineau miró al cielo que se oscurecía.

—Se avecina una tormenta. Esperaremos hasta que oscurezca y entonces nos pondremos en marcha. Así que será mejor que le digas a tu mujer que llegarás tarde a casa.

Paul Jago se sentó en el sillón de cuero de su amplio salón y cuidó la copa de coñac, sorbiendo de vez en cuando el fino líquido. Le gustaban estos momentos de tranquilidad, relajándose mientras miraba por las ventanas francesas la tormenta vespertina que azotaba la costa.

Era un hombre alto y fuerte, con el pelo rubio y encanecido en las sienes. Los años de la posguerra habían sido buenos para él y se había beneficiado mucho de su mente calculadora y su previsión. Vivía el sueño del superviviente: riqueza, esposa trofeo, buenas relaciones, intocable.

Después de los recientes disgustos, por fin sintió que las cosas se habían resuelto. Se había deshecho del chantajista y la policía se estaba topando con un muro en la investigación, sus superiores del MI5 estaban contentos con la información que les estaba proporcionando sobre los sindicatos y la infiltración comunista, sus inversiones empresariales estaban en marcha y su reputación e identidad seguían intactas. Oh, había tenido que poner en pausa sus fiestecitas durante unos meses, sin Fulanas, sin mazmorras, sin éxtasis para él y sus amigos. Pero eso estaba bien, podía esperar. Tal vez la próxima vez secuestraría a un judío, solo para que fuera como en los viejos tiempos.

Su casa, Stormlands, estaba situada al borde de la costa, con un corto camino que separaba la propiedad del borde del acantilado. Había hecho construir la propiedad según sus especificaciones personales y constaba de seis acres, ocho habitaciones, un jardín escalonado, pista de tenis, estanque ornamental y casa de verano. Era su *Schloss*; su dominio y, como a todos los castillos seguros, se podía llegar a él únicamente por un largo camino privado.

Y, por supuesto, estaba la habitación secreta que ni siquiera su mujer conocía y a la que solo se podía acceder retirando un falso muro en la parte trasera de la bodega. Era su mazmorra, donde practicaba sus juegos y entretenía a los de gustos similares.

Volvió a dar un sorbo a su coñac, saboreando su calidez y...

El timbre.

Se puso en alerta al instante. Nadie venía a Stormlands si no era invitado o esperado, y menos a las ocho de la noche en una noche húmeda y aullante. El timbre volvió a sonar.

Buscó su daga detrás de la estantería y la deslizó, enfundada, contra la parte baja de su espalda, cubriéndola con su chaqueta. Atravesó el salón y salió al pasillo, con una mano preparada en la espalda y otra en el pomo de la puerta. La puerta se abrió con un viento aullante y una ráfaga de lluvia; la tormenta estaba aumentando y se hacía más fuerte. Un hombre estaba allí, joven, vestido con un abrigo y sosteniendo en alto una placa de identificación de la policía.

—Buenas noches, señor, siento mucho molestarle en esta terrible noche. Soy el detective Thompson, de la policía de Merseyside. Me pregunto si podría entrar un momento para hacerle unas preguntas.

Jago estaba jugando a ser un anfitrión elegante mientras conducía al joven detective de la policía al salón.

—Tendrá que disculpar mis modales; mi mujer está fuera en casa de una amiga por la noche, así que me estoy valiendo por mí mismo durante unos días. ¿Puedo ofrecerle una copa?

Thompson rechazó la oferta con una sonrisa amistosa.

—Oh, no, señor, no le causaría ninguna molestia. Además, estoy de servicio, así que...

—Por supuesto, perdóneme. Por favor, tome asiento. ¿En qué puedo ayudarle?

Thompson se acomodó en la elegante chaise longue, con el trasero apoyado en el borde del asiento, y sacó su cuaderno del bolsillo del abrigo.

—¿Apuntes, agente de policía? ¿Es esto un interrogatorio? ¿Tengo que llamar a mi abogado como testigo? —preguntó Jago con fingido pánico.

Thompson sonrió a su anfitrión en plan «aquí todos somos amigos».

—Oh no, señor, no me haga caso, esto es solo para ayudarme

a recordar. No, por favor, no se alarme, esto no es más que un interrogatorio superficial.

Jago se relajó ligeramente.

—Muy bien. ¿En qué puedo ayudarle?

—Bueno, ¿está usted al tanto del asesinato ocurrido hace poco, cerca de Eastham? ¿En el bosque?

Jago asintió.

—Estoy al tanto, pero no estoy familiarizado con él. Sólo lo que he leído brevemente en los periódicos. ¿Por qué? ¿Qué tiene que ver conmigo?

Un garabato en la libreta de Thompson.

—Oh, es que tenemos un testigo que lo vio en la zona, o al menos este testigo afirma que era usted en la zona el día del asesinato y nos preguntábamos si podría aclararlo, para poder eliminarlo de nuestras pesquisas.

Jago fingió confusión.

—¿De verdad? ¿Y quién es este... testigo?

—No estoy en libertad de decirlo, señor. Me temo que no sería apropiado. Por los procedimientos policiales y todo eso.

Jago asintió.

—Ya veo, ya veo. Bueno, creo que es muy poco probable que no estuviera cerca de Eastham Woods el... ¿cuándo dijo que fue?

—El cinco de abril, señor —confirmó Thompson.

Jago sacudió la cabeza con vehemencia.

—No, detective, estoy seguro de que ese día estaba fuera por negocios.

Otra anotación en el cuaderno.

—Ya veo. Y alguien puede verificar esto, ¿verdad? Es solo para nuestros registros, usted entiende.

—Estoy seguro de que pueden —dijo Jago con firmeza.

—¿Y quién sería esa persona? ¿La que puede verificar su paradero, Sr. Jago? —dijo Thompson, echándose hacia atrás.

Jago sonrió y pensó por un momento, y entonces vio una oportunidad.

—Déjeme comprobar mi diario, está ahí en la estantería.

Se levantó y se dirigió a la estantería junto a la que estaba Thompson. Entonces Jago, con un rápido movimiento, sacó la larga y fina daga de debajo de su chaqueta y la clavó profundamente en el estómago de Martin Thompson. El joven policía se desplomó hacia delante, sin fuerzas ni energía. Jago clavó la hoja aún más profundamente, manteniendo a su víctima en su sitio, antes de retirarla con la misma rapidez en un movimiento suave.

Thompson jadeó y no estaba seguro de qué era lo más doloroso, si la hoja que entraba o la que salía. Se desplomó de nuevo en la tumbona, con los dedos presionando instintivamente la herida, tratando de detener el flujo de sangre. Había empezado a llorar.

Jago se inclinó y tocó la punta de la hoja ensangrentada en la garganta de Thompson. Sonrió.

—Creo que haces demasiadas preguntas, amigo mío. Y ahora me has puesto en una posición en la que tendré que descuartizarte. Pero eso no es un problema; me he encargado de muchos cuerpos. La tormenta me ayudará esta noche...

—*Ich glaube, Ihr Glück ist aufgebraucht, Herr Krause* —dijo una voz desde atrás. (Creo que se le ha acabado la suerte, Sr. Krause).

Jago se estremeció y comenzó a girarse lentamente. Oír hablar su lengua materna en su propia casa era una cosa, pero oír su nombre, su verdadero nombre, pronunciado por un intruso era aún más desconcertante. El intruso que hablaba alemán era alto y de cabello oscuro. Iba vestido con un jersey oscuro de cuello de tortuga, llevaba un viejo gabán militar y en la mano tenía un bastón. Tenía el aspecto del diablo.

Jago se puso de pie y se giró, con la daga colgando a su lado.

—Supongo que no has venido a robarme.

Martineau negó con la cabeza.

—Un poco de forzamiento de la cerradura para entrar, pero no, no estoy aquí para robar.

Jago sonrió maniáticamente.

—Sabía que tarde o temprano alguien como usted vendría por mí. Siempre viene alguien como usted. ¿Quién es usted? ¿Israelí? ¿Ruso? Además, no me faltan recursos. La gente de contraespionaje, el MI5, me protegen. Siempre lo han hecho. Tengo mucho que ofrecerles en forma de información sobre mis antiguos colegas... nuevas amenazas... soviéticos... la Guerra Fría... comunistas.

—¿Y las chicas?

Jago se encogió de hombros como si no tuviera importancia.

—Eran mi capricho, mi antojo. Hice cosas mucho peores por la Patria durante la guerra. Mientras no me diera un festín con demasiada frecuencia o en público, se me permitía complacerme.

—¿Permitido? ¿Por quién?

Pero incluso mientras lo decía, Martineau sabía instintivamente la respuesta. Jago estaba protegido por los servicios de seguridad mientras siguiera dándoles información, así que ¿qué eran unas cuantas jovencitas y prostitutas comparadas con la defensa del reino? El MI5 simplemente haría la vista gorda y lo dejaría con sus pecadillos. Martineau pensó en la descripción de Dutton y en las fotografías en blanco y negro del diario; los secuestros, las violaciones, las torturas, los asesinatos... todo filmado para que los pervertidos malvados y retorcidos babeasen. Le daba asco.

Jago se limitó a sonreírle, en parte con simpatía y en parte con regodeo.

—Si me descuidaba, o la policía se involucraba, eran rápidamente sofocados por el MI5.

—¿Y Dutton?

—¿Quién? —dijo Jago, confundido.

—El hombre que mataste. Era del MI6. Lo torturaste durante la guerra. Quería vengarse.

Detrás de Jago, Thompson maullaba y lloraba de dolor. Era una distracción, pero Jago volvió a centrarse en el intruso.

—Ah, ¿se llamaba así, Dutton? Era un chantajista. Descubrió mi nueva identidad, aún no sé cómo. También descubrió mi pequeña afición... se infiltró en mi pequeña red. Era claramente muy ingenioso. Amenazó con exponerme y arruinar mi reputación y mis intereses comerciales. Tontamente pensó que me detendría y me entregaría a la policía. ¿Está usted aquí para arrestarme?

Martineau negó lentamente con la cabeza.

—No le pertenezco a la policía. Me pertenezco a mí y voy a matarte, Hans Krause. Voy a matarte con mis propias manos ensangrentadas.

Los dos hombres se miraron durante un breve momento y luego la Bestia de Lyon salió corriendo por las ventanas francesas, hacia la noche... y Vagabundo le siguió.

El viento de la tormenta a lo largo de los acantilados era poderoso, azotando contra el cazador y la presa.

Jago no tenía ni idea de quién era este maníaco, todo lo que sabía era que tenía que alejarse de él o matarlo. Su plan era atraerlo al borde del acantilado y luego asesinarlo con la daga y si no podía hacerlo... bueno, entonces correría, correría hasta que no pudiera correr más.

Detrás de él, Martineau se esforzaba por alcanzarlo, ya que su pierna, su maldita pierna lo retenía. Empujó hacia adelante, tratando de aumentar su ritmo para alcanzar a la figura oscura que tenía delante, pero la fuerza del viento era demasiado. Solo esperaba que Thompson sobreviviera en la casa. Sabía que el tiempo corría; una herida así en el estómago sería letal. Al joven detective le quedaba probablemente menos de una hora si no recibía atención médica. No se sentía culpable por utilizar a Thompson como señuelo. En todo caso, Thompson estaba allí para ganar tiempo y llegar a la parte trasera de la casa, forzar las cerraduras y entrar.

Pero esto nunca iba a ser una detención. Siempre iba a terminar de una sola manera y eso era con Jago siendo eliminado para siempre. El viento y la lluvia golpeaban su cuerpo, y ambos hombres estaban peligrosamente cerca del borde del acantilado. Una fuerte ráfaga lateral y cualquiera de ellos podría caer sobre las rocas o perderse en la furia de las olas.

Jago estaba disminuyendo su velocidad, ya fuera por una lesión, por cansancio o tal vez porque estaba preparado para hacer su última parada y enfrentarse a su enemigo en un combate cuerpo a cuerpo. Sea cual fuera la razón, Martineau estaba preparado y empezó a reducir su ritmo para igualarlo hasta que finalmente se detuvo. Jago se giró lentamente y comenzó a caminar hacia él, con la punta de la daga hacia arriba, listo para matar.

Martineau levantó su bastón de manera que lo sostenía sobre su cuerpo, con las manos en ambos extremos, en posición de guardia. Para la mayoría de la gente era solo una ayuda para caminar, pero para alguien como Martineau también podía ser utilizado como un arma letal. Muchos años atrás, en una escuela de formación del SOE en las Tierras Altas de Escocia, un antiguo policía de Shanghái convertido en instructor de combate cuerpo a cuerpo le había enseñado a utilizar el método del bastón a dos manos para matar en silencio.

El alemán se acercó rápidamente, lanzando tajos en forma de X corta, cortando y haciendo que Martineau retrocediera, manteniendo el bastón en alto como guardia para evitar que el filo de la hoja se conectara. Varias veces sintió que el filo de la daga cortaba la madera del bastón.

Entonces, Jago extendió demasiado el brazo de la daga, lo que permitió a Martineau entrar *In-Quartata*, salirse de la línea y asestar una potente estocada con la punta de la virola del bastón al riñón de Jago. Martineau oyó al hombre gritar, incluso por encima de los vientos de la tormenta, y entonces empezó a rodearlo, buscando un ángulo para atacar.

Pero Jago no había terminado y lanzó un tajo salvaje, atrapando el hombro acolchado del gabán de Martineau y abriéndolo. Martineau trató de desviarse de la línea, pero resbaló y cayó sobre una rodilla; la hierba húmeda y el barro fueron su némesis. Jago, viendo una oportunidad, se lanzó hacia adelante, con la espada agarrada con un pica hielo, listo para apuñalar hacia abajo.

Pero las reacciones de Martineau eran demasiado rápidas y el viejo espía tenía algunos trucos bajo la manga. Sacó el bastón, enganchó el mango alrededor del tobillo de Jago y tiró tan fuerte como pudo, derribando a Jago y haciéndolo caer de espaldas.

Dentro de Stormlands, Martin Thompson había conseguido ponerse en pie.

Se había desmayado brevemente, pero luego la agonía le había vuelto a atravesar el estómago y le había devuelto la conciencia. Se levantó y se movió lentamente, atravesando la sala de estar y dirigiéndose al pasillo, mientras dejaba un rastro de sangre tras de sí.

Su mano presionaba con fuerza la herida. Era un juego inútil de tratar de mantener la sangre en su cuerpo; como tratar de atrapar agua. Consiguió abrir el picaporte de la puerta principal y salió al exterior. ¡El coche! Si pudiera llegar al coche, podría tomar la radio y pedir refuerzos... una ambulancia... cualquier maldita cosa. Con cada paso, podía ver a su esposa, Isabel y a su hija, Rosemary.

«Sigue moviéndote por ellas. Y no te detengas o no las volverás a ver».

El coche no estaba más que a unos metros de él en el camino de grava, pero bien podría haber estado en la otra punta del país. El dolor le recorría a cada paso y le dificultaba la concentración. Alargó la mano para alcanzar el picaporte y, afortunadamente, éste cedió. Martineau había dejado la puerta sin cerrar. Menos mal.

Se deslizó en el asiento y tomó el auricular de la radio con la mano libre, pulsó el botón de envío y habló con toda la claridad que pudo por encima de los vientos de la tormenta.

—Soy Thompson... me han apuñalado... estoy sangrando mucho... necesitamos refuerzos... necesito una ambulancia...

—*¿Thompson? ¿Dónde estás?* —respondió el crujido de la central después de un momento.

—Estamos... estamos en Stormlands... es una casa... Thurstaston... fuera de Telegraph Road... He sido apuñalado...

—*Quédate con nosotros, Thompson, quédate con nosotros, muchacho. Tenemos gente en camino, ¡estarán contigo pronto!*

Ambos hombres se pusieron en pie con dificultad, sus niveles de energía eran bajos tras los esfuerzos del combate cuerpo a cuerpo y ambos reconocían que este era el final del juego.

Jago quería matar al desconocido rápidamente para ocultar los cadáveres y cubrir su rastro, y Martineau quería al nazi muerto antes de que llegara la policía y lo entregaran al MI5 y la inevitable libertad que le ofrecerían a este sádico.

Ambos hombres se miraron por última vez y luego se enfrentaron. Jago comenzó de nuevo con su ataque de cuchilladas, pero esta vez Martineau no estaba jugando a ese juego; en su lugar, se acercó y golpeó con el mango del bastón en la muñeca de Jago, rompiéndola. El cuchillo cayó en algún lugar de la oscuridad.

El alemán gritó y eso solo dio más fuerza a Martineau, que empezó a atacar de forma continuada con el bastón, asestando un golpe descendente con la punta a la cabeza de Jago; una... dos... una tercera, cuarta y quinta vez, cada una de ellas conectando con más y más potencia. El alemán estaba ahora peligrosamente cerca del borde del precipicio, peligrosamente, mientras caía de rodillas, maltrecho y derrotado. Pero Martineau no había terminado con él todavía; el asesino silencioso que había en él quería asegurarse de que el trabajo se terminara correctamente.

Rodeó la garganta de Jago con el bastón, cruzó las manos para formar un triángulo de estrangulamiento y apretó la rodilla en la espalda del hombre. Solo hicieron falta unos segundos de intensa presión sobre la tráquea antes de que cesaran los tensos gorgoteos de Jago y éste muriera.

Y con el trabajo hecho, Vagabundo arrojó el cuerpo del sádico por el borde del acantilado y hacia la vorágine de la tormenta.

DÍA SIETE - Éxodo

Hospital General de Birkenhead
Martin Thompson abrió los ojos, observó su entorno y se

dio cuenta de que estaba en una sala de hospital y que las cortinas estaban cerradas alrededor de su cubículo.

—Bienvenido de nuevo, soldado. Por un momento, no ha habido suerte. Nos tenías a todos preocupados.

Thompson giró la cabeza y vio a Martineau sentado en la silla junto a su cama, con las manos apoyadas en el mango de su bastón, los ojos azules examinándolo con frialdad.

—Señor Martineau. ¿Cuánto tiempo llevo aquí? —Su voz sonaba débil, tensa y lejana.

—Unos pocos días. El cirujano hizo un trabajo de primera y lo curó, aunque perdió bastante sangre. Pero es un tipo fuerte y en forma y pronto volverá a la normalidad. Pero por ahora, descanse —dijo Martineau.

Thompson apoyó la cabeza en la almohada y descansó un momento.

—¿Qué ha pasado? Jago, Stormlands... ¿qué ha pasado?

Entonces Martineau le hizo un resumen de los últimos acontecimientos. En primer lugar, le contó la historia de portada, que habían actuado a partir de un chivatazo anónimo («dejado en el parabrisas de mi Jaguar, nada menos, qué inventiva»), en el que se afirmaba que Paul Jago había estado implicado en el asesinato de Robert Dutton.

¿El motivo? Porque Dutton había descubierto detalles de la red de delitos sexuales de Jago y estaba intentando chantajearlo. Para la policía, Paul Jago había intentado escapar y había caído al vacío, estrellado contra las rocas, antes de que la tormenta lo arrastrara al mar. Su cuerpo había sido encontrado al día siguiente arrastrado a la orilla más abajo de la costa.

Cuando la policía había hecho una redada en Stormlands, había encontrado el calabozo secreto bajo el sótano, así como las imágenes de los asesinatos de las niñas y los niños. También había pruebas de restos humanos. La policía había encontrado incluso la daga que había utilizado para apuñalar a Thompson y el análisis forense había concluido que era un arma que coincidía con las heridas del cuerpo de Dutton.

Un día después, otra fuente anónima había enviado una hoja con matrículas de coches y fotografías al agente investigador con la esperanza de que la policía pudiera identificar a los miembros de la red sexual que había formado Jago. Actualmente, había varios sospechosos que ayudaban a la policía en sus pesquisas.

En cuanto al diario de Dutton, Martineau lo guardaría y se lo pasaría al SIS con la esperanza de que pudiera ser utilizado como palanca en la interminable guerra territorial entre el SIS y el MI5. Pero eso era un secreto solo para Martineau, y Thompson no necesitaba saber nada de eso. De nuevo, esa conspiración no era del mundo de este joven.

—¿Quién era, señor Martineau? ¿Jago, quiero decir? —preguntó Thompson, tratando de mantener la información clara en su cabeza.

—Era alguien que merecía ser desterrado de esta tierra hace mucho tiempo —dijo Martineau—. Martin, consuélese sabiendo que nunca llegará a saberlo todo y que usted... nosotros... hicimos lo decente, lo correcto.

—¿Pero hicimos lo correcto por Dutton o por esas chicas desaparecidas?

—Lo hicimos por ambos, y por muchos más que no conocemos. Teníamos que detener a Jago. No importa realmente *por qué* lo detuvimos, Dutton, las chicas desaparecidas, siempre y cuando lo hiciéramos. No podía dejar que se saliera con la suya. Eso no me parecería bien —dijo finalmente Martineau, antes de levantarse y prepararse para salir.

—Lo escuché hablarle en alemán, antes de desmayarme.

Martineau sonrió y corrió la cortina.

—La mente juega trucos, Martin, especialmente cuando ha

pasado por una situación traumática. De todos modos, solo pasé para despedirme antes de irme.

—¿Adónde va a ir ahora, señor Martineau? —preguntó Thompson.

Martineau sonrió.

—De vuelta a mis libros y a mi escritorio... hasta que me necesiten de nuevo. Espero que nos volvamos a encontrar algún día. Descanse un poco, se lo ha ganado.

Y entonces el Vagabundo se fue de la sala, se fue a quién sabía dónde y se quedó vagando una vez más.

Vagabundo
Martineau miró el cielo que se oscurecía. «Se avecina una
tormenta. Esperaremos hasta que oscurezca y entonces haremos
nuestro movimiento».

CARRERA DE LA MUERTE

Ciudad de México...

El equipo de cinco guardaespaldas, la Sección de Escolta Personal, fue aniquilado casi de inmediato.

Estaban en el punto medio, en realidad solo unos metros, entre la puerta de la entrada del bloque de oficinas de gran altura y la puerta abierta del vehículo principal, cuando comenzaron los disparos. El equipo de la SEP no tenía ninguna posibilidad; se vio abrumado por la cantidad de armas que le atacaban desde todos los ángulos.

Cuando empezó el ruido, el equipo de la SEP lo hizo todo bien; se puso entre la dirección de los atacantes y sacó sus armas. La mala noticia para ellos fue que un francotirador había eliminado al mismo tiempo al conductor del vehículo principal. Sea cual fuera el arma que utilizaba ese francotirador, la bala era lo suficientemente grande como para atravesar un cristal a prueba de balas.

Vi cómo el equipo caía mientras los asesinos salían de detrás de los coches, los arbustos y las farolas y disparaban en ráfagas cortas. Dejaron al director y a su oficial de protección aislados y expuestos. En una situación como ésta, los segundos cuentan, así que aceleré el motor y acerqué rápidamente el Range Rover Sport blindado hacia ellos para ponerles a cubierto de los disparos de la izquierda.

Shane, el oficial de protección personal del director, al ver que la ruta hacia el vehículo principal era una zona de muerte, agarró rápidamente al hombre más pequeño y lo empujó hasta mi vehículo de apoyo. Abrió la puerta de golpe, empujó al director al interior y al asiento trasero, y luego saltó tras él y lo cubrió con su cuerpo. Era el procedimiento operativo estándar en un contacto.

—¡VAMOS! ¡VAMOS! *¡VAMOS!* —gritó.

Al instante pulsé el botón del cierre centralizado, bloqueando el mundo exterior, y luego pisé el acelerador. Nos alejamos a toda velocidad, dejando atrás la muerte y la destrucción.

Llevábamos una semana de trabajo y hoy era el último día del contrato. Shane, un antiguo veterano de la Fuerza de Reconocimiento de los Marines, que había hecho una carrera postmilitar como consultor de seguridad/guardaespaldas de personas de alto poder adquisitivo, gente con demasiado dinero y demasiados enemigos, me había contratado para el trabajo de escolta.

Como excomando de los Royal Marines, me habían contratado rápidamente en el «Circuito», como se conoce a la red informal de consultores de seguridad, guardaespaldas y mercenarios. Shane era un viejo amigo de Estados Unidos y necesitaba un buen conductor. Así que ese era yo, Clive, quien conducía el vehículo de apoyo, el DELTA DOS.

—Clive —me dijo—. Quiero que escribas las rutas primarias, secundarias y terciarias entre el hotel, la oficina y eventualmente el aeropuerto. Cuando hayas hecho eso, conduce las rutas y traza cualquier zona peligrosa probable durante tu reconocimiento. ¿De acuerdo?

—No hay problema —dije, tomando notas durante la sesión informativa operativa de la mañana.

—Luego, una vez hecho esto, acostúmbrate a los vehículos durante un día o dos; ajústalos, resuelve las radios y hazte una idea de sus capacidades y limitaciones —continuó Shane.

Yo iba a estar a cargo del Range Rover Sport; indicativo DELTA DOS.

Le hice una señal de pulgar arriba y garabateé unas cuantas notas más. Me estaba enseñando a chupar huevos y lo sabía. Había trabajado en todo tipo de trabajos de consultor de seguridad, de CS en los últimos años, especialmente como conductor, y sabía lo que hacía, si no, no estaría aquí. Pero era algo que hacías como jefe de equipo; te asegurabas de que todo el mundo supiera lo que querías, así no había confusión.

El director, el Dr. Xavier Herrera, era conocido por nosotros con el código AZUL UNO. Era un hombre pequeño y elegante de unos cincuenta años. Estaba casado con una guapa mujer diez años menor que él y tenían dos ruidosas pero encantadoras niñas de unos diez y doce años. El doctor era simpático, pero no excesivamente, educado y parco en conversación, pero no grosero. Escuchaba lo que el equipo del CS le decía y respetábamos su estilo de vida y su privacidad. Comparado con algunos directores para los que he trabajado, normalmente los tipos ricos y arrogantes, él era un sueño.

La familia Herrera vivía en una casa privada de cinco dormitorios en el acomodado barrio de Polanco, a un paso del Rodeo Drive de Ciudad de México. Teníamos dos hombres en la casa, locales, que estaban allí para proporcionar seguridad a la residencia, y luego nuestro equipo autónomo de EE.UU. y

Reino Unido, que consistía en un oficial de protección personal, dos conductores y un equipo de escolta personal de cinco hombres para encargarse del traslado del director.

Nuestra rutina diaria consistía en recoger y llevar al Director desde su residencia y hacia la Ciudad de México hasta su oficina en el área de negocios de Santa Fe y luego repetirla al final del día. La única variante era la salida ocasional para almuerzos de negocios. Pero hasta ahora eso solo había ocurrido dos veces, porque la mayor parte del tiempo el Doctor se quedaba dentro de su oficina y almorzaba.

Según su perfil principal, una ficha biográfica detallada que Shane nos entregó a cada uno en la fase de preparación de la tarea, el doctor Herrera era un eminente neurocirujano y profesor de la Facultad de Medicina de la UNAM en Ciudad de México.

El verdadero misterio entre el equipo era por qué y cómo el buen doctor Herrera podía permitirse y necesitar un equipo completo de guardaespaldas con tan poco tiempo de antelación. Mantener un equipo de CS de esta envergadura y cobertura cuesta dinero, mucho dinero, y suele estar reservado a los bolsillos más profundos de los millonarios y los directores generales de las empresas. Y aunque Herrera llevaba una vida cómoda, estaba dispuesto a suponer que no tenía el dinero necesario para mantener un equipo de CS de 24 horas trabajando durante una semana. Mi otra suposición era que tenía patrocinadores por alguna razón. ¿Pero quién y por qué?

Le pregunté a Shane, el jefe de equipo y el responsable de la protección personal del director, pero Shane no estaba dispuesto a revelar nada.

—Tenemos un buen trabajo aquí, amigo —dijo, con su acento de Luisiana—. No es un trabajo de alto riesgo, es buen dinero y en un entorno confortable. Nos pagan por mantener a salvo al director y no nos hacen preguntas. Eso es todo lo que necesitamos saber.

—¿Y el nivel de amenaza, es un poco... vago? —contraataqué.

Shane levantó las manos en el aire, exasperado.

—Amigo, estamos en México. Es una amenaza de nivel mexicano; siempre va a haber alguien a quien le guste atacar a la gente rica.

Pero yo no me lo creía. Este nivel de protección a corto plazo para lo que era un relativo don nadie era... extraño, por decir lo menos. Pero lo dejé pasar por el momento. Shane tenía razón, el dinero era bueno y era sólo por una semana. Lo último que quería era que me echaran de este trabajo por ser «difícil». El mundo del CS es una comunidad cerrada y pronto se corre la voz de que eres un poco diva.

Todo iba perfectamente, hasta que, en el penúltimo día del contrato, nos llevaron a la sala de operaciones, que en realidad era la habitación de Shane en el hotel cercano en el que nos alojábamos. Nos metimos todos en la suite y nos acomodamos en las camas y los sofás. Era una mezcla de fuerzas militares de élite británicas y estadounidenses convertidas en atrapa balas.

—Bien. Mañana es el último día y tenemos que hacer un último recorrido. Ha habido novedades, un cambio de plan —dijo Shane, mirando sus notas informativas—. Vamos a llevar a AZUL UNO a su oficina como de costumbre, donde se quedará por un corto período de tiempo, probablemente no más de una hora para ultimar algunos detalles. Luego lo recogeremos y lo llevaremos al aeropuerto. Una vez que esté en el aire, se acabarán los términos del contrato.

—¿Qué pasará con él cuando aterrice? —preguntó Tommy, un antiguo Para con acento de Birmingham.

—No es nuestro problema. Lo entregan a otro equipo de CS; nuestra tarea ha terminado y el contrato se ha cumplido.

Nos vamos a casa y nos tomamos una cerveza. Trabajo hecho —respondió Shane.

—¿Y la familia? —preguntó Clint, un viejo veterano de las Fuerzas Delta de Georgia.

—Se quedan bajo la vigilancia del equipo de seguridad de la residencia local. Una vez más, dejamos al director, nos reunimos aquí para un informe de tareas y nos vamos por caminos separados —dijo finalmente Shane.

Nadie pareció tener problemas con nada de eso, así que tomamos los mapas y los portátiles y nos pusimos a calcular un par de rutas hacia el aeropuerto. Tardamos otros treinta minutos en aclararlo todo y luego nos dispersamos de vuelta a nuestras respectivas habitaciones. Había que acostarse pronto; el último día de un contrato siempre es un gran acontecimiento con muchas cosas que hacer, organizar y devolver.

Sin embargo, no pude evitar sentir que había algo raro en toda la situación. Algo que no encajaba en un patrón.

Debería haber escuchado mi instinto. No lo hice.

Fui un maldito idiota.

Nos dirigíamos por la carretera Vasco De Quiroga en dirección general al aeropuerto y a una velocidad decente para alejarnos de la zona de peligro. Había sirenas de policía en todas las direcciones; pero esto era la Ciudad de México así que no era nada inusual.

El director se encontraba de rodillas, gimiendo. Shane estaba por encima de él, con su arma aún desenfundada, pero comprobando si todos estaban heridos. Hasta ahora nada, todos estábamos bien.

—¿Cuál es el plan? —pregunté.

—Nos apegamos al original. Vamos al aeropuerto. Lo

metemos en el avión y lo sacamos del país —gritó Shane, con los dientes apretados. La adrenalina estaba por las nubes y las cosas tenían que volver a la tierra si queríamos salir de esta.

—¿Estás seguro? —aclaré.

—¡Sí! La prioridad es subirlo al avión y sacarlo de México —replicó Shane.

—¿Qué coño era eso?

Como respuesta, Shane me miró por el espejo retrovisor.

—Sigue conduciendo, Clive... y pisa a fondo. No te detengas por nada.

Aumenté la velocidad del Range Rover, entrando y saliendo del tráfico congestionado tanto como pude, pero estábamos en la hora punta de Ciudad de México, así que la marcha siempre iba a ser lenta. Lo odiaba: estábamos expuestos, con asesinos potenciales en cada coche, y nuestras opciones eran limitadas porque íbamos a paso de tortuga.

Shane estaba hablando por su teléfono móvil, dando el código de emergencia al equipo de seguridad de la residencia en la casa de que habíamos estado involucrados en un contacto y que debían cerrar. Eso significaba un compromiso total de las armas y que nadie entrara o saliera. Lo último que necesitábamos era un atentado o un intento de secuestro de la familia también.

—Mi familia... mis niñas... ¿están bien? —gimió Herrera desde el asiento trasero.

—Están bien, señor. Todo está bajo control. Por favor, quédese abajo hasta que lleguemos —dijo Shane.

El tráfico empezó a diluirse y utilicé el grueso del vehículo para abrirme paso entre la congestión. No era el momento de jugar a ser un buen conductor.

—¿Cuánto falta para el aeropuerto? —preguntó Shane.

—Una vez que hayamos superado este atasco, unos treinta minutos —respondí, después de comprobar el navegador por satélite que se había puesto en silencio. A los directores no les gusta que el sonido de las voces del navegador satelital interrumpa su tiempo de tranquilidad, así que el procedimiento operativo estándar es silenciar los dispositivos del coche.

Condujimos durante unos minutos más y todo el tiempo estuve comprobando mis espejos. Había mucho tráfico, mucha gente y confusión, como todos los días en Ciudad de México, y cada vehículo que se acercaba demasiado a los vehículos era un secuestrador potencial. Durante la última semana, me había acostumbrado al caos de los conductores y peatones que llenaban las calles en una cinta aparentemente interminable; acostumbrado, pero no cómodo.

Llegamos a un cruce y casi logré pasar los semáforos de la ruta hacia la autopista. Entonces, desde mi derecha, vi una maniobra bien coordinada de dos vehículos; un Pontiac y un camión. Estaban aumentando la velocidad y no estaban siendo discretos al respecto. Y entonces sucedió. Hubo una explosión en el lado izquierdo que destrozó la ventanilla del pasajero. Disparos automáticos. Mierda.

—¡AGÁCHESE! —Shane gritó al director.

El Dr. Herrera no necesitó una segunda petición. Miré por el espejo retrovisor y vi que los dos vehículos avanzaban rápidamente hacia nosotros, con las ventanillas bajadas y las armas asomando. Estábamos casi pegados al parachoques.

—¡CONTACTO A LA IZQUIERDA! Quítamelos de encima, Shane! —grité.

No tenía un arma de fuego, de todos modos, en esta situación no me habría servido de nada. La única vez que se puede conducir un coche a alta velocidad *y* disparar un arma es en las películas. Pero lo que sí tenía era el vehículo, y eso era un arma que me habían entrenado para utilizar con eficacia. Cuando dejé el ejército por primera vez, pasé una semana recibiendo formación de antiguos conductores de las Fuerzas Especiales y

de la policía de protección cercana del Reino Unido en un aeró-
dromo en desuso de Wiltshire. Estos experimentados conductores no solo nos habían enseñado a utilizar los vehículos como
parte de nuestro trabajo de protección VIP, sino que también
nos habían enseñado a utilizar los coches como armas para
golpear, destrozar, embestir y empujar los vehículos enemigos
fuera de la carretera.

Pero primero, Shane iba a tener su momento de gloria; bajó
la ventanilla para poder meter bastante el cañón de su Glock
por el hueco. Le vi inclinar su cuerpo y luego soltar dos ráfagas
de disparos dobles cuidadosamente dirigidos. En mi espejo
retrovisor vi cómo el primer vehículo, el Pontiac, se desviaba
para evitar las balas que les llegaban. Eso les frenó y permitió
que el camión, un Chrysler, ocupara el espacio de ventaja.

Cuando sus disparos tuvieron al menos algún efecto, Shane
se sintió más confiado y bajó más la ventanilla eléctrica,
moviendo el brazo de su pistola para apuntar mejor. Consiguió
otra tanda de disparos dobles antes de que los asesinos sin
rostro devolvieran el fuego. El efecto en el interior del Range
Rover fue instantáneo: la sangre salpicó el interior. Shane se
desplomó, con una mueca de dolor en la cara, y la Glock se le
cayó de la mano. Giré la cabeza rápidamente, mirando por
encima del hombro para ver mejor. Había recibido un disparo
en el hombro y otro en la parte superior del brazo y estaba
hecho un desastre; esas balas habían masticado su carne y la
habían escupido por todos los asientos.

—Ayyy... ¡Joder! ¡Ayyy! —gritó, tratando de contener el
flujo de sangre con la mano libre.

A su favor, el doctor Herrera se hizo cargo del guardaespaldas herido y lo tumbó en el asiento, intentando que estuviera más cómodo.

—Doctor, agáchese, mantenga la cabeza abajo —gritó
Shane, su rostro se tornó rápidamente del tono gris equivocado.

Estaba entrando en shock y eso podía ser un problema mayor que las dos balas.

—Quédate quieto —dijo el doctor, haciendo lo posible por limpiar la sangre con su corbata.

—Hay un botiquín de emergencia bajo el asiento del copiloto —le dije al Doctor.

Dejé que lo hiciera. Tenía cosas más importantes de las que preocuparme y tenía que quitarnos esos dos vehículos de encima y rápido. Iba a toda velocidad por la autopista con los dos vehículos perseguidores intentando alcanzarnos. De vez en cuando, añadían una ráfaga de disparos para recordarnos que venían por nosotros. ¿Dónde estaba la policía mexicana cuando se la necesitaba?

Lo primero que pensé fue que probablemente *era* la Policía Mexicana. La policía mexicana tenía fama de ser corrupta y de estar a sueldo de las bandas criminales, así que no cabía la menor posibilidad. Fueran quienes fueran, sabía que esto no podía durar eternamente, tenía que actuar directamente. Así que empecé a reducir la velocidad del vehículo y a encender las luces de emergencia.

—¿Qué estás haciendo? ¿Por qué reducimos la velocidad? —preguntó un doctor Herrera muy preocupado.

—Póngase el cinturón de seguridad y agárrese fuerte. Va a haber un poco de baches —respondí con los dientes apretados, mientras observaba los vehículos por el retrovisor. Eran como depredadores acechando a un animal herido.

Nos habían enseñado en el curso de Conducción Táctica de Seguridad cómo apartar a alguien de nosotros y sacarlo del juego. No era como lo que se ve en las películas, todo hecho para conseguir un efecto dramático, con coches que chocan entre sí y metal y vidrio por todas partes. No, era mucho más matizado y basado en la física. El inconveniente era que podría quitarme de encima a uno de ellos, pero al segundo tendría que dejarlo atrás. Pero era el único plan que tenía y, como solía decir mi antiguo oficial al mando, un buen plan hoy es mejor que un plan perfecto mañana.

Como consecuencia de mi desaceleración, el camión y el Pontiac aceleraron y comenzaron un movimiento de pinza, uno a cada lado del DELTA DOS. Pude ver las caras enmascaradas y escuchar gritos apagados en español que nos decían que nos detuviéramos.

Pronto estuvimos encajonados y, si no me detenía por completo, empezarían a disparar a los neumáticos. Para nosotros, eso no era un gran problema; el Range Rover tenía neumáticos *run-flat* que podían mantenernos en marcha durante unos buenos kilómetros. Simplemente no quería que los asesinos metieran un arma automática por la ventanilla y acabaran con todos los que estábamos dentro. Comprobé mis espejos... ya casi, ya casi... unos metros más y...

Pisé el freno, haciendo que el DELTA DOS redujera la velocidad y que el camión y el Pontiac se impulsaran unos metros hacia delante. Era todo el espacio que necesitaba.

Mi objetivo era el paso de rueda trasero del lado del conductor del Pontiac. Aumenté la velocidad y giré el volante para que apuntara en esa dirección. No buscaba un *golpe*, sino un *empujón*, y cuando el Range Rover conectó con él, aumenté aún más la velocidad. El resultado fue lo que buscaba y para lo que había sido entrenado.

El Pontiac giró al instante y acabó dando vueltas hacia la trayectoria del camión de los asesinos, provocando una colisión que hizo que ambos vehículos se detuvieran. Sin perder tiempo, aceleré el motor del Range Rover y atravesé el hueco en el tráfico para dejarlos atrás.

Trabajo hecho.

Miré por el retrovisor y vi una columna de humo y metal

retorcido. Eso era todo lo que necesitaba saber. Aumenté la velocidad y dejé atrás la carnicería.

—Tenemos que salir de la carretera. Estamos demasiado expuestos —dije, unos momentos después.

—¿Adónde vamos a ir? —preguntó el Dr. Herrera, con la voz aguda y temblorosa.

Mi situación era clara. Tenía un guardaespaldas medio muerto, mi vehículo estaba lleno de balas, tenía un director muy asustado y eso sin mencionar el equipo de asesinos que nos perseguía.

Teníamos que salir de la red y reagruparnos y necesitaba mayor información de la que tenía actualmente. Puede que el aeropuerto y el avión privado estuvieran solo a varios kilómetros de distancia, pero, con tantos asesinos bien armados pisándonos los talones, bien podría estar al otro lado del mundo. A no ser que pudiera ser más listo que ellos... y para eso necesitaba información precisa del doctor Herrera.

Saqué el vehículo de la autopista y me dirigí a la parte menos glamurosa de la ciudad.

Las calles de la periferia de Ciudad de México están llenas de contrastes y los barrios, o barriadas, pueden ser arriesgados para los turistas que se han adentrado en ellos por error. La Merced y su mercado era uno de ellos. Robos, tiroteos, ejecuciones de bandas. Sí, también era un riesgo para nosotros, pero yo estaba agotado y necesitaba reagruparme. Más que nada, necesitaba salirme de las rutas principales por un rato.

Reduje la velocidad para evitar a la gente que se cruzaba

delante de mí, aparentemente ajena a un gran Range Rover negro con agujeros de bala que atravesaba su barrio. Supongo que en México no era tan inusual.

El asiento trasero parecía y apestaba como un matadero. Shane tenía el color de la pizarra, pero afortunadamente se había calmado; parecía que la morfina que le había administrado el doctor le estaba haciendo efecto. Comprobé los espejos para asegurarme de que nadie nos prestaba atención. Satisfecho, me giré en mi asiento y miré al doctor Herrera a los ojos.

—Dígame a qué nos enfrentamos o le dejaré tirado en el arcén y dejaré que los lobos se apoderen de usted —dije con toda la convicción que pude reunir.

Pero el buen doctor no se lo creyó y pudo ver la falta de convicción en mi rostro.

—No lo hará, no le creo. Usted es un hombre honorable, un protector. No me dejaría aquí más de lo que yo dejaría morir a un paciente en la mesa de operaciones.

Tenía razón y ambos lo sabíamos.

—¿Por qué alguien como usted necesita un equipo de protección cercana de este nivel?

Se sentó y se cubrió la cara con las manos por un momento. Yo sabía lo que estaba haciendo. Intentaba restablecerse para poder lidiar con los horrores de lo que acababa de pasar. Yo había hecho algo parecido en Afganistán durante numerosos contactos con el enemigo.

Finalmente, bajó las manos y comenzó a hablar.

—Se me acercó un intermediario llamado Vásquez. No tengo ni idea de dónde vino originalmente. Dijo que representaba intereses que querían reunirse conmigo. Habían oído hablar de mi especialidad y habían investigado mi trabajo. Me pagaron generosamente por una consulta con el paciente. Me reuní con el paciente en Suiza, donde ahora reside. Me llevaron en avión privado y me proporcionaron una suite en uno de los mejores hoteles.

—Bien. ¿Cuál era su problema? El paciente, ¿qué le pasaba? —pregunté.

—Tenía una lesión en el cerebro que requería una cirugía experta. Si se dejaba sin atender, moriría en cuestión de meses.

Fruncí el ceño, confundido.

—Doctor, tendrá que perdonarme. Solo soy un conductor de seguridad. ¿Es eso lo que hace? Usted es un...

—Joven, soy una de las pocas personas del planeta que puede realizar este tipo de cirugía especializada —dijo Herrera con orgullo.

—¿Quién era el paciente?

Herrera bajó los ojos; una expresión de miedo se había extendido por su rostro.

—Eduardo Ruiz —dijo simplemente.

Sacudí la cabeza.

—Nunca he oído hablar de él. ¿Quién es?

—El ahorcado. Según me han dicho, ha dirigido el cártel de los Ruiz en México durante más de veinte años. Obtuvo el nombre de 'El ahorcado' de los días de su juventud. Colgaba a sus víctimas por el cuello y mutilaba sus cuerpos. Descubrí todo esto mucho, mucho más tarde.

«¡Oh, mierda! Los cárteles», pensé. Esto no era sólo un trabajo de CS de un tipo rico. Esto era un nivel del que no nos habían hablado. ¡Maldita sea, Shane!

Herrera continuó.

—El señor Ruiz había estado sufriendo dolores punzantes y experimentando desmayos de forma regular durante los últimos meses. Había visitado algunos de los mejores centros médicos del mundo, pero todos le habían dicho que la situación era grave. Uno de ellos debió de pasarle mi nombre como opción. Nuestra comunidad de especialistas es pequeña. En realidad, solo hay otros tres hombres en el mundo que están cualificados para realizar ese tipo de cirugía. Danvers en Colorado, Schultz en Alemania y el Dr. Tan en Shanghái.

—Entonces, ¿por qué no acudieron a ellos? ¿Qué lo hace a usted tan especial? —pregunté.

Herrera me miró y había tanto miedo como desesperación en sus ojos.

—Todos habían muerto en las últimas semanas. Ninguno fue sutil; un atraco, un accidente de coche y un incendio provocado. Yo era el único que quedaba.

—¿Asesinados?

—Eso parece —respondió Herrera—. Sospecho, no lo sé, pero creo que el señor Ruiz quería contratistas como usted de fuera de México. Estoy seguro de que le parecía más seguro así. Como sabe, siempre hay una rivalidad feroz entre los cárteles que compiten entre sí. Me habían informado de que la mayor amenaza vendría del cártel de Hernández, con sede en Juárez. Si alguien iba a asesinarme, y por defecto al señor Ruiz, serían ellos.

Tardé un momento en asimilarlo. Si matas al médico que te salva la vida, matas por defecto al paciente, que resulta ser uno de los mayores capos mexicanos de la historia.

A todo el mundo le gusta pensar que está del lado de los buenos, de los héroes. Así que te echa para atrás cuando te das cuenta de que lo has visto todo mal y que en realidad eras uno de los malos... más o menos. Va a contracorriente de la profesión a la que nos dedicamos; nuestro trabajo era prevenir, proteger y defender. Pero ahora éramos protectores de un hombre que podía mantener vivo el crimen organizado, ¿en qué nos convertía eso?

—Entonces, ¿qué vamos a hacer? —preguntó Herrera.

Pensé por un momento e intenté razonar todas las opciones posibles. Era inútil. Sólo había un camino y era llegar al aeropuerto. Y para ello se necesitaría fuerza bruta y velocidad… además de una enorme cantidad de suerte.

—¿Ha disparado alguna vez un arma? —le pregunté a Herrera.

~

Me gustaría decirles que recuerdo los siguientes quince minutos, pero no es así. Fue un borrón de alta velocidad, gritos y un terror que me ponía los pelos de punta mientras conducía a fondo el maltrecho Range Rover, entrando y saliendo del tráfico y sin detenerme por nada. Los semáforos, los cruces y los edificios pasaron a nuestro lado sin pensarlo dos veces.

Intenté ponerme en la mente de nuestros atacantes; al fin y al cabo, esa es parte de la disciplina de la protección cercana, intentar adivinar lo que hará un asesino. La inteligencia del equipo de asalto era claramente muy buena, así que razoné que sabrían dónde estaría nuestro eventual punto final, el aeropuerto. Una buena táctica era recogernos lo más cerca posible del destino. Tratarían de encauzarnos hacia un punto de estrangulamiento y luego tirarían de todo para frenarnos y ejecutar al pequeño Doctor.

Eché una rápida mirada al Doctor en el asiento trasero. Tenía una mano sobre Shane para estabilizarlo, impidiendo que se tambaleara demasiado, y con la otra sostenía la Glock como si estuviera a punto de explotar. Dudaba de que fuera a hacer algo bueno si tenía que dispararla, así que pensé que era mejor que mi conducción agresiva fuera la adecuada.

Salimos de la calle principal y nos encontramos en la ruta directa al principal aeropuerto, el Aeropuerto Internacional Benito Juárez. Me alejé del camino principal, dirigiéndome hacia la entrada de los jets privados.

Finalmente, llegamos a una puerta a cargo de un anciano

guardia de seguridad mexicano. Le mostré mi placa y le indiqué que llegábamos tarde a un vuelo desde la pista privada. Si tenía alguna preocupación sobre el estado del Range Rover, se la guardó para sí mismo. Una vez levantada la barrera de seguridad, aceleré a fondo y busqué el avión que ya debería estar esperando en la pista. Estaba allí, y nunca había estado tan feliz de ver un avión en toda mi vida.

El Range Rover, desecho y maltrecho, se detuvo a una distancia segura del avión privado encendido. Salté del asiento del conductor y corrí hacia la puerta trasera del pasajero. Cuando llegué allí, el doctor Herrera ya estaba a medio salir, así que lo agarré por los hombros, cubriéndole el cuerpo todo lo que pude, y corrí hacia las escaleras del jet privado Lear. Subió los escalones a toda prisa, pero al llegar arriba se volvió para mirarme, como si estuviera a punto de decir algo. No le di la oportunidad.

—¡SOLO SIGA, VÁYASE! —le grité por encima del zumbido de los motores, haciéndole un gesto con la mano para que entrara.

Segundos después, desapareció en la oscuridad del fuselaje y, a continuación, los escalones se subieron y la puerta fue sellada por un auxiliar de vuelo desconocido. Volví corriendo a la seguridad del Range Rover, comprobé cómo estaba Shane, que entraba y salía de la conciencia, y luego me quedé mirando cómo el avión se dirigía a la pista.

Comprobé mi reloj... faltaban tres minutos. Apenas lo habíamos conseguido.

Me tapé los ojos y vi cómo el avión tomaba velocidad y se elevaba con elegancia en el aire. Fue entonces cuando me di cuenta de un ruido detrás de mí: motores. Pero no eran de aviones, sino de un Jeep, un Pontiac y un camión Chrysler. Chirriaron hasta detenerse y formaron un semicírculo frente al Range Rover para bloquear mi salida. De los vehículos bajaron hombres de aspecto rudo, vestidos con trajes de combate y correas; todos estaban armados con rifles de asalto y me apuntaban.

Hice lo único que podía hacer, que era levantar las manos en señal de rendición y esperar a que ocurriera lo inevitable.

—¿Dónde está? —preguntó un hombre de aspecto duro vestido de verde oliva, que supuse que era el comandante del grupo.

A modo de respuesta, me encogí de hombros y señalé el avión, que estaba ganando altura rápidamente. El comandante lo miró por un momento, sumido en sus pensamientos, y asintió. Se dio la vuelta y sacó un teléfono móvil, marcó un número y pasó los siguientes segundos murmurando en él. Mientras lo hacía, sus pistoleros parecían dispuestos a terminar lo que habían estado intentando hacer durante las últimas horas, con los dedos picando los gatillos de sus armas.

Qué mierda forma de morir, pensé. Medio muerto, cazado y sudando en una pista mexicana. No es exactamente la forma en que quería morir.

Los momentos pasaban... la tensa espera parecía interminable. Podía sentir el sudor empapando mi camisa y mi traje. «Por el amor de Dios, terminemos con esto», pensé. Por fin, el comandante ladró una orden y sus soldados, a la orden, volvieron a sus vehículos como obedientes perros de caza. Segundos después, los motores se encendieron y los coches se dirigieron hacia la salida de la pista a gran velocidad.

Dejé escapar un audible suspiro de alivio y me tomé un momento para serenarme. ¿Por qué me habían dejado ir?

Cuando me di la vuelta para ver cómo estaba Shane, vi el destello en el cielo en la dirección en la que había volado el avión, y segundos después llegó el inevitable estallido de la explosión y supe que el doctor Herrera, y todos los demás a bordo, habían muerto.

~

La bomba era un asunto relativamente sencillo para los estándares actuales. Un bloque de explosivo plástico equipado con una espoleta barométrica diseñada para activarse cuando alcanzara cierta altitud. El doctor Herrera ni siquiera salió del espacio aéreo mexicano.

Cuando El Ahorcado se enteró de que el doctor Herrera y sus guardaespaldas habían sido prácticamente aniquilados, se puso una pistola en la sien en su casa de verano suiza y apretó el gatillo. Supongo que, al ser un hombre de respeto, quería salir a su manera; no esperar una muerte agónica, conectado a tubos en una cama de hospital. No puedo culparle por ello.

La guerra de bandas que siguió entre los cárteles de Ruiz y Hernández pasó a la historia de la droga mexicana como una de las más brutales y violentas jamás registradas. Ambos bandos se enfrentaron hasta el final y los dos, muy mermados, se debilitaron tanto que un tercer actor en la lucha por el poder llegó y se convirtió en el principal capo de la droga. Así es el mundo.

En cuanto a mí, me las arreglé para llevar a Shane a un hospital cercano para que le pusieran un parche. Sobrevivió... apenas. Luego, la policía mexicana me arrestó rápidamente y me mantuvo en una celda durante más de una semana. Finalmente, alguien debió recibir el nivel adecuado de pago porque me liberaron. Me entregaron un boleto de avión y un fajo de billetes y me dijeron que no volviera a México... ¡nunca!

No tardé en dejar el juego de la protección cercana. No por miedo a la muerte ni nada por el estilo (al menos eso es lo que me digo a mí mismo en mis momentos de las 3 de la mañana). Tenía más que ver con esa fe ciega, esa lealtad confiada, que la persona que estás protegiendo necesita mantenerse viva, que tienes el deber moral de hacerlo. Era la misma mentalidad que tenía en el ejército. Pero, ¿qué ocurre cuando las líneas se difuminan, cuando la persona es alguien que debe estar entre rejas, cuando ha cometido todo tipo de crímenes atroces?

El doctor Xavier Herrera no era nada de eso. Según todos los indicios, era un hombre de familia bueno y decente que llevaba una vida honesta. Un cirujano que salvaba la vida de la gente... como un guardaespaldas salva la vida de la gente. Pero hay un dicho en México que dice que los cárteles te ofrecerán plata o plomo. El Doctor realmente no tenía ninguna opción; era hacer lo que le decían, o morir. Al mantener al Doctor vivo, habríamos mantenido vivo a un líder del cártel. De nuevo, líneas borrosas.

Pero todavía veo su cara, de nuevo en mis momentos de las tres de la mañana, cuando me miraba antes de que el avión despegara.

Carrera de la muerte
—¡CONTACTO A LA IZQUIERDA! ¡Quítamelos de encima, Shane! —grité.

EL HOMBRE INCREMENTO

Dicen en el mundo del espionaje que no existe la operación perfecta. Pero estoy aquí para decirles que, si existiera tal cosa, entonces me acerqué peligrosamente a la perfección en la última que hice para el MI6. Desafortunadamente, esa perfección tiene un precio...

Llevaba más de una hora en el lugar, pero incluso ahora no estaba lo que podría considerarse en tempo con mi entorno. Me hubiera gustado tener al menos medio día para acomodarme y mezclarme, pero tenía una hora. Era un trabajo apresurado y por eso las cosas no me parecían bien. El trabajo de hoy era sencillo comparado con otros que había hecho en el pasado. Colocar un «rastreador» encubierto en un vehículo sin que se notara y simplemente marcharse. Eso era todo. Es algo que he hecho docenas de veces en el sector de la inteligencia y la seguridad privadas para clientes.

Quién era el objetivo, no lo sabía ni me importaba. Mi prioridad era completar la operación e informar a mi controlador del MI6. En realidad, no importaba quién era el objetivo, nunca lo había hecho. Sabía que los enemigos del Estado son de todas las formas y tamaños. No me importaba, simplemente estaba feliz de ayudar y contento con el dinero (en efectivo) que me ofrecían los espías de Londres.

Mi nombre es Tanner; no me dieron ni me ofrecieron nombre de pila, solo Tanner en aquellos días.

Yo era un híbrido, un mestizo, ni soldado ni espía, aunque, a lo largo de los años, había reunido habilidades de ambas profesiones. Desde el trabajo encubierto con pistolas, pasando por la gestión de fuentes, la vigilancia en entornos hostiles o la escolta de agentes del MI6 que acababan de desertar; lo había hecho todo, era un experto en todo y un maestro en nada.

Lo mejor de todo es que para mis jefes del Servicio Secreto de Inteligencia, o del MI6 si eres de la vieja escuela, yo era totalmente negable. Si algo salía mal, podían negar todo conocimiento sobre mí y distanciarse de mí más rápido de lo que se puede decir de una Walther PPK. Oh, intentarían recuperarme en algún momento en el futuro, si sobrevivía, pero para entonces la operación habría terminado y todos los secretos se habrían perdido en el río del tiempo. Además, solo me cambiarían por alguien de valor similar. Pero ese era el riesgo de los agentes contratados del «Incremento», algo con lo que convivíamos constantemente.

El Incremento era un canal no oficial de trabajadores a tiempo parcial, autónomos y «ocasionales» que podían ayudar a apoyar una operación de inteligencia británica convencional. La mayoría de los agentes del Incremento procedían de las Fuerzas Especiales del Reino Unido, el SAS y el SBS, y eran lo que se conocía como el brazo semioficial del Incremento, procedentes de las alas de guerra revolucionaria y con el pleno conocimiento de sus oficiales al mando. Pero el SAS tenía una tendencia a emanar agresividad, algo que en el mundo civil es una señal inequívoca cuando se trata de permanecer encubierto. Y ahí es donde entra la gente como yo; parecemos el tipo medio de la calle, no sobresalimos y no llamamos la atención, pero podemos hacer el trabajo sin la actitud de «no me jodas». No olemos como las Fuerzas Especiales y no actuamos como oficiales de inteligencia entrenados: somos anodinos.

Yo formaba parte de un pequeño grupo de operadores de Incremento «no muy oficiales», gente como yo que está muy al margen y hace un tipo de trabajo específico. Fui reclutado hace años por un colega que había estado vinculado al trabajo de inteligencia en Irlanda del Norte en los malos tiempos. Al parecer, él había pasado mi nombre a un contacto suyo en el MI6 como alguien que podía hacer un buen trabajo y mantener la boca cerrada.

Eso había sido cinco años atrás y hasta ahora había ayudado en al menos una docena de trabajos durante ese tiempo, probablemente unos dos o tres al año, y eso me venía bien. Este último trabajo se me había presentado hacía menos de veinticuatro horas a través de un mensaje de texto codificado en mi teléfono: *SILVIOS PIZZA - ¡COMPRA DOS Y CONSIGUE LA TERCERA GRATIS! CONTACTA PARA MÁS INFORMACIÓN.*

Lo que, traducido, era el código de reconocimiento de mi encargado para quedar al día siguiente en el punto de encuentro habitual si estaba disponible, que lo estaba, después de haber terminado un trabajo de protección cercana en Londres la semana anterior. Le respondí con un mensaje de texto: ¡¡¡BUENA OFERTA!!! - lo que significaba que estaba disponible y listo para ir.

El punto de encuentro era un estacionamiento de varias plantas en Victoria, Londres, en la tercera planta, en el coche del encargado, un Mondeo negro. Me senté en el asiento trasero y escuché cómo el hombre del MI6 me explicaba las líneas generales de la operación y los detalles de lo que debía hacer. Cuanto menos supiera del panorama general, mejor;

todo lo que debía preocuparme era mi tarea específica y lo que implicaba, que en este caso consistía en colocar un rastreador GPS encubierto en el vehículo del objetivo. Me dieron un archivo de descarga encriptado en mi teléfono que contenía detalles del vehículo, una hora y un lugar, así como lo que debía hacer después de haber completado la tarea. La otra cosa que me dieron fue un rastreador de vehículos por GPS que pesaba una tonelada debido a los pesados imanes que había en su interior y que le ayudaban a fijarse en los bajos del vehículo.

—¿Necesitas repasar cómo funciona, Tanner? —dijo Rudge, el hombre del MI6. Rudge era un hombre grande y corpulento con una mata de pelo gris. Juzgaba que tenía unos cincuenta años y se acercaba a la jubilación forzosa del MI6. Quién sabe, tal vez lo mantenían porque era útil para manejar a los independientes y se había hecho indispensable para tratar con la gran masa.

Sacudí la cabeza. A lo largo de los años había colocado encubiertamente rastreadores en todo tipo de vehículos, era como una segunda naturaleza para mí y un día más en la oficina.

Por eso, al día siguiente estaba sentado en un coche de alquiler en el aparcamiento de un hotel en Skipton, North Yorkshire. El hotel se llamaba Rendezvous Rouge y ofrecía alojamiento de lujo, instalaciones para conferencias y un club de salud situado en las onduladas colinas de Yorkshire.

Mi objetivo conducía un Lexus azul y, según el archivo informativo encriptado de mi teléfono, aquí tenía que dar una conferencia después del almuerzo. Todo lo que tenía que hacer era esperar a que llegara, seguirlo para asegurarme de que se registraba y se dirigía a su habitación, y luego salir. Una vez allí, haría un rápido escaneo para asegurarme de que no había vigilancia de terceros, dejaría mi bolsa a mis pies y fingiría estar atándome los cordones. El rastreador se sacaría de mi bolso y se colocaría bajo la parte trasera del vehículo, en algún lugar del centro, pero lo suficientemente lejos del tubo de escape. Cuando los imanes se activaran, me levantaría y me iría a mi coche. Trabajo terminado.

Llevaba algo más de una hora en el lugar y empezaba a sentir bastante calor. «Calor» es el término que utilizamos cuando hemos estado demasiado tiempo en el lugar o cuando nos sentimos expuestos a la conciencia de terceros. Es un mal necesario, ocurre en la mayoría de los trabajos.

Pero entonces, como si fuera una señal, el Lexus azul entró en el estacionamiento del hotel. Comprobé rápidamente la matrícula en los archivos que tenía, por si acaso había dos Lexus azules en el mismo lugar y a la vez. Cuando se confirmó, me acomodé y esperé a que el objetivo saliera del vehículo y entrara en el hotel.

El objetivo era una mujer. Una mujer bajita, corpulenta y de pelo corto, de unos cuarenta y cinco años, que me recordaba al personaje de la historia de Bond... la asesina con cuchillos en los zapatos, cuyo nombre se me escapa en este momento. La puerta del conductor se abrió y salió una profesional con falda hasta la rodilla y zapatos planos. Se apresuró a ir al maletero del coche y sacó un sinfín de carpetas, archivos y bolsas de ordenador portátil, hasta que finalmente sacó una pequeña maleta con ruedas y se dirigió a la entrada del hotel.

La seguí discretamente hacia el interior del hotel, manteniendo la distancia y la atención lejos de ella al buen estilo de los operadores de vigilancia. Mientras el objetivo se presentaba a la chica de la recepción, me paseé por los folletos que mostraban las atracciones locales de Skipton y luego observé disimuladamente cómo se dirigía hacia el ala en la que se

encontraba su habitación. El objetivo se detuvo momentáneamente en el pasillo para leer un tablón de anuncios corporativo
que anunciaba

*CONFERENCIA ANUAL - ESTUDIO CIENTÍFICO
MUNDIAL PARA LA PROLIFERACIÓN DE SISTEMAS
DE INTELIGENCIA GENÉTICA 2019.*

Fuera lo que fuera, a un gruñón como yo le sonaba muy
pesado. Al final, satisfecha de que iba en la dirección correcta,
se alejó y trató de encontrar su habitación. Con el objetivo
fuera del camino, no me quedaba nada por hacer, así que volví
una vez más al estacionamiento del hotel. Caminé despreocupadamente en paralelo al Lexus, más para asegurarme de que
no había testigos que para otra cosa. Llevaba el rastreador en el
bolsillo de mi chaqueta, listo en la mano. Cuando me acerqué,
pulsé el pequeño botón de encendido para activarlo y, al acer-
carme al vehículo, me arrodillé como si estuviera ajustando los
cordones de mis botas.

Rápidamente, levanté la mano que sujetaba el rastreador y
lo empujé hacia los bajos del coche, en algún punto intermedio
entre el tubo de escape y el paso de rueda opuesto. Oí un ruido
metálico cuando el dispositivo fue arrancado de mi mano por
los potentes imanes que lleva incorporados... y luego me
levanté, me alejé y me dirigí hacia mi propio vehículo, un Vaux-
hall Astra alquilado. Hice un rápido escaneo de la zona, no
encontré nada, arranqué el motor y comencé a conducir fuera
del estacionamiento y hacia la carretera principal.

Mis órdenes eran conducir tranquilamente hacia el sur, sin
prisas y, si me paraban por cualquier motivo improbable, debía
decir que había estado haciendo turismo por la gloriosa
campiña de Yorkshire. Cuando llegara a Birmingham, debía
parar en un hotel de cadena económica y reservar para pasar la

noche, ya que la reserva estaba hecha a mi nombre y todo estaba pagado.

El viaje fue el aburrimiento habitual una vez que dejé atrás Yorkshire y me convertí en ciudadano temporal de la autopista M6, que para cualquiera que la haya conducido alguna vez es una frustrante combinación de atascos, señales de advertencia y constantes obras en la carretera. Así que tuve tres horas para pasar la tarde, perdido en mis propios pensamientos mientras conducía hacia el sur.

Llegué a Oldbury, a las afueras de Birmingham, un poco antes de que anocheciera. El hotel de la cadena estaba situado justo al lado de la autopista, en una de las muchas estaciones de servicio que hay en la ruta. Estos lugares suelen ser cómodos, pero nada más. Una vez más, soy un agente de Incremento, negable, así que no suelo tener muchas oportunidades de alojarme en el Savoy. Es barato y alegre para gente como yo. Las estaciones de servicio en las autopistas son lugares de paso, con muchas idas y venidas, lo que las hace buenas para gente como yo que intenta pasar desapercibida. Todo el mundo es un extraño.

Mis órdenes eran registrarme y esperar a que mi encargado o uno de sus hombres se pusiera en contacto conmigo para informarme de cómo había ido mi participación en la operación, fuera cual fuera. Me presenté en la recepción del hotel, di mi nombre y me pasó una llave electrónica de la habitación una joven que apenas disimulaba su desinterés por quién era yo. Me pareció bien.

Me tocó la habitación 203, que estaba en el segundo piso. Subí las escaleras sin cruzarme con nadie hasta que encontré la puerta. La última habitación a la izquierda; era perfecta. Pasé la tarjeta llave y sentí que la puerta cedía. Entré, oí cómo se cerraba la puerta tras de mí y examiné la habitación principal. Sí, pequeña y útil; una cama doble, una silla y un lugar para colgar la camisa. Nada de lujos, claro.

Lo único que no me pareció bien fue que las cortinas estaban parcialmente cerradas, lo cual, habiendo pasado por numerosos hoteles a lo largo de los años, era... extraño. Pero, por supuesto, para entonces ya era demasiado tarde, demasiado tarde para cuando me di cuenta de por qué estaban cerradas y qué significaba realmente.

Fue el reflejo en el brillo negro del cristal de la ventana lo que probablemente me salvó la vida.

Al principio, dudaron mis ojos, un truco de la luz, tal vez, pero no había titubeo sobre la forma de la hoja en la mano de la figura. Una silueta oscura, del tamaño de un hombre, se acercaba sigilosamente a mí por detrás y, a juzgar por el cuchillo táctico que llevaba en la mano, no estaba allí para hacer amigos. Parecía haberse escabullido del pequeño baño por el que había pasado al entrar en la habitación.

Esperé hasta el último segundo antes de girarme rápidamente para enfrentarme a la figura vestida de oscuro con su espada levantada, lista para apuñalar. No dudé, me giré rápidamente y con mi pie derecho arremetí contra la espinilla del asesino, golpeándola antes de que tuviera la oportunidad de usar la espada. El asesino gritó y cayó al suelo, lo que me dio el tiempo suficiente para crear cierta distancia dentro de la pequeña habitación y ponerme en posición de combate: manos en alto, rodillas dobladas y pies firmes.

El asesino, vestido con un overol oscuro y una máscara de resina negra para ocultar su identidad, se puso en pie y se colocó en una postura similar a la mía. La única diferencia entre nosotros era la espada que el asesino tenía lista para usar. Durante un breve momento, nos miramos fijamente en la oscuridad. Entonces el asesino se movió, sacando la hoja una y otra vez, acercándose a mi cara y a mi garganta. Al tercer ataque, me desvié de la línea y agarré el brazo del asesino con el cuchillo en medio de la estocada, como si fuera una mordaza. Entonces giré mi cuerpo, enganché su pierna y lo lancé, utilizando un clásico *osoto-gari* de Judo.

El hombre impactó fuertemente contra el suelo, el aire fue momentáneamente expulsado de su cuerpo y yo, por mi parte, me puse instantáneamente sobre él, intentando golpear antes de que pudiera ponerse en pie. Pero en esta ocasión el asesino fue demasiado rápido y lanzó la punta de la espada hacia mi garganta. Falló, por poco, y en su lugar sentí que la hoja penetraba en mi hombro derecho. Grité de dolor y de rabia. ¡Cabrón!

El asesino atacó de nuevo, acercándose, con la hoja extendida y en movimiento, pero conseguí mantenerme fuera del alcance del arma. A la cuarta cuchillada sostenida, volví a desviarme de la línea y golpeé con la palma de la mano abierta al lado de la mandíbula del asesino, haciéndole caer al suelo una vez más. Avancé hacia él, decidido a mandarlo a la mierda... y entonces algo me sorprendió en ese momento. No era una coincidencia; esto había sido una trampa. Mis instintos de supervivencia, la vieja lucha o huida, se pusieron en marcha y supe, simplemente supe, que tenía que huir. Eché una última mirada al asesino abatido, todavía inconsciente en el suelo, y corrí hacia la puerta. Esta lucha tendría que continuar en otro momento cuando tuviera más información, pero por ahora, corrí.

Me imaginé que tenía unos cuantos minutos antes de que el asesino volviera a ponerse en pie y para entonces ya estaría corriendo por la autopista. Solo que aún no sabía hacia dónde.

Necesitaba tiempo para pensar, reagruparme y procesar lo que acababa de ocurrir. Miré mi mano en el volante. Estaba temblando y eso no era propio de mí. ¿Quizás estaba perdiendo el control?

Algo no tenía sentido y quería respuestas. Quería saber por qué alguien quería eliminarme en mi territorio. ¿Quién era mi atacante y cómo sabía que yo estaría allí? ¿Había habido una filtración en la cadena? Todo lo relacionado con la operación parecía... extraño, especialmente la llegada no deseada de un asesino sin nombre. Y del asesino y sus habilidades de lucha... similares, casi idénticas, a las que teníamos yo y otros operativos del Incremento que habían sido entrenados en combates modernos. ¿Cómo consiguió esas habilidades? Un entrenamiento como ese estaba restringido en estos días a personal especializado, no a un ladrón promedio o a un invasor de habitaciones.

Era hora de investigar un poco, así que me salí de la autopista y encontré un lugar tranquilo en un polígono industrial no muy lejos de Sutton Coldfield. Mi primera prioridad era ocuparme de la herida de cuchillo que tenía en el hombro. Saqué mi botiquín de primeros auxilios, limpié la herida, pegué un vendaje sobre ella y me cambié de camisa. A continuación, saqué mi Smartphone y empecé a buscar en Internet lo que sabía.

Pero, en realidad, ¿qué sabía? Bien, empecemos por el principio: el hotel de Skipton y el nombre de la conferencia a la que parecía asistir el objetivo. No tardé mucho en obtener una respuesta; de hecho, era una gran noticia, pero como había estado aislado conduciendo por la autopista me lo había perdido todo.

Las noticias del Reino Unido: *ATAQUE CON BOMBAS EN HARROGATE: Una importante genetista muere en la explosión.*

El informe decía que la Dra. Natalia Lychenko, una destacada genetista, había asistido a una conferencia en la cercana ciudad de Skipton, donde tenía que dar un discurso ante un público selecto. Después de su discurso, esa noche se dirigió a Harrogate para cenar con un amigo cuando su coche explotó en el camino. La Dra. Lychenko murió en el acto y la policía lo trató como un ataque terrorista perpetrado por un grupo religioso de extrema derecha que se oponía con vehemencia a la experimentación genética.

¡Maldita sea! ¿El MI6 había asesinado a un civil en su propio territorio? No, no podía ser, era imposible. ¡Nada de esto tenía sentido! ¿Había una filtración más arriba en la cadena de inteligencia? Me habían engañado para poner una bomba, pensando que era un rastreador inofensivo. Pero, ¿significaba esto que mi controlador también lo sabía, o estaba tan en la oscuridad como yo?

Y luego estaba el espinoso tema del asesino en la habitación del hotel. ¿Formaba parte del plan o actuaba por orden de otra persona? Todo esto estaba muy por encima de mis posibilidades y rápidamente corría el peligro de perderme en el desierto de los espejos.

Necesitaba entrar y el único hombre que conocía que podía ayudarme a resolver el misterio era el hombre en el que más confiaba, mi controlador en el MI6; John Rudge.

Era una apuesta, ciertamente; podría estar preparándome para ser eliminado. Pero necesitaba un contexto sobre lo que se había ordenado y, apuesta o no, Rudge era el único vínculo que tenía.

Pulsé la pantalla interactiva y escribí un texto a *SILVIOS PIZZA PLACE. NECESITO LLAMAR*, decía el texto. Estuve sentado en el coche, en la oscuridad, durante casi veinte minutos antes de recibir una respuesta. Decía simplemente: *LA PIZZA SE ENTREGARÁ EN CINCO MINUTOS. POR FAVOR, PREPÁRESE.*

Ahora solo me quedaba esperar que Rudge se ocupara de mí y lo solucionara todo. Pero me disuadió rápidamente de ello cuando sonó el teléfono. Lo respondí y lo saludé. Hubo un ligero retraso, como si la gente estuviera preparando el equipo técnico para conectarse a la llamada, y finalmente oí la voz incorpórea de Rudge.

—Adelante.

—Es Tanner.

—Espera un momento —dijo suavemente. Hubo una pausa desconcertante mientras se silenciaba. Esperé, golpeando el volante con los dedos y contando los segundos: 60... 59... 58... 57... finalmente el audio volvió a la vida.

—Adelante, cambiando al flujo de audio seguro —dijo John Rudge—. ¿Está completa la operación?

—Sí.

—Excelente...

Esto no estaba bien. El tono de Rudge lo decía en plan «mejor amigo». Pero en todo el tiempo que había trabajado para Rudge, había sido brusco, distante y frío conmigo. Así que este repentino cambio de personalidad no me hizo sentir más tranquilo.

—Pero hubo una complicación —dije simplemente.

—Bien, informe.

Aquí pensé e inventé algo, solo para ver qué hacía.

—Se me ha reventado una rueda en la autopista, así que estoy esperando a que venga el camión de asistencia en carretera y me lleve al pueblo más cercano.

—De acuerdo —dijo con calma, pero su tono volvió a decir que no me creía.

—Solo pensé en consultarte, porque no creo que llegue a tiempo a nuestro interrogatorio —continué.

—Lo entiendo. No hay problema —dijo Rudge.

—¿Dónde estás ahora? —pregunté, siendo descarado, pero manteniendo la presión.

—Oh, ya casi he llegado —dijo.

—Bueno... Lo siento.

Hizo una pausa por un momento.

—Mira, no hay problema, enviaré a uno de mi equipo para que venga a recogerte a ti y al coche. ¿Dónde estás ahora?

¡Mierda! Me había pillado el farol. El MI6 no envía a la recuperación de vehículos para sacar a los operadores negables de los problemas. Esto era una trampa. Quería recogerme y terminar lo que el asesino del hotel había empezado. El maldito asesino probablemente había vuelto después de la paliza y ya había alertado a Rudge de que el golpe no había salido según el plan.

—Claro —dije, dando rodeos—. Solo dame cinco minutos para cargar mi teléfono, la batería está casi muerta. Te llamo luego. Fuera.

Colgué y esperé para asimilar la situación. El golpe a Lychenko había sido un golpe del MI6 y yo había sido el chivo expiatorio para llevarlo a cabo, sin saberlo, pero lo había llevado a cabo igualmente. Rudge y su equipo estaban atando los cabos sueltos.

Tenía que salir de la zona, de las calles y descansar en un lugar seguro, donde pudiera pensar y planificar mi próximo movimiento.

Podría contarte los detalles de la huida, pero si te soy sincero, apenas los recuerdo. Tenía una vaga idea de lo que podía hacer, pero de nuevo todo fue sobre la marcha.

Conduje hasta el centro de Birmingham, no muy lejos de la plaza de toros, y dejé el coche de alquiler en una calle lateral. Supuse que tenía una hora más o menos antes de que el MI6 bloqueara mi teléfono y congelara mis cuentas bancarias, así que fui a un cajero automático y saqué 500 libras, el límite diario de dinero en efectivo. Tendría que bastar y estirar, al menos hasta que pudiera encontrar otra cosa.

Caminé casi un kilómetro hasta la estación de tren de Birmingham New Street y compré tres boletos de tren directos: uno a Glasgow, otro a Liverpool Lime Street y otro a Londres. Dos eran una distracción, por si acaso, pero el tercero sería mi verdadero destino. Solo que aún no sabía cuál. Finalmente, mientras me sentaba escondido en los aseos de la estación de tren, se me ocurrió una idea, un lugar en el que podría pasar desapercibido durante un tiempo... un lugar fuera de lo común. Lo pensé durante un rato más; era una apuesta, pero podría funcionar. Tomé mi maleta y me dirigí a las terminales para comprobar las tablas de estado.

Iba a dirigirme al norte, a Glasgow, y desde allí tomaría un taxi hasta Paisley, que estaba a unos doce kilómetros del centro de la ciudad, hasta el aeropuerto internacional de Glasgow. Pero, había un método a mi locura. Tenía que salir rápidamente del Reino Unido continental y Glasgow era la opción más suave que podría darme un poco de tiempo.

Después de eso, tomaría el siguiente avión disponible hacia el único lugar al que el MI6 no pensaría que iría: Belfast.

A la mañana siguiente, aterricé en el aeropuerto George Best de la ciudad de Belfast junto con mis compañeros de viaje, hombres de negocios cansados y pensionistas que volvían a casa después de visitar a su familia en el continente. Tomé un taxi hasta el centro de la ciudad de Belfast y encontré un lugar de renta de coches donde alquilé por unos días un Citroën C1 seminuevo. Todo en efectivo, tratando de mantener mi firma en línea lo más discreta posible.

Siempre me había gustado Belfast, desde luego en las veces que había trabajado aquí tanto para el MI6 como para clientes privados. La ciudad había cobrado nueva vida gracias al proceso de paz y al dinero de regeneración invertido en ella, con restaurantes de clase, bares y exposiciones culturales para que todo el mundo sacara algo en claro. Pero si se rasca la superficie y se mira con detenimiento, sigue habiendo lugares en la ciudad con los que conviene no intimar: Shankhill, Falls Road, Antrim Road y el extremo inferior de East Belfast. Todos ellos eran un polvorín a punto de estallar según la época del año.

Con todo en su sitio, me puse en marcha a paso firme, saliendo de la ciudad y adentrándome en el campo. Menos de una hora después había llegado al pueblo de Killinchy, no muy lejos de Strangford Lough, en la costa este. El pueblo en sí consistía en una gasolinera, una oficina de correos, un par de tiendas, una cafetería/tienda de regalos y un par de buenos restaurantes para los lugareños. Era el centro neurálgico de la zona y podría haber cabido en un pequeño rincón de la calle principal de una ciudad normal. Sabía que la vida del pueblo podía ser pequeña y parroquial, así que tenía la esperanza de encontrarme con ella.

¿Quién era «ella»?

Era una examante mía, Siobhan. Nos habíamos conocido hacía más de dieciocho meses. Había sido una clienta a la que me habían llevado a ayudar. Siobhan estaba pasando por un divorcio difícil de un exmarido abusivo y necesitaba algunos consejos y ayuda para mejorar su seguridad personal y un poco de trabajo de guardaespaldas durante el juicio de su divorcio contencioso. Su padre, un ex policía del RUC, se había puesto en contacto con un antiguo colega que dirigía una «consultoría de seguridad» en Londres, especializada en investigación privada y protección cercana, y yo fui el operador elegido para el trabajo.

Nuestra relación había comenzado de forma bastante profesional, pero a medida que transcurría el tiempo que pasábamos juntos, pronto quedó claro que sentíamos algo el uno por el otro, hasta que finalmente tuvimos una aventura a toda regla. Mis jefes lo descubrieron y me retiraron sin contemplaciones del trabajo y me fui sin siquiera despedirme de ella. Rápidamente perdimos el contacto y cada día me sentía culpable por ello. Tales son los peligros de enamorarse de un cliente, así que... lección aprendida.

Estacioné el coche en la carretera principal y di un rápido paseo por el pueblo, pero no había rastro de ella al aire libre, así que decidí dirigirme a la casa de campo donde vivía. Horseshoe Cottage, era una antigua casa de campo del siglo XVIII que había sido renovada, dándole un toque de lujo, pero conservando el tono tradicional del edificio original. Esta zona aislada era perfecta para ella y Siobhan tenía todo lo que necesitaba: playa, soledad, comida y suficiente whisky, irlandés por supuesto, para mantener su creatividad en su pasión por la fotografía de paisajes.

Me senté y esperé en el coche durante una buena hora fuera de la casa de campo con la esperanza de que ella saliera a hacer un recado rápido. Para pasar el tiempo, acabé sacando el archivo del MI6 en mi teléfono para repasar la información que tenía, buscando alguna vaga pista o noción que pudiera ofrecer una salida al problema en el que me habían metido. Pero, en realidad, me estaba engañando a mí mismo; no era nada que no hubiera repasado docenas de veces en los últimos días y no ofrecía nada nuevo.

Como seguía sin haber rastro de ella, intenté buscarla en el único lugar del mundo en el que podía estar: la playa. Siempre había sido su lugar, y el mío, por cierto. Me dirigí a la costa donde creía que podría estar caminando.

Los vientos de la tormenta golpeaban las olas contra las rocas. Era una fuerza poderosa que mostraba todo el potencial de la tormenta que destrozaba la mañana. Como si se tratara de un desafío, caminé de frente hacia ella. Caminé con determinación, sin dejarme afectar por la fuerza de la naturaleza. Siempre me habían gustado los extremos del clima de aquí, ya fueran vientos fuertes, tormentas de lluvia o montañas. Era lo que ponía a prueba tanto mis nervios como mi resiliencia.

La playa era larga e inclinada, como el muslo de una mujer hermosa, e igualmente desierta. Me senté en el afloramiento de rocas, en parte para descansar y en parte para calentarme con el café de la petaca que había traído en la mochila. El clima dramático era algo que siempre me había gustado y fascinado. A mi vieja abuela le había pasado lo mismo. En las noches de tormenta de mi casa, cuando yo era un niño, salíamos a la calle para enfrentarnos y ver las tormentas. Era casi como si tratáramos de tentar al destino, y aquí, en la Costa Este, el tiempo no podía ser más impresionante, aunque lo intentara: olas que rompían, vientos poderosos, un cielo del color del bronce de la pólvora y un cielo que no se veía.

Entonces la vi. Dirigí mi atención a la figura solitaria que se encontraba más adelante en la playa, con los ojos fijos en el lejano horizonte. Me concentré y sólo entonces pude distinguir los detalles. Era de complexión delgada y estaba envuelta en una chaqueta de invierno tipo parka que le quedaba demasiado grande. Llevaba la capucha puesta, pero por ella asomaba una larga melena rubia. Era como la recordaba.

Volví a mirar y la figura se acercaba a mí a un paso casual. No se apresuraba, como si hubiera algo mal, sino que iba a la velocidad de alguien que se prepara para saludar. A medida que se acercaba, el viento bajaba la capucha de la parka y dejaba ver una cascada de pelo rubio casi blanco. Era pequeña y delicada, hermosa, con un rostro fuerte, una nariz pequeña sobre unos labios carnosos y unos ojos azules penetrantes que mantenían la atención.

Me miró y yo encontré su mirada. Su voz... era suave y gentil, ronca, pero flotaba, tal como la recordaba. La primera vez que la conocí me había sorprendido su belleza, pero la voz... esa voz me había dejado de lado. Se ciñó aún más la gran chaqueta de invierno y se apartó rápidamente el pelo barrido por el viento de los ojos.

—Vaya, vaya. ¿Si no es el soplo...? —dijo ella finalmente.

—¿Qué significa eso? ¿Soplo? —pregunté, tratando de actuar con frialdad y fallando miserablemente.

—No sé, supongo que significa que eres un visitante aquí. Entras y sales como el viento. La última vez que te vi, ibas a Belfast a ocuparte de un asunto. Nunca volviste, ni una palabra hasta una semana después, cuando un nuevo guardaespaldas apareció en mi puerta. Así que, sí, Tanner, eres un soplo.

Lo cual era un punto justo, así que supuse que era más prudente no decir nada por el momento; en su lugar, miré hacia las olas.

—Entonces, ¿qué te trae a nuestro pedacito de Irlanda, Tanner? —preguntó.

—Te necesito —dije finalmente, como si eso lo explicara todo.

Ella ladeó la cabeza ante eso, una leve sonrisa jugó en las comisuras de su boca y una vez más los ojos me estudiaron.

—¿Tú... me necesitas... a mí? Oh, eso es perfecto.

—Necesito un lugar para pasar desapercibido durante un tiempo.

Se rió.

—Hay hoteles por todas partes. Ve allí.

—Me refiero a algún lugar fuera de los libros... fuera de los caminos trillados... donde no pueda ser rastreado.

—Qué descarado, Tanner, después de la forma en que te fuiste.

—Lo sé.

—¿En qué demonios te has metido?

—Por favor, Siobhan, solo por un tiempo, unos días, hasta que pueda averiguar qué hacer.

Creí que había metido la pata. Por un momento, pensé que mi aparición sin previo aviso había sido demasiado brusca, demasiado dolorosa para ella. Pero Siobhan tenía una manera de dejar de lado las cosas en una crisis. Tenía ese enfoque honesto y abierto a las preguntas que encontraba refrescante. No era grosera, simplemente estaba realmente interesada, y para alguien como yo, que había pasado muchos años ocultando mi vida profesional, era como un rayo de sol en un rincón oscuro del mundo.

Miró a lo lejos, ensimismada durante unos instantes.

—No me importa lo que sea. No me interesa la política, ni la lucha, ni la religión. Nunca me interesaron. Otros podrían estarlo, pero yo no.

—Bien. A mí tampoco.

El silencio se prolongó unos instantes más. Fue Siobhan quien lo rompió.

—Bueno, al menos dime algo, imbécil —dijo ella.

La miré a los ojos azules por un momento, y luego me aparté.

—Me parece justo. Es una cuestión de trabajo. Solo necesito un poco de espacio para saber qué hacer.

—¿Es peligroso?

—No —mentí.

Tomó un guijarro de la playa y lo lanzó con veneno al mar.

—Te odio, Tanner, lo sabes, ¿verdad?

—Rubia, no tanto como me odio a mí mismo a veces, eso te lo puedo prometer. —Eso al menos me hizo esbozar una sonrisa irónica.

—Puedes quedarte unas cuantas noches, pero luego te vas —dijo finalmente.

—Gracias.

—¡Pero tú duermes en el sofá!

—Definitivamente —dije, asintiendo.

—Yo no sonaría tan feliz por ello, es tan incómodo como dormir en una cama de clavos. Y si intentas cualquier cosa rara conmigo, Tanner, te cortaré las pelotas y las tiraré al río Lagan —dijo.

Lo cual, teniendo en cuenta todo lo ocurrido en los últimos días, sonaba como el mejor trato que había tenido en mucho tiempo.

El lugar era como lo recordaba, solo que el incómodo sofá era nuevo, aparentemente. La casa de campo había conservado sus vigas bajas, pero el resto del edificio era como una sala de exposiciones de diseño con estilo y clase. El salón estaba lleno de fotografías que había tomado en los alrededores: bosques, imágenes de la costa y cielos oscuros y melancólicos.

Siobhan era una mujer que aún se estaba recuperando de un dolor y un trauma emocional, y eso se reflejaba en el estilo de fotografía en el que se adentraba. Pero, además, enfrentarse a un abuso narcisista y violento a manos de un cónyuge no es algo de lo que uno pueda recuperarse de la noche a la mañana. En algunos casos se necesitan años.

—Todo está donde lo recuerdas —dijo, encogiéndose de hombros.

—Está bien, gracias. Me mantendré al margen todo lo que pueda, lo prometo.

—¿Té?

Asentí. Hubiera preferido un café, pero Siobhan no tomaba, así que fue un té. Mientras ella se ocupaba de la cocina, yo eché un rápido vistazo a las puertas y ventanas para ver si algo había cambiado y cuáles eran mis vías de escape.

Pasamos la primera tarde y la primera noche manteniéndonos alejados el uno del otro. Era un enfrentamiento de guerra fría en una casa de campo; nunca es lo más fácil de hacer. El sueño me llegó con sorprendente facilidad esa noche, aunque el sofá fuera tan incómodo como me habían hecho creer. Tenía esa sensación de seguridad y de estar en un buen lugar, aunque solo fuera por unos días. Todos los pensamientos sobre las bombas, Rudge, los asesinos y el MI6 fueron dejados de lado por la noche; podían ocupar mis momentos de vigilia, pero no los de sueño. Esos me pertenecían a mí.

A la mañana siguiente, las tensiones se habían relajado un poco y Siobhan había preparado un decente desayuno irlandés que consistía en tocino, salchichas, huevos, pastel de papa y morcilla, todo ello regado con litros de té Builder's. Hablamos educadamente y nos pusimos al día en términos muy, muy generales. Una vez terminado el desayuno y lavados los platos, Siobhan sugirió que fuéramos a dar un paseo por la playa. Todavía quedaba ese momento de ajuste de cuentas que estaba pendiente, palabras que había que decir y aire que había que despejar. Tal vez, una vez hecho esto, podríamos al menos avanzar como amigos, si no como amantes.

Bajamos a la playa para tomar un poco de aire fresco y hablamos. El día estaba nublado y con viento, pero no hacía frío y, la verdad, era un placer estar fuera de la casa de campo y con alguien a quien había echado de menos.

—Me lo quitaron de las manos. —Comencé a explicar sobre mi éxodo forzado cuando había sido su guardaespaldas y ella mi cliente.

—Pero si no fuera así, ¿te habrías quedado?

—Ahora es irrelevante. —Me encogí de hombros.

—¿Lo hubieras hecho? —insistió ella.

Lo pensé por un momento, pateando la arena con mi bota.

—Sí... sí, creo que lo hubiera hecho. Creo que podríamos habernos enamorado correctamente con el tiempo.

—Entonces, ¿por qué no volviste, Tanner?

—Primero, no se me permitió hacerlo. Es poco profesional, ya ves, acostarse con los clientes. Está mal visto —alegué.

—¿Y luego?

—Y después de eso, con cada día que pasaba, se hacía más difícil tomar el teléfono, más difícil enviar mensajes, más difícil incluso pensar en ello. Así que lo dejé de lado, te dejé de lado, y por eso lo siento completamente —dije. Era todo lo que tenía, más patético porque era la verdad.

Me miró y pude ver que sus ojos contenían lágrimas. En algún lugar de mi mente existía la vaga esperanza de que pudiéramos volver a salir adelante. La idea de volver a encontrar a alguien, alguien que no fuera de mi mundo, pero con quien conectara después de todo este tiempo, llenaba mi mente de infinitas posibilidades. ¿Era posible? ¿Podría hacerlo realidad? ¿Me permitiría por fin darme un capricho de amor y afecto?

—Siobhan —tartamudeé—. Mira, cuando todo esto termine y haya solucionado mis pequeños problemas, quizá podríamos ponernos al día como es debido, tomar un café... como amigos.

—¿Como amigos? —dijo, y pude oírlo en su voz; esa cautela.

—Sí. Sí, por favor.

—Me gustaría eso, Tanner, me gustaría mucho.

—A mí también —dije y lo dije completamente en serio.

Ella me sonrió, y esta vez fue genuina.

—Pero por ahora puedes ganarte el sustento.

La miré, confundido, ladeando la cabeza con curiosidad.

Ella levantó las manos en señal de exasperación y dijo:

—Nos hemos quedado sin té, así que te toca ir a la tienda de la señora McConville en el pueblo y comprarlo. Tómate tu tiempo, no hay prisa. Prepararé algo de comer.

Nunca llegué a la cita del almuerzo y definitivamente no a la del café.

El paseo fue de unos treinta minutos de ida y vuelta, nada de tiempo en realidad, y disfruté de la paz y el ejercicio mientras caminaba por la costa. Después de unos diez minutos, el camino se inclinó hacia arriba y me llevó a las afueras del pueblo.

La calle principal estaba tranquila, solo unas cuantas mamás y carritos de bebé, algunos coches y una furgoneta de color oscuro. Pero en realidad no había nada que llamara mi atención. Sabía que era un riesgo exponerme demasiado a los lugareños, pero si iba a estar aquí unos días más, era mejor tomarle el pulso al lugar.

Hice una rápida comprobación detrás de mí y me dirigí hacia la tienda local, que en un momento dado debió ser el salón de alguien porque era así de pequeño. La señora McConville montaba guardia detrás del mostrador, tan dura y brusca como el granito, y no quería ser el destinatario de su ira (yo era un «soplón», ¿recuerdas?). Tomé las bolsas de té, pagué y me fui.

Volví a la casa de campo, pero esta vez tomando los caminos rurales en lugar de la ruta de la playa. Pasaban relativamente pocos vehículos y, de los que lo hacían, me quedaba a un lado en el arcén y los dejaba pasar antes de seguir mi camino.

Cuando estaba llegando al final del carril y me dirigía a un cruce, oí un motor más grande y profundo que subía por el carril detrás de mí. Seguí mi rutina habitual y me puse a un lado en el arcén de la hierba. Era la furgoneta Ford Transit oscura que había visto antes. No sé, pero había algo en ella, una sensación visceral que no me gustaba. Parecía fuera de lugar, y «fuera de lugar» en la situación actual podía ser letal y peligroso.

Pasó por delante de mí y traté de fingir que no miraba por las ventanas, mientras que en realidad intentaba mirar por ellas. Pero fue un esfuerzo inútil porque los cristales estaban tintados y solo tuve una vaga noción de dos personas en la parte delantera mientras pasaba a mi lado.

Furgoneta de secuestro fue mi primer pensamiento. Es un equipo de extracción del MI6 para hacer una entrega.

Pero al llegar al cruce de delante, giró a la derecha y se dirigió hacia la carretera principal, mientras que la casa de campo para mí estaba a la izquierda. Tomé mi ruta, pero todo el tiempo comprobando mi espalda en caso de que la furgoneta volviera.

Por primera vez desde que llegué aquí, empezaba a sentirme perseguido.

En cuanto toqué la puerta de la casa de campo supe que algo pasaba. Llámalo ese sentido intuitivo del hombre de campo experimentado.

Empujé despreocupadamente la puerta y entré con una

confianza que mis rodillas no sentían. Era tan malo como me imaginaba. La habitación estaba en semipenumbra, causada principalmente por el cielo oscuro del exterior y por el techo bajo de la cabaña. Le daba un aire siniestro que encajaba perfectamente con lo que había estado sucediendo.

Siobhan estaba atada a una de las sillas de la cocina, con las manos esposadas a la espalda, la boca amordazada para evitar los gritos y los ojos muy abiertos por el terror. Tenía un corte por encima del ojo izquierdo; o bien le habían dado un puñetazo o se había caído en algún momento y se había saltado la piel. En cualquier caso, no se merecía nada de esto.

Y allí, encaramado en el incómodo sofá y en mi antigua cama temporal, estaba el puto gordo de Rudge, con su pelo gris desgreñado, con una sonrisa de devorador de mierda como el gato que se ha llevado la crema y portando una maldita y gran arma .45.

—Me alegro de encontrarme por fin contigo, Tanner —dijo.

Y entonces sentí el ataque desde el lateral, justo en la zona de los riñones. Me estremecí y sentí la ráfaga de voltaje del Tazer recorrerme. Todas mis facultades me abandonaron, el dolor se disparó y caí al suelo, totalmente incapacitado.

Una figura se situó junto a mí, de pelo oscuro, con aspecto enfadado y delgado. Tenía el aspecto de un soldado de élite de uno de los regimientos de las Fuerzas Especiales y entonces me fijé en los moratones que tenía en la cara y me di cuenta de que era el asesino del cuchillo que había dejado noqueado en el hotel. Ambos hombres me subieron a una de las otras sillas de la cocina y pronto me encontré en la misma situación que Siobhan. La única diferencia era que Rudge y su perro de presa no me amordazaron; supongo que me necesitaban para hablar.

Seguí mirando hacia ella, tratando de captar su atención, intentando hacerle ver que estaba bien y que todo saldría bien; una sonrisa, una mirada larga, un asentimiento alentador de la cabeza. Pero en lugar de eso, se limitó a mirar al suelo y a llorar en silencio. Volví a centrar mi atención en Rudge. Había vuelto a ocupar su lugar en el sofá y el perro de ataque estaba de pie detrás de él, listo para infligir dolor o muerte.

—¿Cómo me has encontrado? —pregunté, abriendo con lo que los interrogadores llamaban el arranque por 10.

Él sonrió.

—Oh, de la forma habitual, la tecnología siempre está en contra de ti en estos días. Nos tuviste preocupados durante unos días, te perdimos la pista.

—¡Debes estar perdiendo el toque! —le espeté, jugando a ser un imbécil. Recibí una bofetada por eso del perro de ataque.

—En realidad no, no teníamos los recursos habituales disponibles para esta sanción —respondió Rudge.

—¿El MI6 no paga sus facturas de banda ancha de Internet? Deben ser tiempos difíciles.

Rudge frunció el ceño, ahora era todo negocios.

—Ah, bueno... por eso hemos tardado un poco más en encontrarte. Verás, esta no es una operación del MI6, esta es extraoficial para un... cliente privado.

¿Un cliente privado? Eso me preocupaba aún más que estar esposado a una silla. Si era extraoficial, entonces no había responsabilidad. Di lo que quieras sobre los servicios de inteligencia, pero siempre tenían contadores mirando por encima de sus hombros. Pero si se trataba de un golpe privado, entonces simplemente me matarían y me harían desaparecer sin que nadie supiera nada.

—Bien... ¿entonces cómo me rastrearon? Pensé que había sido cuidadoso —dije.

—El archivo encriptado en tu teléfono. Cada vez que lo abrías para leer el archivo de información de operaciones, nos enviaba un 'ping' y nos daba tu última ubicación. Conseguimos esta ubicación hace unos días, así que tuvimos que movernos rápido. Y por suerte... aún seguías aquí —dijo Rudge.

Debería haber tirado la maldita cosa al río. Pensé que estaba siendo inteligente. Resulta que estaba siendo demasiado inteligente y había pagado el precio por ello. Maldito aficionado que soy a veces.

—Sabes, Tanner, nunca pensé que duraría tanto en el negocio de la inteligencia. Hay días en que anhelo la jubilación. ¿No es así? —dijo Rudge.

—La verdad es que no —dije. Mis ojos volvían a mirar a Siobhan, tratando de ver si estaba bien.

Rudge dio un sorbo a una taza de café que habían puesto sobre la mesa y sacudió su desgreñada cabeza gris con asombro.

—¡Dios, sí! A veces nos quedamos demasiado tiempo, dejamos que se prolongue, en lugar de aceptar que sólo somos barcos que pasan en la noche. Quiero una cerveza fría, una playa, paz...

—Suena bien, ¿cuándo nos vamos? —dije, de nuevo haciendo de Mister Arsey.

—Todo lo que digo, Tanner, es que hay peores destinos en el mundo que retirarse, tal vez dejando todo esto atrás. Creo que es algo con lo que todos tenemos que hacer las paces —dijo Rudge—. ¡Pero es que no te quieres morir, joder! ¿Por qué no te mueres y le ahorras a todo el mundo todo este... lío? Ahora tengo que matarlos a los dos. ¡A ti y a la mujer! No quería hacer eso, en absoluto. Pero me has obligado literalmente a hacerlo.

Mi cabeza dio un giro. Ahora estaba desesperado por detener esto y Siobhan estaba llorando abiertamente, haciendo un ruido de maullido a través de la mordaza.

—Rudge, ella no sabe nada, no le he dicho nada. Diablos, Rudge, ¡ni siquiera yo sé realmente lo que está pasando!

Rudge sacudió la cabeza con tristeza, el verdugo que acaba de escuchar la sentencia dictada.

—Ah, pero ese es el riesgo, Tanner. Puede que te hagas el ignorante, pero tal vez has reunido más de lo que crees. ¿Tal vez tienes una pequeña póliza de seguro? ¿Una carta con mi nombre, asegurada y para ser enviada a mis jefes en Londres, o a la prensa? No, lo siento, viejo, no puedo correr el riesgo. Es más fácil para todos nosotros si te mueres. Piensa que esta vez haremos que parezca un asesinato-suicidio. Haremos que parezcas un fantasioso que se creyó espía y luego mató a su ex novia.

Rudge hizo un gesto con la cabeza al perro de presa y el hombre se adelantó y tomó la pistola .45 de Rudge. Me sonrió y luego miró a Siobhan. Ella estaba, con razón, asustada ante la idea de su inminente ejecución. Un gemido bajo se abrió paso a través de la mordaza que le habían metido en la boca y sus ojos estaban muy abiertos y aterrorizados.

—Rudge, no... no... no hagas esto... solo mátame... solo...

El disparo cuando llegó fue fuerte e inevitable. Ni siquiera pude mirarla. No lo necesitaba. El olor metálico de la sangre era asqueroso e impregnaba el aire. Puede que no haya apretado el gatillo en ella, pero seguro que he causado la muerte de Siobhan. Tendría que vivir con eso durante los pocos segundos que yo también tenía que vivir.

Y entonces todo sucedió tan rápido. Pensando en ello, solo fui consciente a medias del orden de la secuencia de eventos.

El golpe de los cristales de la ventana del salón ... la reacción de Rudge y su perro de ataque... un gran bote negro que rodó hasta la esquina de la habitación... y luego el inevitable destello y el fuerte ruido explosivo del dispositivo de distracción.

Después de eso, todo estaba patas arriba. Fui consciente de

que figuras oscuras con rayos láser en las armas irrumpían en la sala y la inundaban... consciente de que el asesino/perro de ataque caía en una lluvia de balas perfectamente controlada que hacía que su cabeza se desintegrara... y de que Rudge, el bastardo, era arrollado y obligado a tirarse al suelo, inmovilizado y con una pistola apoyada en la sien mientras él también era esposado.

Y después de que el humo y la violencia se hubieran apagado, un hombre de estatura y complexión medias entró por la puerta como un César, vestido con pantalones de combate grises, botas de andar y una capucha oscura. El hombre tenía una frialdad controlada; se comportaba como si hubiera planeado seis pasos por delante y supiera el resultado de la noche. Se acercó a Rudge y, con una mano, agarró un puñado de pelo gris del hombre del MI6, tirando de él hacia arriba y hacia atrás para poder mirarle a los ojos. El cuello de Rudge se tensó con la presión y su rostro parecía desesperado.

—He estado esperando mucho tiempo para atraparte, Rudge —dijo el hombre. Su voz era de estadounidense, culta y directa—. Tienes una deuda con nosotros por el asesinato del doctor Lychenko. Deshazte de él.

El estadounidense dio un paso atrás y unas figuras oscuras avanzaron y levantaron a Rudge para sacarlo de la habitación y llevarlo a su destino. Adiviné que había una furgoneta Transit oscura esperando cerca.

—¿Qué pasará con él? —pregunté, esperando que no acabara de ser rescatado de un incendio y se preparara para saltar a una sartén aún más caliente.

El hombre se volvió hacia mí y me dijo:

—Esto nunca iba a ser una operación del tipo atrapar y soltar, señor Tanner.

Lo que lo decía todo. Rudge iba a desaparecer; permanentemente.

Bien, el maldito.

~

Debería haber muerto esa noche, pero no sucedió. En cambio, renací en un mundo que ni siquiera sabía que existía.

—¿Quién es usted? —le pregunté al estadounidense. Me hizo trasladar a la cocina, supongo que porque quería privacidad para interrogarme. Pero no tenía por qué preocuparme; era él quien me estaba dando información sobre en qué me había metido y no al revés.

—Tengo un nombre, pero no lo necesita —dijo con gravedad—. Siento lo de la mujer. Nos estábamos preparando para asaltar la casa de campo, para realizar un rescate de rehenes, cuando oímos el disparo. No podíamos saber qué lugar ocupaba ella en la situación. ¿Era una amiga... una amante?

—Era ambas cosas y era una inocente en todo esto —dije, cerrando los ojos y tratando de forzar las imágenes de Siobhan siendo asesinada de mi mente.

El hombre asintió, menos en señal de simpatía, más en señal de comprensión, como si fuera un camino que él también había recorrido en el pasado.

—¿Quién o qué era Rudge? —pregunté.

El estadounidense sonrió, pero era una sonrisa teñida de arrepentimiento.

—Rudge era un traidor para todos. Un traidor a los británicos, un traidor a la gente que trabajaba para él y un traidor a la humanidad. Estaba dispuesto a vender a su país por dinero. Ha estado en nuestra lista durante bastante tiempo.

—¿Qué lista?

El hombre me miró y me sostuvo en su mirada; unos ojos azules como el acero me tenían en la mira.

—Rudge era una sanguijuela. Trabajaba para lo que

llamaré nuestros... competidores. No era la primera vez que utilizaba personal del MI6 para llevar a cabo golpes subcontratados para su parte de negocio privado. Los reclutaba para nuestros competidores bajo una falsa bandera. El operativo de Incremento cree que trabaja para el servicio secreto británico, pero no es así, en realidad trabaja indirectamente para los pagadores de Rudge. El dispositivo que colocó en ese coche...

—Pensé que era un rastreador. No una maldita bomba —dije, tratando de alegar mi inocencia.

Pero el estadounidense levantó una mano como para asegurarme que lo sabía.

—Lo sé, lo entiendo. Te estábamos siguiendo, tratando de alcanzarte, con la esperanza de atrapar a Rudge, pero también con el deseo de ponerte de tu lado. Nos diste la espalda varias veces. Tienes habilidades que podemos utilizar, Tanner. Y lo que es más importante, tienes información sobre el tipo de trabajo que te daba Rudge. Podríamos poner ese conocimiento en buen uso y ayudar a salvar vidas. La mujer que la bomba mató era la doctora Natalia Lychenko. Era una de los nuestros; una de nuestras colegas.

—¿Una colega de qué? —pregunté, no muy seguro de querer una respuesta sincera.

El tipo frunció el ceño y luego me habló como un profesor le explica a un niño el funcionamiento del universo. Me hizo ver con nuevos ojos, me hizo observar una historia secreta y una guerra secreta que había existido durante décadas, pero de la que la mayoría de la gente no sabe nada. Su causa me dio un ideal por el que luchar; algo más grande que yo mismo y algo más poderoso y digno que los estrechos puntos de vista de los políticos de carrera o el efímero subidón del dinero o el falso patriotismo.

El estadounidense se sentó conmigo y habló de su guerra durante el resto de la noche. Lo que estaban luchando, por qué lo hacían y cómo necesitaba que hombres buenos como yo le ayudaran a ganarla. Dijo que la batalla que estaban librando era más grande que las redes de inteligencia individuales, el MI6, la CIA, el Mossad, era incluso más grande que los estados nacionales individuales. Se trataba de la supervivencia de la humanidad.

Asentí con la cabeza, creyéndole solo a medias al principio. Pero finalmente, con el paso de los meses, lo hice, pero esa es una historia para otra ocasión. Todo lo que puedo decir es esto: he luchado en esa guerra a su lado durante muchos años.

Mi nombre es John Tanner. Soy miembro de una organización conocida como el Prisma, soy un operativo de SCALPEL y trabajo para el estadounidense, o como lo llamamos, el Pescador.

El hombre Incremento.
«Yo era un híbrido, un mestizo, ni soldado ni espía, aunque a lo largo de los años había reunido habilidades de ambas profesiones».

.

EL VIGILANTE

PULSÓ EL BOTÓN QUE ACTIVABA EL OBTURADOR DE «ráfaga» de la cámara digital, clic, clic, clic, y a través del visor observó cómo el hombre estaba de pie en la acera, ajustándose la gorra de béisbol antes de entrar en la tienda de apuestas.

Danny Armitage era el distintivo de llamada Delta 1, tenía el puesto de observación estático y era el vigilante.

Este era el octavo día que estaba de turno. Danny tenía el turno de día hasta las primeras horas de la noche y luego era relevado por un adusto hombre de Yorkshire llamado Lacey que se hacía cargo hasta la madrugada. Danny y Lacey eran enviados a pasar la noche; una breve sentada de cinco minutos y luego ambos se iban por caminos separados.

El dormitorio estaba dispuesto a la manera de un operador de vigilancia profesional. Había un catalejo montado en un trípode, una cámara con zoom montada en un segundo trípode para grabar y un par de prismáticos digitales a mano por si le pillaban de improviso. El resto era fundamental: una vieja silla de oficina para sentarse de vez en cuando, un cubo para mear y una mochila que contenía algo de comida y una petaca que le duraría todo el turno. Sus únicos compañeros eran una grabadora de voz digital para documentar los movimientos para su registro de vigilancia y ese caballo de batalla del vigilante, un cuaderno y un lápiz.

Para el mundo exterior, parecía un apartamento vacío sobre una tienda. La habitación del piso, alquilada a corto plazo por la empresa de investigación en la que trabajaba para esta operación, era un dormitorio del segundo piso con una ventana de gran longitud. La ventana estaba cubierta por un visillo barato, con una pesada cortina de terciopelo estratégicamente colocada en un extremo, y no se permitía encender ninguna luz por si delataba la silueta del operador. Olía a humedad, incluso a esta altura, y parecía tener el suministro mundial de telarañas en las esquinas del techo. Pero a Danny no le importaba. Había realizado la vigilancia en lugares mucho más inhóspitos que éste.

Había seguido el camino habitual para entrar en el 'Circuito'; tres años en el Servicio de Seguridad (MI5), con base en Londres como parte de sus equipos de vigilancia, alguna operación en Irlanda del Norte en comisión de servicio con la Unidad de Reconocimiento de la Fuerza, y luego, aburrido del trabajo gubernamental, había decidido renunciar y dedicarse a la empresa privada. El dinero era mejor, no era tan peligroso, y los trabajos podían ser desde banales hasta interesantes, pasando por trabajos encubiertos de alto nivel. En realidad, eso era lo que le gustaba, la variedad de trabajos que se presentaban; no saber nunca lo que le depararía el día siguiente, qué retos se le presentarían y cómo se las arreglaría sin los recursos ilimitados (de broma) de las organizaciones gubernamentales.

En esta ocasión, el 'trabajo' consistía en vigilar el interior del apartamento vacío y grabar todo lo que ocurriera. ¿Y cuál era el objetivo de esta investigación?

Era una 'casa de apuestas' situada en una hilera de tiendas en las afueras de Chelsea. El cliente, en realidad el director regional de la cadena de casas de apuestas, sospechaba de cierta actividad y desconfiaba que una banda de jugadores profesionales estaba llevando a cabo una operación para desplumar el negocio de sus ingresos durante un período prolongado de tiempo. Se llamó a una empresa de investigación privada de renombre, se firmó un contrato y, a continuación, se envió un equipo para ver si podían reunir «información útil» (los clientes se entusiasmaban con ese tipo de frases) sobre quién era esa banda.

Era uno de los trabajos más fáciles en los que Danny había participado en los últimos meses. Su función principal era fotografiar a los clientes que entraban y salían y, si era posible, registrar los coches que conducían. Después de eso... bueno, él sólo era el encargado de la vigilancia; el panorama general sería responsabilidad del investigador privado que dirigía el caso. Danny sólo estaba allí para observar e informar.

Hasta ahora, había sido el grupo habitual de jugadores degenerados de bajo nivel que esperaban ganar suficiente dinero para pasar una noche en el pub el fin de semana, o tal vez ahorrar algo de dinero para un vuelo barato a la Costa del Sol. Si había una banda de delincuencia organizada involucrada, bueno, hasta ahora no parecían estar haciendo nada al respecto.

El lugar de destino era una calle habitual llena de tiendas en una zona semiprofesional de Chelsea, al oeste de Londres, a un paso de King's Road. Era la mezcla habitual de tiendas de la comunidad local; cafetería, café, quiosco de prensa, supermercado exprés, ópticas y la inevitable tienda de desbloqueo de teléfonos.

Los tres primeros días habían sido los habituales: hacerse una idea de la ubicación, del flujo y reflujo del tráfico, de la gente que caminaba por donde lo hacía habitualmente. Lo que uno de sus antiguos instructores de 'Box 500' llamaba el 'pulso' del lugar, ese ambiente, ese sexto sentido, que permite al operador de vigilancia profesional mezclarse, pasar desapercibido, hasta que se convierte en uno con su entorno. Observaba cómo las madres llevaban a los niños al colegio a primera hora de la mañana, cómo los compradores con paraguas realizaban su peregrinaje diario al minimercado local o a la charcutería para abastecerse y cómo los taxis recogían y dejaban a la gente. No era nada inusual ni nada que no hubiera hecho un millón de veces antes en numerosos lugares. Así que vigiló, esperó, grabó y trató de mantener el calor contra el frío del piso.

La había visto en su segundo día de trabajo y era como un destello de color en un mundo gris y monótono.

La cafetería estaba al lado de su objetivo, la casa de apuestas. Así que era inevitable que ella apareciera en algún momento. La cafetería, Benny's, era un establecimiento de fachada blanca y diseño contemporáneo con las habituales mesas exteriores para la gente a la que le gusta el aire fresco con su café, o le gusta fumar e imaginar que está en París.

La mesera salió de Benny's con una gracia y una seguridad que hacían pensar en una bailarina natural. Era de extremidades largas y ágiles, llevaba unos vaqueros recortados que le llegaban hasta la mitad de las pantorrillas y un top rojo brillante sin hombros que dejaba ver su piel color caramelo. Tenía poco más de treinta años, más o menos la edad de él, y llevaba el pelo largo, negro y abundante recogido en una coleta. Su sonrisa era genuina y fácil con los clientes y no era la falsa mueca forzada de algunos meseros profesionales.

¿Y una placa con su nombre o un indicio de su identidad? Me temo que no hay ninguna otra señal, señor.

A medida que pasaban los días, se fijaba en ella y pensaba cada vez más en ella. ¿Le gustaría el té o el café? ¿Era una chica de cóctel o de vino tinto? ¿Qué música le gustaba? ¿Las películas?

Y luego, el último de los finales: ¿estaría soltera?

No hay un hombre de vigilancia vivo que no se fije en algún momento en el objetivo que está vigilando. No es que lo estuviera haciendo técnicamente, ella era solo un extra para aliviar el aburrimiento del trabajo, pero se daba cuenta de que se animaba cuando ella salía de la cafetería para atender a un cliente que estaba sentado en las mesas de la calle.

Fue en el cuarto día cuando recibió un vistazo de su vida.

Era un día luminoso y fresco y Danny llevaba tres horas de turno. Hasta el momento, había tomado una docena de fotos de 'posibles' que entraban en las casas de apuestas, había rellenado su registro de vigilancia y había atacado su rollo de desayuno que había preparado al anochecer de esa mañana.

La chica misteriosa tomaba un pedido de una pareja de ancianos que estaban sentados fuera, fumando y abrigados contra el fresco aire londinense. Una rápida charla, un garabato en su libreta y volvió a entrar para completar su pedido. Minutos después, regresó con dos chocolates calientes en vasos altos, con la crema haciendo espuma en la parte superior. Mientras entregaba las bebidas a la pareja de ancianos, un hombre se le acercó por la espalda. Ella se giró hacia él, sin darse cuenta de su presencia, y Danny vio a través del visor de la cámara cómo su rostro, normalmente agradable y sonriente, cambiaba radicalmente.

El hombre era alto, de unos veinte años, con el pelo perfectamente peinado y llevaba el uniforme no oficial; traje elegante, corbata de diseño, chaqueta encerada, de alguien que trabajaba en la City; un banquero, un operador, acciones y participaciones. Ella dio un paso atrás y entonces comenzaron los tensos momentos de una discusión.

Danny se apartó de la cámara y cogió los prismáticos para ver mejor las caras. Ambos estaban animados en el lenguaje universal de una discusión; el hombre suplicaba y la chica misteriosa no aceptaba nada.

«Al menos no de ti, sol», pensó Danny. ¿Había una pizca de celos en la mente de Danny?, tal vez.

El hombre siguió intentando darle algo, algo pequeño y detallado. Ella le devolvió lo que había intentado apretar en su mano, que parecía una tarjeta de visita, dejándola caer al suelo. Acompañó esta acción con una pose desafiante de manos y caderas mientras le reprendía sutilmente fuera del alcance de sus clientes. Aceptó finalmente la derrota, el hombre se dio la vuelta y se alejó, con la cara roja de vergüenza y rabia.

La chica misteriosa sacudió la cabeza y volvió a la seguridad de la cafetería para seguir con su turno.

Danny era un vigilante profesional, un título que aceptaba con orgullo y un poco de vergüenza combinada. Que le pagaran por hacer un determinado trabajo y hacerlo bien, era absolutamente un motivo de orgullo para él; su profesión era una habilidad que podía enseñarse, ciertamente, pero para los operadores expertos en vigilancia era algo parecido a lo instintivo, lo natural, como respirar. Todos se creían buenos en ello, pero no todos lo eran.

En cuanto a lo de estar avergonzado... bueno, no era del todo correcto soñar despierto con una mujer que aún no había conocido, especialmente cuando era por cuenta del cliente. Durante días, había sido como un adolescente enfermo de amor, su corazón se aceleraba cuando la veía mirando por la ventana de la cafetería, o cuando salía a atender a los clientes. Le gustaba la forma en que sonreía, el movimiento de sus caderas al caminar, la forma en que ladeaba la cabeza cuando escuchaba a la gente pedir un bagel, un moka o un pastel, como si tuviera curiosidad por saber por qué elegirían comer o beber algo así. Era divertida, coqueta y bonita.

Y Danny se sentía solo; lo había estado durante un tiempo

desde que se separó de su exnovia. Había sido una decisión mutua, sin acritud; simplemente decidieron que no eran el uno para el otro. ¿Cuánto tiempo había pasado? Seis meses, por lo menos. «Bien, contrólate amigo, —pensó—. ¡Eres un agente encubierto! Te has enfrentado a terroristas y extremistas. ¿Desde cuándo has perdido los nervios por hablar con una mujer guapa?»

Pero lo hizo y lo había hecho. ¿Era una locura enamorarse de una persona a la que nunca habías conocido, o tan solo era un poco de atracción? No lo sabía realmente, pero deseaba desesperadamente averiguarlo.

Llevaba ya ocho días en este trabajo, cuatro días desde que la chica misteriosa se había enfrentado con lo que él suponía que era un ex, y suponía que solo seguiría unos cuantos días más si no conseguían aciertos en los objetivos. Al fin y al cabo, a los clientes no les gustaba pagar por una costosa vigilancia si no obtenían resultados.

Tomó la decisión, un pacto consigo mismo, de que cuando la operación terminara volvería a esta calle, visitaría la pequeña cafetería, se sentaría fuera el día que ella trabajara, pediría un Flat White y entablaría conversación con la bonita mesera. Si ella decía que no, sería justo, pero al menos él lo sabría. Sí, él... definitivamente... probablemente... la invitaría a salir. Cenar, tal vez, ¿tal vez incluso un café en otro lugar? Sí, estaba seguro de que no perdería los nervios. Solo tenía que llegar hasta el final de este trabajo y entonces sería, literalmente, un agente libre.

Después de todo, la paciencia era el rasgo de un buen vigilante.

Aquella luminosa mañana de primavera, Shane Williams colocó los paquetes de sándwiches que había preparado con esmero en la nevera que llevaba en la parte trasera de su moto. Había preparado con cariño toda la gama en la cocina de su pequeño piso de Brixton. Atún/mayonesa derretida, paninis con chorizo y ensalada, wraps de pato *hoi sin*... toda la gama que el bar de Cody's Sandwich de Pimlico, SW1, preparaba a diario.

Cody's era uno de esos pequeños locales que prosperaban porque eran sencillos y utilizaban ingredientes de buena calidad. *Hecho con orgullo londinense*, era el eslogan promocional que aparecía en los envoltorios de los sándwiches, wraps y pasteles.

Shane, de poco más de veinte años, alto, delgado y enjuto, era su principal repartidor. Tenía la apariencia y los modales afables suficientes para conseguir esa propina extra de 5 libras por la mayoría de los pedidos; la charla suficiente para pasar por la seguridad de la recepción en las grandes oficinas, y la despreocupación suficiente para permitirle pasar por una puerta marcada de *NO ACCESO*. Shane llevaba seis meses en Cody's. El salario era una mierda, pero mucho mejor que en su casa en Bolton, las horas eran largas y la gente a la que entregaba fluctuaba entre la rudeza y el hecho de ignorarle, dependiendo de dónde repartiera. Estaba acostumbrado a ser ignorado porque no era importante.

Shane era soso y pasaba desapercibido. Todo esto y más era la razón por la que Shane era el perfecto terrorista suicida. Su conversión había comenzado en las callejuelas de Bolton, más al norte que el sofisticado Londres, cuando era un adolescente. Estaba descontento, desempleado, sin novia, sin respeto, sin ideas, un fracasado sin causa. En términos reales, estaba maduro para la cosecha. Y el cosechador era el hombre al que amaba, el hombre que le había mostrado un camino, el hombre que había salvado la vida de Shane Williams y le había ofrecido una vocación superior. El hombre al que llamaba el *Mudaris*; el Maestro.

Shane había intentado relacionarse con los chicos de la mezquita, de sus calles, y para su fortuna lo habían tolerado. En su opinión, lo habían encontrado divertido; un poco de risa; una broma. Había asistido a sus reuniones, había aprendido a rezar e incluso había hablado con el Imam de la mezquita. Pero en última instancia, Shane sabía que siempre sería un extraño.

Eso fue hasta el momento del Maestro.

El Maestro le había mostrado la verdadera vocación, le había mostrado cómo podía ser útil, marcar la diferencia, herir a la gente que se había burlado del intelecto de Shane, de su capacidad de comprensión, ¡derribar gobiernos y tiranos!

Shane había querido convertirse. El Maestro había dicho que no. Shane había querido tomar una esposa musulmana. De nuevo, el Maestro le había negado ese honor. Shane había querido luchar en Irak, Siria, Yemen... una vez más, el Maestro lo había calmado y dirigido en otras direcciones. Direcciones más significativas... por lo que Shane Williams estaba haciendo sándwiches a las seis de la mañana, listo para llevarlos a su objetivo en el oeste de Londres esa misma hora del almuerzo.

Cuando la palabra clave había venido del Maestro, Shane había estado listo. Había dejado su trabajo en Maccy's y había viajado a Turquía. Allí, fue recibido por representantes del Maestro. Le habían enseñado, entrenado e instruido tanto mental como técnicamente. Cuando había regresado, Shane Williams había sido el mejor de todos los tiempos. Estaba listo para su misión, listo para aceptar su destino por una vocación superior y, lo que es más importante, listo para ocultarse de esos bastardos del Servicio de Seguridad Británico y de la División Especial.

El Maestro le había dicho que el enemigo era partidario de

la diezma contra los fieles. Era un objetivo blando, pero eso tendría más impacto; se sentiría en todo el mundo. Los no creyentes se sentarían y tomarían nota y Shane Williams sería recibido a través de las puertas del Cielo y en el paraíso. ¿Estaba preparado?

Lo estaba.

El Maestro le había dicho personalmente, en una reunión lejos de la vigilancia del MI5, que él, Shane Williams, iba a ser un *Shbh 'abyad*; un Fantasma Blanco.

—Pero Maestro, ¿qué son los Fantasmas Blancos? No lo entiendo. No lo entiendo...

El Maestro estaba sentado, humildemente, en el suelo de la habitación del hotel barato Travelodge, situado en una autopista a diez millas de Southampton. Había explicado con calma, con una voz suave y reconfortante, hipnótica, como un encantador de serpientes.

—Hijo mío, los *Shbh 'abyad* son la élite de la élite. Son los guerreros sigilosos de nuestra causa. Son nuestra arma definitiva. Lo que más teme el enemigo; pueden pasar desapercibidos. No están afiliados a ninguno de los hermanos, por lo que pueden pasar desapercibidos. Son puros de corazón y de alma y están libres de la contaminación del crimen o del odio religioso. Son fantasmas.

Al día siguiente, Shane Williams había viajado a Londres con una pequeña cantidad de dinero en su poder y una mochila con sus posesiones más personales. Había encontrado un piso compartido, asequible, aunque no cómodo, y había hecho lo que se le había ordenado consiguiendo un trabajo como repartidor de comida rápida. El resto era fácil. Mantener la nariz limpia, trabajar duro, reunir información sobre el objetivo. Estaba preparado, estaba listo y estaba en su sitio. En pocos días, había recibido su chaleco de mártir y había sido instruido en su uso... había jugado todo en su mente. Conocía las trampas, los aspectos positivos, y definitivamente sabía el resultado.

Esa mañana, que sabía que iba a ser su última mañana con vida, arrancó el motor de su moto y se alejó, despidiéndose mentalmente de su mísero apartamento por última vez. Londres se presentaba ante él, como un imán que lo atraía. El ladrillo y la piedra de la clase obrera eran sustituidos por el acero y el cristal.

Para Shane, era como si el enemigo se acercara rápidamente. La idea, aquí y ahora, le asustó.

Cuando entraba en la rotonda, el taxista le golpeó. El Prius blanco lo golpeó por detrás, haciendo que tanto él como la moto derraparan por la carretera y se detuvieran en el bordillo. Cuando se levantó, estaba temblando.

Lo primero que pensó fue en el dispositivo que llevaba consigo. Su segundo pensamiento fue: «Oh, mierda, la moto está destrozada». Una oleada de irrealidad le invadió, en parte por el shock, mientras tomaba el paquete de comida de la parte trasera de la moto; lo necesitaría para cubrirse. Ignoró al conductor del Prius, que se había bajado para ver si el joven con el que había chocado estaba bien. Shane corrió, caminó y tropezó por la acera. Le habían dado una orden. Debía detonar el artefacto exactamente a las 10:30. No sabía por qué, solo que el Maestro se lo había ordenado personalmente.

Tenía que llegar a la pequeña calle, el objetivo blando, en Chelsea; a su dirección objetivo. Pero estaba agotado y sabía que debía tener un aspecto destacado, fuera de lo común. Pero ya no le importaba. Lo máximo que podía esperar era que la gente pensara automáticamente que era un repartidor de comida concienzudo que intentaba llegar a su próxima entrega.

Los siguientes diez minutos fueron una carrera sin rumbo, esquivando a la gente, evitando el tráfico y, si podía, a la policía. Finalmente, supo que se estaba acercando, lo reconoció por su comprobación de la ruta, y ese pensamiento le hizo empujar más fuerte y acelerar. A lo lejos, vio la hilera de tiendas, el blanco fácil, y eso le hizo reducir la velocidad. Estaba aquí; estaba a punto de ocurrir.

Para la gente de la calle, los lugareños, parecía lo que era: un repartidor de comida que venía a llevar sándwiches a un cliente. Nadie le miraba siquiera dos veces en la concurrida calle, era como un mueble. Simplemente estaba ahí. El tipo que entregaba la comida, el almuerzo. Era un «don nadie» y esa era su mayor habilidad: ser un «don nadie».

Shane tenía su elección de objetivos; la cafetería, el café, la óptica... no, el poco volumen de tráfico significaba que no habría tantas bajas. Y eran bajas las que el Maestro quería que se difundieran en las redes de noticias para que todos las vieran. En su lugar, decidió detenerse frente a un pequeño minisuper-mercado.

Colocó la bolsa de comida en el suelo, sacó su alfombra de oración y entonces Shane Williams se arrodilló y comenzó a rezar. Al instante oyó voces a su alrededor; primero se reían, luego gritaban advertencias hasta que finalmente una mujer gritó, provocando que el medio centenar de personas de la calle se asustara notablemente. Él los ignoró a todos y continuó con su oración.

Danny estaba fotografiando a un par de probables candidatos a la estafa de la casa de apuestas cuando se dio cuenta de la conmoción que se produjo más arriba, a su izquierda, no mucho más lejos, probablemente a no más de quince metros. Era ese pánico masivo audible que es casi subliminal pero que resuena para los que están en las inmediaciones.

Apartó el ojo del visor de la cámara y tomó los prismáticos.

Se alejó un paso de la cámara en el trípode y dirigió los prismáticos hacia su izquierda.

Danny vio que la gente se dispersaba como los insectos que se alejan de una luz... y en el centro, el epicentro en realidad, había un hombre joven, delgado, alto, desaliñado, con una bolsa de reparto de comida para llevar delante. El joven estaba arrodillado ante una alfombra de oración y entonces, cuando la imagen del hombre se agudizó en las gafas, Danny vio el bulto bajo el abrigo del hombre. Sabía lo que era: un cinturón suicida. Danny había pasado suficiente tiempo siguiendo a posibles terroristas por todo el país cuando trabajaba para la «Caja» como para saber lo que ocurría.

—¡Mierda! —murmuró en voz baja. Su mente estaba acelerada por la naturaleza surrealista de lo que estaba presenciando.

Danny giró rápidamente los prismáticos hacia la derecha, frente al Café de Benny y... ¡no! ¡Maldita sea, *no*! Ella estaba allí de espaldas a la escena, ordenando las tazas y los platos de las mesas exteriores. Estaba a no más de quince metros de distancia y se encontraba fácilmente dentro del radio de la explosión.

Durante un breve momento, sus instintos de vigilante profesional se pusieron en marcha: permanecer encubierto, no descubrirse. Era lo que le habían enseñado y lo que sabía. Pero entonces supo que no era una opción. Tal vez no pudiera salvar a todo el mundo si estallaba la explosión, pero iba a intentar salvarla a ella. No hacer nada nunca iba a ser una opción para él. Así que, por primera vez en su carrera, abandonó su puesto y corrió hacia la puerta.

Finalmente, Shane abrió los ojos, sintiéndose limpio, miró el cielo brillante y luego metió la mano en el bolsillo de su chaqueta y sacó el interruptor de seguridad del botón. Con calma, pulsó el interruptor que estaba conectado a los explosivos de su chaleco suicida.

Nada.

Volvió a pulsarlo. Todavía nada. El cable de mando debió fallar y romperse en el choque. ¡Mierda!

Más clics y todavía nada.

Y fue entonces, arrodillado allí con una tonelada de explosivos atados a su cuerpo, cuando Shane Williams entró en pánico. No tuvo un momento de conciencia que tuviera que ver con la matanza de inocentes ni nada por el estilo, solo sabía que la había cagado, como la mayoría de las cosas en su vida. Había defraudado al único grupo de personas que le había tratado con respeto. La única persona que le había mostrado eso era su viejo abuelo en casa; ¡y se suponía que los abuelos eran así porque te querían!

Su cerebro se puso en modo de autoconservación; tenía que salir, la gente empezaría a mirarlo arrodillado allí como un imbécil. ¡Mierda!

Sí... se desharía del chaleco suicida y se iría a la mierda rápidamente... desaparecería... todavía tenía algo de dinero... tenía un pasaporte... escaparía y se iría al extranjero, a algún lugar donde nadie pudiera encontrarlo. Ni la policía ni, por supuesto, el Maestro y sus seguidores. No quería morir; solo quería pertenecer. Le había gustado hacerse el gran hombre, le gustaba la idea de una causa, algo más grande que su pequeña vida. Se había dejado llevar por todo ello y bueno, el Maestro... era un hombre fácil de amar y seguir.

«No, —pensó—, cálmate y piensa». Por supuesto. Todavía tenía su opción de respaldo, su plan alternativo. Si no podía usar su chaleco de mártir, aún tenía su arma secundaria y se llevaría a todos los que pudiera.

Así pues, Shane Williams se levantó con calma y, desde el fondo de su bolsa de reparto de comida, sacó el largo y afilado cuchillo de carnicero que había utilizado para cortar la carne para los sándwiches esa misma mañana. Lo probó una última vez para comprobar su peso y agarre y luego avanzó lentamente, buscando objetivos de oportunidad, dispuesto a empezar a atacar indiscriminadamente a la gente que le rodeaba.

Cassie Bannon era normalmente una de las personas más tranquilas que se podían conocer. Pero hoy no era uno de esos días. Había sido un día de mierda, en realidad, había sido una semana de mierda, y ella ya lo había superado todo.

Lo único que quería era terminar su turno, volver a su pequeño piso de Euston y tomar una copa de vino.

Cassie llevaba dos años en Londres, desde Birmingham, persiguiendo su sueño de ser bailarina en el West End. Había tenido algunos trabajos como bailarina, nada importante ni por mucho tiempo, pero seguía siendo lo que quería y nunca lo dejaría. Pero mientras tanto iba a ser la mejor mesera que Benny's podía ofrecer.

Le gustaba el lugar, la zona elegante y los clientes agradables. Por el momento, le convenía. Había conocido a Colin poco después de llegar a Londres. Él era un banquero de inversiones de City, unos años más joven que ella y con mucho dinero.

Habían empezado bien, pero al cabo de unos meses la relación se había deteriorado rápidamente. Colin era posesivo y celoso, y tenía ansias de controlar. En los últimos meses se habían separado y vuelto a juntar varias veces. Pero esta última vez había sido la gota que colmó el vaso; él era simplemente inmaduro y Cassie estaba realmente harta de su mierda. Dios, qué bien le sentó decirle que no volviera a acercarse a ella y echarle en cara su nueva tarjeta de visita. Había terminado con él de una vez por todas.

«No importa, Cass, —pensó—. Hay muchos más peces en el mar, ya encontrarás un Fiyero a tu Elphaba».

Cassie se dispuso a recoger las mesas exteriores de los últimos clientes, lista para llevarlas a la cocina y meterlas en el lavavajillas. La calle estaba muy concurrida, como era normal, y este era el momento del día entre la multitud del café de la mañana y la hora del almuerzo. La gente pasaba corriendo a su lado, pero ella los ignoraba; solo se concentraba en llegar a casa y relajarse.

A lo lejos, pudo oír las sirenas de la policía que se acercaban. Probablemente se trataba de más carteristas, que parecían ser algo habitual en el oeste de Londres en estos momentos. Había recogido todas las tazas, los platos y los platillos en la bandeja y estaba a punto de volver a entrar cuando notó una conmoción detrás de ella. Era un tipo que corría hacia ella, un tipo guapo, agitando frenéticamente los brazos hacia ella.

Estaba confundida: «¡oh, no, otro loco!» Venía directamente hacia ella, sin desviarse en absoluto, y por un momento pensó que iba a derribarla.

Le quitó la bandeja de las manos y le gritó:

—¡AGÁCHATE! ¡ES UNA BOMBA!"

«Sí, —pensó, mientras se acurrucaba y se hacía pequeña, se metía en su pequeño espacio—, había sido una de esas semanas».

En el curso de contraterrorismo, antes de su despliegue en Irlanda del Norte, los instructores de Danny de la «Caja» le habían enseñado a dominar con su voz para controlar una situación, y era una habilidad que estaba utilizando con un efecto dramático ahora.

La chica misteriosa parecía aterrorizada, pero al instante se agachó, Danny la cubrió, protegiéndola con su cuerpo, antes de tirar una de las mesas de hierro fundido hacia abajo en su lado para proporcionar a ambos una cobertura mínima para protegerlos de la inevitable explosión.

—No pasa nada. Quédate quieta —dijo él, con una voz que sonaba más tranquila de lo que sentía.

—¿Qué... qué... es...? —dijo la chica. El temblor de su voz era evidente.

—Parece un ataque terrorista... un terrorista suicida... mantente abajo hasta que sea seguro. Está a unas cuantas tiendas más abajo.

Danny bajó la vista y vio que ella le tomaba la mano, apretándola con fuerza por el miedo. Era hermosa; piel color caramelo y ojos azules brillantes. Su cuerpo junto al de él, olía a madreselva.

Volvió a pensar en la situación. Las cosas estaban sucediendo rápidamente. Pero... no había ninguna explosión, al menos todavía. Entonces oyó los gritos, alguien gritó: «¡Tiene un cuchillo!», y luego el revolucionar de un motor a gran velocidad seguido de un fuerte frenazo, un portazo y unas botas golpeando el suelo con fuerza; la Unidad de Respuesta Armada había llegado.

Danny oyó la contundente orden de «¡POLICÍA ARMADA – SUELTE EL CUCHILLO!», seguida de dos disparos controlados, de 9 mm, el siempre fiel doble toque, y supo que todo había terminado para el joven de la bolsa de reparto de comida. No hubo ninguna explosión, ningún cambio de hombre muerto, así que Danny supuso que habían ido por los disparos en la cabeza, como era su procedimiento operativo habitual. Una bala en la cabeza lo detiene todo. Lo llaman «muerte por policía».

Podía oír a la chica misteriosa hiperventilando, así que trató de calmarla.

—Está bien, todo ha terminado. Gracias a Dios. Quedémonos quietos hasta que la policía nos dé el visto bueno.

—¿Cómo... cómo lo supiste? —tartamudeó ella, mirándole a los ojos.

Él podría haberlo dicho todo. *Te estaba observando, en realidad, vigilándote. Soy un espía, un vigilante y estoy un poco encaprichado contigo. Eres hermosa, claramente fuera de mi alcance, pero sabes qué, estoy dispuesto a arriesgarme si tú lo estás, guapa.*

En cambio, no dijo nada de eso y contestó, restándole importancia:

—Solo estaba en el lugar correcto en el momento adecuado, supongo. Por cierto, soy Danny, encantado de conocerte.

El Vigilante
«*No hay un vigilante vivo que no se fije en algún momento en el objetivo que está vigilando*».

EL EXTRAORDINARIO PLAN DE JUBILACIÓN DEL SR. PALMER

—Hermoso día, Sr. Palmer —dijo el tendero que abastecía su exposición de frutas y verduras fuera de su tienda de comestibles.

—Buenos días, Sr. Palfrey. Precioso, ¿verdad? Si el tiempo se mantiene soleado, podremos ver el cricket este fin de semana —dijo el Sr. Palmer con una sonrisa radiante.

Esta era su rutina, todos los días, cinco días a la semana, una rápida discusión sobre el estado del tiempo en Gran Bretaña y luego un rápido saludo, un «saludito de despedida» y los dos caballeros volvían a sus propios pensamientos; uno a su tienda y el otro a su viaje a Londres. Ese era el resumen de su relación.

Reginald Palmer se dirigió a paso ligero por la calle principal de Surbiton hacia la estación de tren. Esta mañana se sentía muy animado y tenía un resorte en su paso. Siempre disfrutaba de este momento del día, de camino al trabajo, el mundo despertando lentamente, y el lujo para él de viajar a Londres para vender sus productos. Sus productos eran placas de circuitos electrónicos para una variedad de electrodomésticos y ordenadores de diversas denominaciones. En los viejos tiempos se le habría llamado «vendedor ambulante», pero aquí, en la década de 1990, se le denominaba con el título mucho más corporativo de Director Regional de Cuentas. Realmente era tan aburrido y soso como parecía, pensó. Pero la ventaja era que le pagaban bien y le daban la libertad de viajar con regularidad.

Esta mañana iba vestido como siempre, de la misma manera que se había vestido para ir al trabajo durante los últimos veinte años o más. Su habitual traje de tres piezas en gris marengo con una tenue raya diplomática, camisa blanca y limpia, corbata sombría y zapatos de salón muy pulidos. Una gabardina negra colgada del brazo (en caso de emergencias líquidas) y un viejo y maltrecho maletín, pero de gran confianza, completaban el conjunto. Reginald Palmer se enorgullecía de ser un hombre seguro, aburrido y poco llamativo.

Ah, sí, en opinión de Reginald Palmer, un buen traje y una camisa blanca limpia eran todas las herramientas que se necesitaban cuando se era Director Regional de Cuentas y, dijera lo que dijera su buena esposa, Beatrice, (y créanme, había muchas cosas que a él le hubiera gustado decir tanto a ella como sobre ella), ella siempre tenía sus camisas de trabajo crujientes, limpias y bien planchadas. Era una pena que el resto de ella fuera tan... desagradable.

El suyo no era un matrimonio feliz ni agradable, ni mucho menos. La frase «uña y mugre» me vino a la mente. Casados a los veinte años después de haber sido presentados en un baile de verano de fin de semana; él, vendedor, ella, mecanógrafa a tiempo parcial en un departamento gubernamental de Whitehall, habían caído inevitablemente en la rutina hasta que se produjo la conclusión preordenada del compromiso.

Ella había sido encantadora al principio y Palmer la había cortejado, pero una vez que el anillo estuvo en el dedo fue como si le hubieran quitado la máscara. Beatrice había engordado, su esbelta figura había desaparecido, al igual que su vida sexual; una vez al mes (si tenía suerte), y con las luces apagadas y el camisón puesto. Había sido rápido e insatisfactorio.

Ella era lo que Palmer llamaría una «trepadora social»: clase media-baja que se creía de clase alta y las posesiones materiales y el dinero se convirtieron en sus dioses. Una casa más grande, un coche mejor, los últimos artilugios, todo pagado por el duro trabajo de Reginald Palmer, no de la señora Beatrice Palmer, porque Dios no permitiera que saliera a trabajar después de haber dejado el trabajo de oficina en Whitehall. En su lugar, prefería ser una dama que almorzaba, junto con sus ¡horrendas amigas, en el Instituto de la Mujer local!

Y gritar, ¿por qué tenía que gritar todo el tiempo? Incluso cuando susurraba, no lo hacía realmente, sino que lo hacía a 100 decibelios. Una risa falsa para fingir que era muy divertida y llena de humor. De nuevo, todo hecho a 100 decibelios para que todo el mundo pudiera verla y oírla. Y no le hagas hablar de cómo mastica con la boca abierta; sonaba como una vaca masticando el bolo alimenticio, *CHOM, CHOM, CHOM, GULP*. La idea de pasar el resto de su vida con ella le hacía estremecerse por dentro. Lo único que le salvaba era que no habían sido bendecidos con hijos, ¡gracias a Dios! Eso habría complicado aún más una situación terrible.

Así que ahora, a la edad de cincuenta y cinco años, Reginald Palmer iba a jubilarse anticipadamente y empezar su vida de nuevo mientras pudiera. No se le ocurría nada mejor para su jubilación que vagar por las onduladas colinas de los Cotswolds, una casita junto a un lago, detenerse de vez en cuando para desempaquetar su caballete, su taburete, su lienzo y sus acuarelas y pintar durante el resto de sus días en paz y tranquilidad. Cuando era niño, le gustaba pintar y hacer bocetos, y ahora, como hombre de mediana edad, pensaba que ya era hora de volver a lo que le daba placer.

Estaría lejos del estrés de la carrera que había elegido, lejos de ese nudo nervioso que vivía permanentemente en la boca del estómago, lejos de la banalidad y la estrechez de miras de la pequeña Inglaterra y, lo mejor de todo, lejos de esa arpía con la que se había casado hacía más de veinte años. Todo esto llegaría a buen puerto, esperaba, pero sería un viaje en solitario. Planeaba liberar a Beatrice de una vez por todas. Pero antes de poner en práctica su plan, tenía que hacer un pequeño recado.

Caminó a paso ligero hacia la estación de tren, a solo veinte minutos a pie de su casa adosada de tres dormitorios en un frondoso suburbio, saludando con la cabeza y dando los buenos días a aquellos que conocía o a los que tuteaba: Gerald, el cartero, la señora Sachs, la presidenta del Partido Conservador local, el señor Bland, el propietario de la taberna The Crown. Todos eran amigos y formaban parte de su vida, pero no sentía afinidad con ninguno de ellos; eran meros actores de reparto en su obra de teatro.

La estación de tren era una monstruosidad art decó de hormigón, pero en lo que respecta a algunas estaciones de Londres y sus alrededores, no era ni mucho menos la peor. A esa hora de la mañana estaba razonablemente concurrida, pero Palmer no tenía que esperar mucho para comprar su boleto a Londres Euston al señor Worthington en la taquilla. En menos de diez minutos, el tren se puso en marcha y Palmer encontró un bonito y no demasiado ruidoso asiento en la esquina del tercer vagón. Acomodó el maletín entre sus piernas y se acomodó, dispuesto a disfrutar del viaje de una hora. Pronto, el suave balanceo del tren le ayudó a calmar su mente y a concentrar sus pensamientos.

Había tomado la decisión a finales del año pasado; había estado viendo las noticias y había tenido una epifanía. Lo pensó durante el resto de la noche, cómo podría liberarse de sus grille-tes, cómo podría salir de esta carrera de ratas. Pensó que tenía un plan, su plan especial de jubilación, pero solo necesitaba que algunas cosas más encajaran. Así que Palmer esperó su momento y siguió adelante; reuniéndose con clientes, viviendo su vida, reuniendo sus pensamientos, mirando las noticias y esperando… porque no hay nada más difícil que el miedo insidioso y sigiloso de esperar a que todos los patos estén en fila.

Entonces, tal y como había adivinado, meses después recibió un mensaje de la Oficina Central confirmando que iba a haber algunos cambios en la infraestructura debido a los recientes acontecimientos mundiales y que debía esperar ser llamado a la Oficina Central para consultas sobre su futuro de forma inminente.

Así que durante semanas había estado reuniendo sus ahorros, lo que le compraría la jubilación que ansiaba, y ese día, el penúltimo de su empleo en su antigua empresa, iba a presen-tarse ante los competidores de la Oficina Central.

Una hora más tarde, el Sr. Palmer y sus compañeros de viaje desembarcaron en la estación de Euston, pero en lugar de diri-girse al metro, se dirigió a los aseos para hombres del vestíbulo principal. Una vez dentro, se buscó un cubículo y cerró la puerta. De su maletín sacó un maltrecho y aplastado sombrero trilby, unas gafas con cristales transparentes y un falso bigote canoso que hacía juego con el color de su pelo. Salió a la calle y se dirigió a una parada de taxis, con un andar encorvado que le hacía parecer un barril tratando de caminar.

Tomó el tercer taxi negro y le dio al conductor una ubica-ción en Pimlico. Diez minutos más tarde, estaba de nuevo en la calle, con el taxi despedido y el Sr. Palmer paseando, tomándose su tiempo y vigilando su espalda por si acaso atraía la atención hacia él. Finalmente, satisfecho, tomó otro taxi y pidió que lo llevaran a Knightsbridge.

A mitad de camino, le dijo al conductor que se detuviera en seco, pero le pagó el importe íntegro.

—Me iré andando desde aquí, conductor, gracias —dijo, antes de volver a bajarse. Otro paseo, esta vez mirando los escaparates de las excelentes tiendas de clase alta, hasta que se dispuso a dirigirse a su destino.

Desde el exterior, tenía cristales esmerilados y era el epítome de la discreción. Pulsó el timbre del interfono y fue consciente de que una pequeña lente de circuito cerrado de televisión le observaba. Un zumbido de la cerradura electrónica y la puerta se abrió para él. En el interior había un área de recepción con un par de guardias de seguridad.

—Vengo a hacer un retiro —le dijo al recepcionista, un hombre de aspecto severo de unos sesenta años.

—Por supuesto, señor Goldstein, y me alegro de verlo de nuevo, señor —dijo el recepcionista, que ya estaba rellenando el papeleo y sacando un juego de llaves de debajo del mostrador.

Ahora ya no era Reginald Palmer, sino un contable judío llamado Nathaniel Goldstein, y tenía una hermosa identificación falsificada, permiso de conducir, pasaporte y documentos del seguro, para demostrarlo.

El personal de la Caja de Seguridad de Rickman sabía que, al menos una vez al mes, el Sr. Goldstein, que tal vez mencionó que trabajaba para una empresa de contables en la ciudad, venía y llenaba o vaciaba su caja de seguridad personal. No era asunto suyo y formaba parte de su orgullo profesional que no hiciera preguntas personales ni indagara demasiado.

El recepcionista le condujo hasta la cámara acorazada, abriendo cada vez las siguientes puertas de seguridad con una de las llaves de su llavero. Finalmente, y ahora solo,

Palmer/Goldstein se encontraba en una sala privada con solo sus pensamientos y dudas sobre si estaba haciendo lo correcto o no.

¿Podría lograrlo? Por supuesto que sí, ya no había vuelta atrás. Tenía un plan, un buen plan, y lo único que lo obligaba a seguir adelante era que retroceder o incluso permanecer estático era diez veces peor que ser atrapado y castigado.

Un discreto golpe en la puerta le sacó de sus pensamientos. El anciano recepcionista entró y le dejó una caja de seguridad sobre la mesa antes de excusarse y cerrar la puerta tras de sí. Palmer/Goldstein abrió rápidamente la caja con su llave personal y sacó rápidamente los objetos que había dentro, transfiriéndolos a su maletín. Satisfecho de que lo tenía todo y de que su disfraz seguía en pie, se dirigió a la zona de recepción y salió a la calle.

Un paseo rápido y otro viaje en taxi, esta vez hacia su destino final. Comprobó su reloj: casi la hora de comer, ¡perfecto! Estaba dentro del horario previsto; solo le quedaban otros veinte minutos de espera. Pagó al conductor al otro lado del puente de Lambeth, prefiriendo caminar el resto del camino. Pasó por un camino subterráneo desierto y se quitó el disfraz. Entró en el paso subterráneo como Goldstein, y al salir volvió a ser Reginald Palmer.

Y si todo iba según lo previsto, probablemente ésta sería también la última vez que sería Reginald Palmer.

Los Jardines de la Torre Victoria son un pequeño parque situado junto a las Casas del Parlamento, en la orilla norte del Támesis. Es un refugio, un remanso de paz para aquellos que desean alejarse del ajetreo de la vida oficial. Allí se pueden comer bocadillos, las personas que tienen la suerte de ocupar uno de los bancos pueden reflexionar sobre sus pensamientos, y los últimos libros de bolsillo se pueden disfrutar en paz antes de que la gente tenga que volver corriendo a sus oficinas y trabajos.

Ian Costain estaba sentado en uno de los bancos con vistas al Támesis, con sus largas piernas estiradas como palos. Llevaba unos minutos jugueteando con un sándwich de queso y pepinillos bastante curioso, no muy convencido de su veracidad, pero, de nuevo, era todo lo que había disponible en la cantina en el momento en que él había llegado. Sospechaba que las gaviotas y las palomas se llevarían la mayor parte en los próximos minutos.

Como funcionario de nivel medio del Servicio Secreto de Inteligencia, habría pensado que habría algunas ventajas en el departamento de comida de la cantina del cuartel general del SIS en Century House, pero no, era el primero que llegaba. Se había acostumbrado a pasar la hora del almuerzo durante los meses de verano en este pintoresco parque. No todo el tiempo, por supuesto, ya que se esperaba que asistiera a los almuerzos de trabajo o que cenara con sus colegas. Pero cuando necesitaba salir de la oficina, paseaba por el puente de Lambeth y se tomaba un tiempo antes de tener que volver al desierto de espejos que suponía ser el Director Adjunto de Contrainteligencia SOV/OPS.

El reciente giro de Gorbachov y de la Unión Soviética había puesto a todo el mundo en movimiento y, para ser sinceros, había cogido a todos desprevenidos. ¡El comunismo ha muerto! La perestroika y la glasnost eran las nuevas palabras de moda y la Guerra Fría había terminado. ¡Bravo!

Lo que, en su opinión, era un montón de tonterías. Los leopardos no cambian sus manchas, nunca lo han hecho y nunca lo harán, pensaba Costain. Pero lo que sí hacen es aprender a ser más sutiles a la hora de disfrazarlas y lo mismo ocurría con los rusos y el KGB. Era su cometido y el de su equipo ver a través del subterfugio y contar cuántas manchas tenía este leopardo en particular.

Estaba a punto de arriesgarse a dar un mordisco a su sándwich cuando se dio cuenta de la presencia de un hombre a su izquierda. El hombre era de mediana edad, fornido y robusto, con el pelo gris. Parecía un vendedor ambulante; ese aspecto en parte desaliñado y en parte respetable que es la maldición de subir y bajar de los taxis o de los vehículos de la flota de camino a la próxima reunión con un cliente.

—Hace un día precioso, ¿verdad? —preguntó el hombre, con voz firme y segura. Un toque de los condados de los alrededores de Londres, pensó Costain.

—Hemos tenido mucha suerte esta semana, quizá este año tengamos un verano que dure más que unos pocos días —dijo Costain, receloso de comprometerse en una conversación no solicitada con un desconocido.

—¿Puedo acompañarlo? —preguntó el hombre, de forma bastante agradable

—Bueno... estoy a punto de volver al trabajo —dijo Costain con desconfianza.

El hombre se llevó la mano al bolsillo de la chaqueta. «¿Buscaría una navaja? ¿Una pistola? Madura, Ian, has pasado demasiado tiempo en CI, después de todo, esto es Londres. Sí, bueno, eso es lo que pensaba Georgi Markhov antes de que le dispararan con un paraguas envenenado hace años», advirtió la parte profesional de contrainteligencia de su cerebro.

Pero, en cambio, el hombre no sacó nada más violento que una tarjeta de visita que le entregó.

Costain la miró. Decía:

Reginald Palmer
Director Regional de Cuentas - SP Electronic
Projects Ltd Hounslow

—¿Qué puedo hacer por usted, señor Palmer? Estoy en mi descanso para comer y tengo que volver a mi oficina.

El hombre, Palmer, había hecho su jugada y se sentó en el banco de al lado mientras leía la tarjeta de visita. «Tranquilo, muy tranquilo», pensó Costain. Pero la calma no terminaba ahí, ni mucho menos.

—Señor Costain, tengo algo que decirle. Yo tampoco tengo mucho tiempo.

—¿Cómo demonios sabe mi nombre? ¿Nos conocemos?

El señor Palmer negó con la cabeza.

—Usted es Ian Costain, antiguo Primer Secretario de la Embajada Británica en Moscú 1988-1991. Pero ahora, o eso me informan mis fuentes, es una especie de oficial de operaciones de alto nivel en Century House.

—Lo siento, viejo, creo que se ha equivocado de tipo —dijo Costain, empezando a levantarse. A ningún espía le gustaba oír que su tapadera había sido descubierta, era como una herida profesional.

—No, señor Costain, tengo absolutamente al hombre correcto —dijo Palmer con convicción.

—Y, ¿quién carajo es usted? ¿Qué quiere, Palmer? —Costain le miró fijamente, tratando de leer la cara del otro hombre.

Palmer respiró profundamente, dispuesto a desahogarse. Dejó escapar una lenta exhalación y comenzó su «discurso».

—No me llamo Reginald Palmer. Nací como Mikhail Ivanov en Moscú en 1937. Soy un oficial de operaciones de la KGB y deseo desertar.

Costain lo sopesó una vez más, esta vez con la mirada de un profesional.

—¿Puede demostrarlo?

Palmer asintió.

—Soy lo que usted llamaría un agente durmiente de cobertura no oficial, en el lenguaje popular. Llevo más de veinte años operando de forma encubierta en el Reino Unido.

¿Un ilegal? Los «ilegales» de la Dirección S de la Primera Dirección General de la KGB eran la *crème de la crème* de los agentes de inteligencia encubiertos. Bien entrenados, motivados, profesionales y notoriamente difíciles de descubrir por las agencias de contrainteligencia occidentales.

—Tengo aquí, en mi maletín, una selecta cantidad de archivos e información escrita que confirmará mi buena fe. Esto puede ser verificado por sus excelentes analistas de Century House. Considérelo un regalo, una táctica de apertura para poner el pie en la puerta —dijo Palmer.

El Sr. Palmer abrió el maletín y le entregó al hombre del SIS un montón de papeles y expedientes perfectamente encuadernados. Costain les echó un vistazo superficial: fotografías de lugares de entrega de cartas, un código, una serie de identidades falsas, pasaportes y permisos de conducir.

—¿Por qué ahora? —preguntó Costain.

—Señor Costain, como sabe por los recientes acontecimientos en Rusia, el mundo ha cambiado, mi guerra está perdida y soy un soldado sin causa. El comunismo está muerto, en realidad probablemente murió hace muchas lunas; era solo un cadáver que no se quedaba quieto —dijo Palmer con tristeza.

—¿Por qué no se aproximó directamente al 'Cinco'? Tendría más sentido que se pusiera en contacto con el Servicio de Seguridad en su territorio.

El señor Palmer volvió a negar con la cabeza.

—Hay dos razones principales. En primer lugar, estimé que recibiría un mejor paquete de liquidación de 'Seis', me gusta pensar que tenemos una mentalidad similar en cuanto a nuestra profesión elegida. Los espías entienden a los espías.

—¿Y la otra?

—Tengo conocimiento de una fuente de la KGB que opera con el Servicio de Seguridad Británico. Sentí que el MI5 no me trataría con justicia... bueno, al menos no al principio. De cualquier manera, no podía correr el riesgo —dijo Palmer con frialdad.

Un traidor dentro del 'Cinco' y este caminante estaba dispuesto a entregar la cabeza del espía en una bandeja. Cristo, este Palmer... Ivanov... ¡podría ser la joya de la corona de la contrainteligencia del SIS! Tenía que actuar con calma, no emocionarse demasiado y estropearlo.

—Bien, ¿qué quiere? —dijo.

—Señor Costain, a cambio de organizar mi deserción a Occidente de forma permanente, le daré una lista completa de mis subagentes, casas de seguridad, operaciones que he llevado a cabo en nombre de la KGB, así como una serie de fuentes en el Gobierno británico que recluté y dirigí. Esta es una oferta única, los archivos, los detalles, están todos enterrados en mi mente. Pueden ser todos tuyos si me da lo que quiero.

—De acuerdo, lo preguntaré de nuevo: ¿qué es lo que quiere? —preguntó Costain, empezando a irritarse.

Palmer sonrió y cerró los ojos, como si estuviera disfrutando de un recuerdo que aún no había ocurrido.

—Quiero vivir una vida tranquila en un país que he llegado a amar con todo mi corazón, señor Costain. Quiero ser libre... y quiero pintar.

EPÍLOGO

Cleeve Hill, Cotswolds, Reino Unido

El pintor acarició el pincel sobre el papel, sonriendo mientras la pintura al agua se arrastraba de izquierda a derecha. Hoy intentaba dominar la forma en que la luz incidía en la curva de las colinas, dándole un tinte amarillo verdoso. Las ondulantes colinas de los Cotswolds nunca dejaban de quitarle el aliento. Cada día, en sus paseos por las colinas, encontraba algo nuevo que ver y maravillarse.

Estos días era un hombre soltero, soltero y feliz. Los habitantes del pueblo de las afueras de Bath lo conocían como el Sr. Duncan. Derek Duncan. De vez en cuando, le visitaban hombres de traje oscuro de Londres. Se quedaban unas horas, normalmente a la hora de comer, y luego se marchaban en una berlina igualmente oscura. Se rumoreaba que el Sr. Duncan había sido algo en la Agencia Tributaria durante muchos años antes de su jubilación, y alguna que otra visita de antiguos colegas se hacía para ver cómo estaba un viejo amigo.

Si todos ellos supieran, la gente del pueblo, de lo que se

había enterado. Pero no lo sabían. Seguía siendo bueno guardando secretos; un resabio de su antigua vida que sabía que nunca le abandonaría. Hacía más de un año que no era Reginald Palmer, ni siquiera Mikhail Ivanov. El SIS lo había llevado a un piso franco, lo habían interrogado, cuestionado y vuelto a interrogar durante meses, hasta que le habían sacado hasta la última información.

Luego llegó el reajuste: un divorcio (bueno, en realidad no, porque Reginald Palmer no había existido técnicamente), algo de dinero para que Beatrice se mantuviera callada y la Ley de Secretos Oficiales para firmar en caso de que empezara a hablar. Para él, había sido un nuevo lugar, una nueva casa y un nuevo estilo de vida. Estaba, a todos los efectos, contento.

Y de sus antiguos camaradas de la KGB... ¿alguna vez temió que vinieran por él, que le siguieran la pista un día mientras caminaba por sus senderos favoritos por las colinas que tan bien conocía?

La verdad es que, no. Sus cuidadores de la Inteligencia Británica habían hecho un trabajo de primera clase al proporcionarle una nueva identidad y reubicación. Se sentía tan seguro como cualquiera podía estarlo.

Pero incluso si los asesinos de la KGB venían por él, no se le ocurría ningún lugar mejor ni más bonito para pasar sus últimos momentos en la tierra, y eso le daba una especie de libertad y consuelo. Había hecho las paces con ello.

Mojó la punta de su pincel en el naranja, solo para darle un matiz al cielo, y acarició suavemente el pincel contra el papel.

«Sí. La jubilación me sienta bastante bien».

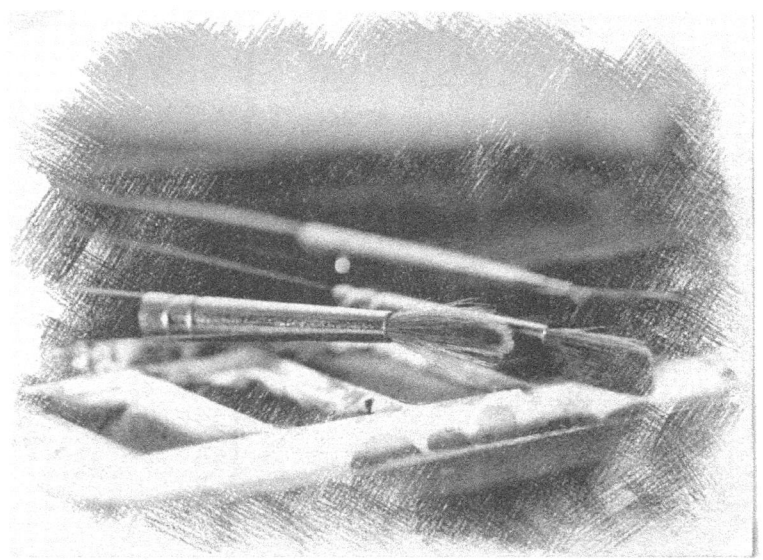

El extraordinario plan de jubilación del Sr. Palmer
Mojó la punta de su pincel en el naranja, solo para darle un
matiz al cielo, y acarició suavemente el pincel contra el papel.
Sí, pensó. La jubilación me sienta bastante bien.

UNA AVENTURA MUY PELIGROSA

Roma, Italia

ERA EL CLÁSICO CASO DEL ESPÍA QUE ENTRA EN UN BAR.

Cort hizo lo que siempre hacía en estas situaciones; comprobó la multitud, las salidas y las amenazas. Todo ello, con su ojo de experto, le llevó menos de un latido. De momento, nada que hiciera saltar las alarmas.

Como oficial de la CIA curtido en casos, había que estar atento a todo, y él se refería a todo. Así que le resultó una sacudida, una sorpresa, que no la hubiera visto sentada en la cabina de la esquina. Estaba sola y tenía una pierna larga y bellamente bronceada sobre la otra, dando al contingente masculino del bar (y posiblemente a una o dos de las mujeres también) una visión de un muslo perfectamente tonificado.

Eran poco más de las nueve, tarde para el público de la cena, pero demasiado temprano para los bebedores serios, y el Bar Romano era uno de esos lugares sofisticados y de alto nivel que formaban parte del restaurante, pero también al mismo tiempo estaban separados entre sí. Todo era iluminación ambiental, espejos y muebles cromados diseñados para dar una sensación sensual y sofisticada. Era un lugar en el que los fiesteros serios podían refugiarse para tomar un segundo aire, o considerar su próximo movimiento con una costosa copa de Bourbon o un cóctel de diseño. De fondo, un ritmo constante y sintetizado sonaba; no era ni memorable ni molesto.

Cort se sentó en una mesa al otro lado de la barra, donde podía observar, pero no ser visto. Era la forma en que se llevaban a cabo estas cosas; al abierto, donde todos podían verse y nadie podía hacer un movimiento agresivo. Observaba como un depredador a la caza de su presa.

Un hombre se acercó a la mesa de la mujer; era alto y larguirucho, con el pelo oscuro hacia atrás. Cort pensó que parecía un chulo o un, ¿cuál era la pintoresca frase de antaño?, *una lagartija de salón lujuriosa*, de los que buscan mujeres en los bares. El hombre se inclinó y le dijo algo a la mujer. Ella apenas se fijó en él; en cambio, siguió mirando la pantalla de su teléfono, pasando el dedo por la pantalla. Cort pudo ver que sus labios se movían brevemente y luego el hombre se puso de pie como si lo hubieran pinchado con una picana eléctrica, antes de salir corriendo, con la cara roja de vergüenza y el ego herido.

Se llamaba Domino Bianchi y era una corredora, una intermediaria o, técnicamente, una mujer intermedia que se especializaba en la transferencia de inteligencia de alto nivel a cualquier servicio de inteligencia que estuviera en el mercado y, lo que es más importante, que pudiera pagar el precio.

Cort pidió una copa al mesero que acudió con brío a su mesa, whisky irlandés, Bushmills, y luego, él la estudió intensamente desde una distancia prudencial. Era morena y ágil, de unos treinta años y con la elegante sensualidad de una mujer segura de sí misma. Pensó que podría haber sangre española o persa en su pasado. Llevaba un elegante vestido de cóctel negro y unos tacones de aguja para darle altura y acentuar la elegancia de sus piernas. Era una *femme fatale* en toda regla y, según la opinión profesional de Cort, era el paquete completo: elegante, inteligente, hermosa y mortal.

Según sus informes, la Srta. Bianchi había recibido recientemente una pieza de inteligencia de alto nivel, una memoria USB que contenía los planos del cono de la nariz de la nueva gama de aviones de combate que los rusos estaban desarrollando. No tenía ni idea de dónde procedía la información. Lo único que se le encomendó fue ponerse en contacto con la señorita Bianchi y negociar un precio por la compra de la información. Y aunque sus competidores, el BND alemán, la DGSE francesa, tal vez el Servicio Chino o incluso los coreanos, estarían en el mercado y ofrecerían todo tipo de edulcorantes, Cort pensaba que tenía una ligera ventaja sobre las otras redes de espionaje; porque Cort y Domino tenían una historia. Y para un espía de su calibre, eso era toda la ventaja que necesitaría para conseguir lo que quería.

Tomó un último trago y luego hizo su jugada.

Ella lo vio en el momento en que entró en el bar. De todas las personas que la CIA podría haber enviado para tratar de negociar con ella, tenía que ser él. Tenían una historia, toda buena, pero lo bueno no era necesariamente la mejor opción en el juego del espionaje, donde la traición y la falta de confianza eran las divisas.

Lo miró cuando se sentó. Seguía teniendo el mismo aspecto; estatura media, delgado y en forma, con ese pelo oscuro que ya empezaba a encanecer en las sienes. La combinación de traje gris oscuro y camisa negra le daba un aspecto peligroso y refinado al mismo tiempo. La CIA elegía bien a sus agentes, pensó.

En lo que iba de noche, había rechazado las atenciones de varios competidores del estadounidense. En su mayoría eran jugadores europeos de mediana edad: alemanes, franceses e incluso un italiano muy borracho. Pero, en realidad, no jugaban a su altura. Así que tendría que esperar...

—Has manejado bien a ese francés —dijo una voz. Profunda y controlada.

Levantó la vista y se sorprendió al ver que el estadounidense estaba sobre ella. Sonrió con coquetería.

—¿Es eso lo que era?

—Lo supuse. Tenía el encogimiento de hombros galo y el habitual sentido de la vestimenta con estilo —dijo Cort. Dijo «con estilo» de una manera poco halagadora.

Domino levantó las manos con delicada exasperación.

—Los hombres pueden ser tan aburridos a veces. Se creen jugadores, pero la mayoría de las veces tienen miedo de su propia sombra, niños pequeños la mayoría de ellos, buscando a sus madres.

—¿Puedo unirme? —preguntó él, manteniéndose firme.

—Por supuesto —respondió ella y le indicó que se sentara.

Cort asintió y luego hizo una seña al mesero para que se acercara y pidiera una ronda de bebidas para ambos; Wild Turkey para él esta vez y, si la memoria no le fallaba, un Expresso Martini para ella.

—¿Cómo va el negocio esta noche? —preguntó él.

Domino se encogió de hombros sin darle importancia.

—Estable. Alemanes, franceses, incluso un árabe ha hecho una propuesta.

—Suena sin incidentes —dijo Cort.

—No sé, creo que las cosas empiezan a ponerse interesantes —respondió ella, igualando su mirada con la suya.

Llegaron las bebidas. Ninguno de los dos habló; el único movimiento fue saborear la elegancia del alcohol en sus labios.

—Así que estás aquí por negocios o...

Cort se encogió de hombros.

—Oficialmente por negocios, pero siempre busco una oportunidad para el placer. Después de todo, esto es Roma. Creo que tienes algo que ofrecer. Ya puedes olvidarte de esos otros pretendientes. Estoy aquí para comprarlo.

Ella lo miró fijamente durante un momento, con los ojos entrelazados, azul y avellana, tratando de entender su punto de vista.

—¿Confianza? Eso me gusta, siempre y cuando no cruce la línea para convertirse en arrogancia —dijo con indiferencia—. No sé... este material que buscas es muy cotizado y muy solicitado. ¿Quizá más de lo que la Agencia puede permitirse hoy en día?

Él sonrió ante su pequeña broma.

—Mi gente no carece de medios.

Ella negó con la cabeza, decepcionada por su burdo intento de negociación.

—No se trata solo del dinero. Se trata de vender a la persona adecuada, a la causa adecuada.

Cort frunció el ceño. ¿No se trataba solo de dinero? Había un ángulo que se proponía aquí. Creyó saber cuál era. Si no podía negociar el USB con ella, tendría que sacárselo a la fuerza.

—¿Puedo ver la mercancía?

Ella sonrió, metió la mano en su bolso de diseño y colocó la memoria USB en la mesa frente a ambos. Estaba allí como un tótem; ambos se sintieron atraídos por él.

—¿Has visto alguna vez esa película, *El talentoso señor Ripley*? —dijo después de unos momentos.

—Puede que sí, tendrás que recordármelo —dijo Cort. Él observó cómo ella trazaba una delicada uña alrededor del borde de su copa de cóctel; el movimiento era erótico, pero entonces supo que estaba diseñado para tener ese efecto en él.

—Es una historia de codicia, lujuria y debilidad humana. Trata de lo lejos que llega la gente para satisfacer sus necesidades y deseos. El propio Ripley es un psicópata que está dispuesto a degradarse, a mentir e incluso a matar para conseguir sus objetivos. En ese sentido, es fuerte y débil al mismo tiempo. Fuerte porque está dispuesto a ir más allá que los que le rodean, débil porque es esclavo de sus vicios. En este momento, la gente hará casi cualquier cosa por esta información. Estoy en una posición de poder —dijo con pesar.

—¿Y eso te complace?

Domino asintió.

—Sí. Lo hace... por el momento.

—¿Qué impide que alguien te lo arrebate?

Ella le devolvió la sonrisa, de una manera casi infantil.

—Bueno, eso sería un error que *alguien* lo hiciera.

Sus ojos parpadearon detrás de él y él miró instintivamente alrededor de la zona del bar abarrotado. Probablemente, Domino tenía un equipo en la zona realizando una vigilancia protectora en torno a ella y a la mercancía. Si alguien intentaba robarla, se encargaría de ello... permanentemente.

—¿Un precio? —preguntó, poniendo en marcha las negociaciones.

Ella lo pensó un momento y luego dijo:

—Siete.

Él le devolvió la sonrisa.

—Seamos razonables, es una cantidad ridícula.

Ella volvió a encogerse de hombros.

—Y sin embargo ese es mi precio.

Cort sacudió la cabeza con fingida incredulidad.

—Siete está más allá de la tarifa vigente. Sin embargo, puedo darte un traslado por cuatro aquí mismo, ahora mismo.

—¿Cuatro? ¡Estaría cortando mi propia garganta! ¿Acaso la CIA cree que mi información es tan barata?

Miró la delicada garganta y recordó lo que era besarla.

—Cinco sería mi última oferta. Me gustaría asegurarlo para mi gente —dijo.

—Querido, por supuesto, todo eso sucederá a su tiempo —dijo ella, dando un sorbo a su cóctel y frenando la negociación. Esa era una señal de un buen proceso de negociación; la modulación.

—Entonces, ¿qué esperas, suponiendo que el producto sea el genuino? —preguntó él, acercándose a ella en la cabina.

—Ha pasado demasiado tiempo —dijo Domino, cambiando de tema, recogiendo la memoria USB y colocándola de nuevo en la seguridad de su bolso—. Te ves bien, hueles aún mejor.

—Demasiado tiempo para los dos. Madrid parece una eternidad. ¿Cómo has estado? —preguntó él, sin apartar los ojos de los de ella.

Ella asintió.

—Estoy bien. Siempre estoy ocupada. En nuestro oficio, eso es al menos una constante. ¿Y tú?

Se encogió de hombros.

—Trato de alejar al lobo de la puerta, así que...

Ella dejó escapar una carcajada.

—Qué acertado, que hables de alejar a los lobos de tu puerta. Tú también eres muy salvaje.

Levantó una ceja ante eso, pero aceptó el cumplido de todos modos.

—Aceptaré cinco, pero con una condición privada —dijo Domino.

—¿Qué condición?

—Pensé que podríamos... hablar... primero —dijo ella. Su voz se había vuelto más grave y su rostro se había sonrojado ligeramente.

—¿*Hablar*?

Ella sonrió.

—Bueno, más que hablar. Como solíamos hacerlo... en los viejos tiempos.

—¿Y la condición?

—La condición es que consiga lo que quiero de ti —susurró sin aliento.

Se acercó más a ella. Pudo ver cómo su pecho subía y bajaba rápidamente, su respiración se había vuelto superficial. En realidad, los viejos tiempos no habían pasado hace tanto, meses tal vez, nada más.

—¿Y qué es lo que quieres de mí? Aparte de los fondos, por supuesto.

—¿Te gustaría... jugar? —preguntó ella tímidamente.

Él ladeó la cabeza, tratando de adivinar a dónde quería llegar con esa idea.

—¿Quieres que juegue?

—Sí... sí, quiero —jadeó ella en voz baja.

—Entonces lo haré —dijo simplemente. Sacó su Smartphone y tocó la pantalla varias veces—. —Cinco y.... condiciones aún no especificadas, ¿sí?

Ella asintió.

—Sí.

Unas últimas pulsaciones en la pantalla y volvió a guardarlo en el bolsillo de la chaqueta. El dinero había sido transferido. Momentos después, se oyó un pitido electrónico desde su teléfono móvil; la confirmación de que el dinero había aterrizado en su cuenta.

Domino esbozó una sonrisa de satisfacción. Le gustaba que los negocios salieran como los había planeado. Terminó su bebida de un tirón.

—Nos vemos en el callejón del fondo en diez minutos. Vamos a hacer un pequeño viaje.

—¿Adónde?

—¡Es una sorpresa!

—¿Es una sorpresa a la que puedo esperar sobrevivir? —preguntó.

Domino se encogió de hombros.

—Eso depende de ti. Arriésgate y podrás conseguir todo lo que se te ofrece esta noche... o puedes quedarte aquí y quizás ser generoso con los coreanos o los servicios chinos en su lugar. Diez minutos, pero no esperaré ni un segundo más.

Salió de la cabina con facilidad, moviendo sus caderas como si fueran líquidas. Estaba vestida para matar y era tan mortal como el veneno. Cort la observó desaparecer a través del bar semilleno hasta que se fue. ¿Quedarse o irse? Si se quedaba, se perdería la noche; si se iba, podía caer en una trampa. Pensó por un momento, sopesando sus opciones. Finalmente se decidió; no había venido hasta aquí para no obtener un resultado. Y si era una trampa, era un espía curtido de la CIA que podía enfrentarse a cualquier cosa... probablemente.

Se bebió de un trago lo último que quedaba de su bebida, buscó en su cartera y dejó dos billetes de veinte dólares para cubrir la cuenta, luego hizo lo que hacen todos los que se arriesgan; se metió voluntariamente en una trampa y jugó con las probabilidades.

Estaba esperando en la parte trasera del bar, en el callejón. Un taxi al que había llamado esperaba, con la puerta abierta y el motor al ralentí. El conductor, impaciente por bajarse, tamborileaba con los dedos sobre el volante.

Domino estaba apoyada en el lateral del vehículo, con un cigarrillo en la mano, cuyo resplandor ocasional al inhalar iluminaba temporalmente la oscuridad del callejón. Estaba a punto de dejar de esperar y decirle al conductor que la llevara a su hotel, cerca del Foro Romano, cuando, como si fuera una señal, vio una figura que salía de la entrada del personal. Observó cómo se movía; era fuerte y seguro, se movía con una gracia atlética. Que Dios ayudara a cualquier asaltante que intentara atacarle en la oscuridad; el hombre de la CIA lo mataría.

Cuando se acercó, se puso de pie, estirando su cuerpo.

—Me alegro de que hayas podido venir —dijo ella.

—No me lo habría perdido por nada del mundo —dijo Cort, sus ojos revisando la zona, el taxi y el conductor.

Domino se volvió hacia él, deslizó una mano alrededor de su cintura y lo besó. Las pocas personas que caminaban por el callejón los ignoraron mientras se exploraban mutuamente. Finalmente, rompieron el beso y ella susurró:

—Ven conmigo. Podemos hacer el amor... hablar. Abrazarnos... como hicimos en Madrid.

Él asintió. Por supuesto que lo haría. Sus cuerpos ardían y la química sexual entre ellos era casi eléctrica. El protocolo dictaba que no debía ponerse en una posición tan vulnerable, pero no estaba excesivamente preocupado. La operación se acercaba a su fin y no había habido ningún indicio de compromiso. Pero seguía existiendo esa duda profesional que jugaba en el fondo de su mente. Era un riesgo y una operación fallida a estas alturas sería catastrófica para todos los implicados.

—¿Vamos? —contestó él, abriendo la puerta del taxi y viendo cómo acomodaba su cuerpo en el interior.

Domino le dijo al conductor a dónde le gustaría ir: al Hotel Capo D'Africa, una dirección no muy lejana al Coliseo.

Salieron del callejón y se dirigieron al centro de la ciudad. La noche era hermosa, con un lejano resplandor anaranjado en el horizonte. Cort observó los edificios que pasaban a su lado y disfrutó del silencio. Como compromiso, realizaría una Ruta de

Detección de Vigilancia de camino a su destino para ver si había alguna vigilancia hostil dirigida a alguno de ellos.

—Disculpe, conductor, ¿puede llevarnos más allá del Tíber? Me gustaría verlo de noche —dijo. El conductor asintió y cambió de dirección.

El único ruido era el del motor y la débil música de una emisora italiana en la radio. El conductor sabía lo suficiente como para no estropear el silencio y, mientras tanto, Cort comprobaba los retrovisores y los espejos laterales para ver si le seguía algún vehículo. Nada. No había vigilancia, solo la noche a su alrededor.

Como si se tratara de una señal oculta, Domino y Cort se miraron en la oscuridad del asiento trasero, con los rostros brevemente iluminados por las luces de la calle mientras el taxi se dirigía hacia el interior, tomando un atajo por las calles. Sus ojos se fijaron, deseándose mutuamente en ese momento. No hay que esperar.

Puso una mano en el muslo de ella y sintió que sus piernas se abrían al instante, que su vestido se levantaba para dejar al descubierto las medias y el liguero que llevaba. Sus dedos acariciaron suavemente el interior del muslo por encima de las medias. La oyó jadear y sintió que se separaba aún más. Sus dedos bajaron a la oscuridad entre sus muslos y sintió su humedad cuando empezó a acariciarla con sus dedos. Los dedos corrieron hacia arriba hasta encontrar la prominencia de su clítoris y luego, lenta y suavemente, comenzó a frotar en pequeños y apretados círculos.

Domino dejó caer la cabeza sobre el asiento y gimió, haciendo un ruido animal en el fondo de su garganta. Sus ojos se pusieron en blanco, extasiada, y su respiración se volvió superficial y le costó respirar con claridad. Su cuerpo reaccionó cuando sus dedos la exploraron aún más, con mayor profundidad y rapidez, ya que sabían el punto exacto en el que debían tocar. Sus piernas empezaron a temblar y clavó los tacones de sus zapatos de aguja en el suelo del taxi, preparándose para el placer que estaba a punto de llegar.

Sus ojos se clavaron en el rostro de ella y siguió su mirada, la vio levantar la vista y vio que el conductor los observaba a ambos por el espejo retrovisor, con los ojos revoloteando entre la carretera y el erotismo del asiento trasero. No se pronunciaron palabras. Era como si existiera un pacto secreto entre los tres. Eso hizo que Domino se excitara aún más. El balanceo del coche y el empuje de los dedos de él dentro de ella estaban creando un ritmo natural que la estaba llevando rápidamente al punto del orgasmo. Ella se acercó y masajeó el bulto de su ingle, acariciando la forma fálica bajo el material de sus pantalones de traje, haciendo que su respiración se volviera agitada.

Ella estaba cerca ahora, sus ojos se habían vidriado y su respiración era más rápida. Los dedos de él se movían aún más rápido y, de repente, ella se estremeció, se detuvo y dejó escapar un pequeño jadeo en su oído mientras alcanzaba el clímax. Entonces su cuerpo se relajó y se acercó a él.

Cort sujetó su mano con fuerza, y miró y vio una sola lágrima corriendo por su mejilla. Por un momento se sintió desconcertado. Parecía fuera de lugar y eso le preocupaba; tanto como espía tanto como amante. La limpió suavemente con la mano mientras ella apoyaba la cabeza en su hombro.

En el espejo retrovisor, el conductor los observaba con ojos entre celosos y desaprobadores. A Cort no le importaba, pero esa lágrima de Domino... eso sí lo preocupaba.

El resto del viaje, tal como fue, resultó en silencio y sin incidentes. Ningún vehículo lo seguía, nada inusual, solo la oscuridad mientras el taxi se dirigía hacia el Coliseo y, cinco minutos después, se detuvo frente al Hotel Capo D'Africa.

Cort buscó en su cartera y pagó al taxista, dándole una buena propina. La mano del conductor salió con avidez, pero mantuvo la mirada baja en la oscuridad. Culpable tal vez de haber presenciado el acto amoroso de la pareja, pero no lo suficiente como para dar un paseo gratis por el espectáculo.

Subieron despreocupadamente los escalones y entraron en la recepción, de paso saludando con la cabeza al conserje, inmaculadamente ataviado. Domino recogió la llave de su habitación en la recepción y condujo a Cort hasta el ascensor de cristal. Apretó un botón y el ascensor se deslizó suavemente hasta el tercer piso.

Cort se dejó guiar por ella. Domino tomó el control y se dirigió a la puerta de su suite. La abrió con confianza y entró en la habitación, inspeccionando la suite, antes de girarse y mirarle. Tenía la confianza de las privilegiadas y las bellas, con una mirada que hacía que los hombres se olvidaran de cómo hablar. Cort la siguió y miró a su alrededor. La suite era bonita, contemporánea, y de un nivel que cabría esperar para un agente en el negocio de la inteligencia. A él le pareció una seducción.

—¿Qué es lo que quieres, Domino? —le preguntó.

La voz de ella era áspera, sin aliento.

—¿Tienes tu cuchillo, quiero decir, contigo, ahora?

Cuando era operativo, siempre llevaba un cuchillo como arma de defensa personal. El cuchillo era un Crawford/Kasper plegable, la versión más pequeña, con el filo dentado. En ese momento estaba sujeto con un clip a la cintura de su pantalón; oculto pero listo para desenfundar.

—Siempre. ¿Por qué? —dijo.

Ella gimió y se lamió los labios seductoramente.

—Quiero que me cortes el vestido. Quiero que... seas duro conmigo. Por favor.

Su rostro permaneció impasible, sus ojos nunca se apartaron de los de ella. A Domino le gustaban los juegos sexuales y ya habían jugado a éste. Tenían una historia de comprensión mutua. Se basaba en la confianza mutua.

—Puedo hacerlo —dijo él, dando un paso más hacia ella, sus ojos inspeccionando su cuerpo, su ropa. Podía oír su respiración, casi podía oír el aumento de su ritmo cardíaco.

—Entonces, ¿qué esperas? Pégame —gimió ella, con la voz ronca y anhelando lo que iba a suceder.

Y así lo hizo: una bofetada con la mano abierta en la cara que le hizo mover la cabeza hacia un lado y la hizo caer de nuevo en la cama. Ella jadeó.

—Ohhh... oh mi... Dios —dijo. Sus ojos estaban vidriosos, ya sea por el impacto o porque estaba excitada, él no estaba seguro, pero podía adivinar cuál de las dos cosas, por experiencias anteriores con Domino Bianchi.

—Tómame. Fóllame —dijo desafiante, separando ya las piernas y dejando que la falda se subiera.

Cort sacó el pequeño cuchillo, abriéndolo y bloqueando el mecanismo de seguridad. Pasó la mano por su muslo liso, consciente de su fuerte respiración, hasta llegar al material del vestido. Agarró un puñado de la delicada tela con la mano y colocó la punta de la cuchilla contra ella.

—¿Estás segura de que esto es lo que quieres? —le preguntó una última vez.

—Sí, joder, sí... ¡hazlo! —Sus ojos ardían y gruñía como una gata salvaje.

Introdujo el cuchillo y cortó hacia arriba, el material se abrió como el mar rojo. Domino gritó de placer o de sorpresa, no estaba seguro. Otro tajo, luego otro hasta que finalmente la liberó del vestido... luego otro tajo cuando el sujetador se partió en dos y fue arrancado de su cuerpo...

Luego, la devoró.

$\sim$

Con el vestido hecho jirones y separado de su cuerpo, Cort dirigió su atención a sus bragas. Eran negras, pequeñas y delicadas. No tenían ninguna posibilidad de resistirse a sus manos y el ruido de desgarro cuando las separó hizo que Domino gimiera de placer.

Su cuerpo con el vestido era impresionante, pero desnuda, era una fiesta para los ojos. Su vientre era plano y el tono de su piel dorado, como el de una playa suave. Un broche de diamantes en el ombligo aumentaba el efecto estético. Le pasó un dedo desde el vientre hasta la parte superior del pubis y luego se detuvo, burlándose de ella, los recuerdos del taxi volvieron a aparecer.

—¡NO te muevas! —le ordenó y comenzó a quitarse la ropa. Domino comenzó a mirarlo, sus dedos bajaron entre sus piernas y los gemidos de placer comenzaron de nuevo mientras se frotaba suavemente.

Cuando estuvo desnudo, se subió sobre ella, su cuerpo se movía sobre el de ella como un leopardo reclamando su presa, sus pieles se rozaban. En la oscuridad de la habitación y con la luz de la luna brillando a través de las ventanas, les daba a ambos un brillo azul. El beso fue apasionado y poderoso, cada uno de ellos no estaba dispuesto a ser el primero en separarse. Ella le clavó las uñas en la espalda y las rastrilló hacia abajo, haciéndole dar una mueca de dolor.

Cort le abrió las piernas de par en par y la penetró poderosamente en un solo movimiento. Ella gimió con fuerza ante ese primer y hermoso empuje. Su penetración era lenta y fuerte, rítmica y enérgica. Debajo de él, ella movía las caderas para empujarle, sus manos apretaban sus pezones mientras se endurecían entre sus dedos. Lo quería todo dentro de ella, empujando una y otra vez.

El ruido comenzó a disminuir hasta que finalmente se detuvo por completo. Él comenzó a salir lentamente de ella hasta que sólo la punta de su cuerpo descansó contra su feminidad.

—No te detengas... por favor —dijo ella desesperadamente, con su cara como una máscara de confusión.

Pero él permaneció quieto.

—¿Es correcta la información que he comprado?

Los ojos de ella se encendieron.

—¿Qué? No te detengas... ¡*por favor*!

Se apartó más de ella, con la polla dura y temblorosa.

—La información, dime. Dime o no tendrás más —amenazó, utilizando su sexo como arma.

—Por favor... Lo quiero... ¡dámelo! —dijo ella, tratando de empujar su cuerpo hacia arriba para alcanzarlo.

Pero Cort tenía ahora el poder.

—Entonces háblame de la información. ¿Es genuina? ¿Es precisa?

Ella aguantó todo lo que pudo. Sus ojos se clavaron en los de él y supo en ese momento que la tenía; su interrogatorio solo daría frutos de verdad. Finalmente, ella no pudo controlar más los impulsos y el deseo y arremetió contra él, abofeteándole con fuerza la cara.

—Sí, cabrón, es precisa. Ahora, métemela y fóllame con fuerza.

Sonrió para sí mismo en la oscuridad. La puso boca abajo y con las manos le levantó el culo para que quedara a la altura de su dura polla. Entró en ella con facilidad, su humedad hizo que el acoplamiento fuera suave. Mientras lo hacía, Domino bajó las manos y comenzó a estimular su clítoris de nuevo, frotando en pequeños y suaves círculos. La sensación combinada de su estimulación y los golpes de Cort detrás de ella la hicieron gritar de placer, suplicando que le diera más.

—¡Fóllame... fóllame fuerte! —gritó en la noche.

Cort tenía una mano en la nalga del culo de ella y con la otra, se adelantó y agarró su pelo negro, tirando hacia él como una rienda. Instintivamente, su espalda se arqueó y gritó:

—¡Oh, sí! Oh, Dios, tómame así.

Su cabalgada se hizo más violenta a medida que ambos se acercaban a su inevitable clímax. Él le soltó el pelo y se concentró en vaciarse dentro de ella. Ella llegó al clímax primero, y momentos después él gritó de placer al correrse dentro de ella. Cuando sucedió, fue un momento combinado de alivio y placer.

Otra noche, otro trato, otro momento en el negocio del espionaje.

Tras otra hora de sexo, estaban magullados, agotados y exhaustos. Volvieron a tumbarse en la cama abrazados. La ropa estaba desparramada a su alrededor, algunas de ellas rasgadas y rotas. La habitación desprendía un embriagador y almizclado aroma a sexo sucio. Su relación se basaba en un apetito sexual voraz, además del atractivo del peligro y el riesgo. El hecho de que ella fuera una agente de inteligencia mercenaria lo hacía aún más arriesgado, lo que a su vez lo hacía más excitante para ella.

—No has perdido tu toque. No está mal para un hombre mayor. Y lo que es mejor: un hombre peligroso —dijo ella, recordando que él la había sujetado mientras se follaban mutuamente en un frenesí apasionado.

—Estoy dispuesto a ir más allá por la seguridad de mi país. Soy un patriota. Además, tú tampoco lo has sido, niña salvaje —respondió él, mirando las marcas de arañazos y mordiscos que ella le había dado durante una parte especialmente frenética de la última hora.

En su primer contacto, muchos años atrás, se había producido una atracción instantánea y eléctrica. Eran dos desconocidos que compartían una mentalidad mutua. Pero había existido esa chispa, esa conexión, esa excitación instantánea para ambos. Para ellos, era una relación sin compromiso, no pretendía ser otra cosa que lo que era; puro sexo.

Se levantó de la cama de un salto, sacando un vestido de repuesto de un cajón del armario. Sonrió. Lo había planeado todo el tiempo, sabía lo que quería y sabía cómo conseguirlo de él. El vestido de repuesto lo confirmaba. Era un caso en el que se jugaba con el jugador.

—Tengo una confesión —se burló ella, con el vestido envuelto a medias y revelando un delicioso y perfecto pecho.

—¿Qué? ¡No me digas que es una trampa! ¿Dónde están las cámaras? —dijo, pero solo medio en broma.

Ella soltó una risita.

—No exactamente... pero he sido... traviesa. La memoria USB... es un señuelo.

Se sentó en la cama.

—¿La memoria USB es un señuelo? Pero si me ha costado cinco grandes.

—Claro, no pensarás en serio que iba a andar con la versión «viva» hasta que me pagaran, ¿no?

Cort lo pensó y tenía sentido. Aunque robar directamente no se toleraba entre las redes de inteligencia, era bastante plausible que un autónomo tratara de arrebatarlo y venderlo en el mercado abierto.

—Bien. ¿Dónde está el verdadero? —preguntó.

Se acercó a la ventana y señaló la carretera que lleva al Coliseo.

—Allí abajo, bajo la señal de tráfico. El tercer ladrillo de la izquierda. Saca el ladrillo suelto y el hardware estará ahí.

Cort se rió.

—Una caja de carta muerta. Bonito detalle. Espionaje de la vieja escuela.

—Me gusta la vieja escuela. —Ella le guiñó un ojo.

Se despegó de la cama de mala gana y se dirigió a la ducha. Diez minutos después y refrescado, se vistió con su traje y su camisa negra de cuello abierto. Se metió la cartera y el teléfono en los bolsillos y estaba a punto de coger el cuchillo cuando ella lo detuvo

—Deja el cuchillo —le aconsejó ella.

Él frunció el ceño, inseguro. Nunca iba a ningún sitio sin él si podía evitarlo, y menos cuando estaba en función.

—Confía en mí. No lo necesitarás. Será un terreno seguro. —Hizo un mohín.

Pero, de todos modos, se la enganchó en el interior de su cinturón. Por si acaso.

Cort asintió.

—Hasta la próxima —le dijo. Ella le sopló un beso mientras él cerraba la puerta de la suite del hotel.

Era una hermosa noche de verano, lo suficientemente cálida como para llevar solo una camisa, pero también lo suficientemente fresca como para disfrutar de un agradable paseo. Salió del hotel y bajó a la calle principal que llevaba al Coliseo.

Estaba tranquilo, solo pasaba algún que otro taxi o moto. Pudo ver la señal de tráfico designada mientras se acercaba. No había nadie cerca y no había ningún lugar donde alguien pudiera esconderse para emboscarlo, pero tenía una mano en el cuerpo del cuchillo en caso de un ataque sorpresa.

Cort pasó casualmente por la señal de tráfico y luego contó tres ladrillos a lo largo. Como era de esperar, estaba suelto cuando apartó el pequeño ladrillo de la base del muro y puso la mano dentro. Sintió algo pequeño y compacto envuelto en plástico y lo sacó. Desenvolvió el objeto para revelar un pequeño teléfono móvil. En la parte delantera había una nota adhesiva que decía *ME ENCIENDES*.

Pulsó el botón de encendido del lateral y, tras un momento de carga, el teléfono cobró vida. Casi al instante se oyó un pitido metálico que indicaba que había un mensaje de texto. Pulsó el botón de «abrir». La pantalla se iluminó al instante con una pequeña pantalla animada que decía: *¡FELIZ ANIVERSARIO! TE AMO XXX*

Sonrió para sus adentros, y luego comenzó a reírse a carcajadas en medio de la noche de Roma. Ella siempre tenía que tener la última palabra, esa esposa suya.

Habían sido unos días fantásticos celebrando su aniversario de boda en Roma, casi una segunda luna de miel. Diez años, diez maravillosos años de felicidad. Mañana volarían de vuelta a Chicago, unos días para recuperarse y el lunes de vuelta al trabajo, él al departamento de contabilidad de un periódico y ella a ser madre y secretaria a tiempo parcial en una oficina inmobiliaria. La normalidad. La vida.

Y la vida normal estaba bien; las parrilladas, los suburbios, las carreras escolares. Pero de vez en cuando, quizá tres o cuatro veces al año, ambos salían de su zona de confort y se entregaban a un pequeño juego de rol por la noche, algo un poco diferente; su perversión. Esta vez se trataba de una fantasía de espionaje en tiempo real. La última vez, había sido un trío con una hermosa chica japonesa, una escort, su noche de Geisha. La vez anterior había sido una fantasía BDSM/Dominatrix y Sarah, su mujer, siempre tan insaciable, siempre dispuesta a explorar, siempre allí con la siguiente idea divertida, o perversión, como ella la llamaba.

«Eres un hombre afortunado, George Dixon», pensó. *Era* un hombre afortunado y lo sabía.

Pero el juego de rol de espías era su favorito. La planificación había sido tan meticulosa; desde la elección de sus propios nombres de tapadera, hasta el encuentro en el bar, pasando por la observación de los otros hombres que trataban de adularla (no tenían ninguna posibilidad con ella), hasta la transferencia de dinero, un total de 50 dólares y no 50 000 dólares como pedía el guion. Pero el voyeurismo del taxista había sido uno de esos momentos sobre la marcha que simplemente sucedieron, sin planificación, pura improvisación.

Se dio la vuelta y miró de nuevo hacia la colina del hotel. Sus ojos se dirigieron a su suite, y allí estaba ella, de pie en el balcón, en silueta, su esposa, con un vestido que la envolvía y que estaba preciosa mientras lo miraba fijamente. Ella le lanzó un beso y él sonrió por lo mucho que la quería.

Se preguntó cómo podrían superar todo esto la próxima vez, pero de alguna manera, en el fondo, sabía con seguridad que lo harían.

Una aventura muy peligrosa
No se pronunciaron palabras. Era como si existiera un pacto
secreto entre los tres. Eso hizo que Domino se excitara aún más.

... CON AMOR, NIKITA X

UN HOTEL AISLADO Y CASI VACÍO PUEDE SER UNO DE LOS lugares más solitarios del planeta cuando te persiguen los asesinos.

Giovanna Riccio lo estaba comprobando mientras entraba en la recepción del Hotel Villa Miracoli, en la ribera del Gardone, al norte de Italia.

Llevaba un pequeño bolso que contenía su cartera, algunas monedas sobrantes y un cepillo para el pelo, y eso era todo. Lo había dejado todo en la habitación del hotel de Rimini. La habían perseguido y estaba huyendo, y sabía que nunca podría volver; era un riesgo demasiado grande tanto para ella como para su familia en Calabria. Había visto demasiado. Ahora estaba sola, perdida y sin idea de qué hacer o a dónde ir. Para ella, el viaje de tres horas en coche desde Rimini hasta el lago de Garda era su mudanza de la piel de la vida que dejaba atrás, para ser limpiada, para ser lavada.

Luego había visto a los dos asesinos de rostro duro y traje oscuro que la seguían por la carretera y supo que había subestimado mucho la venganza y el alcance de su pasado. Pero por ahora, lo único que quería era perderlos y esconderse.

Pensó que había logrado perderlos en algún lugar del camino, pero no podía estar segura. ¿Quizás era una ilusión por su parte? Lo único que sabía era que quería poner la mayor distancia posible entre ellos y su destino. Dondequiera que fuera...

Pero la crisis fue de mal en peor cuando su coche, un flamante Fiat, regalo de bodas, se averió en la carretera. ¿Había sido manipulado? ¿Había sido saboteado? ¿O es que había forzado demasiado el pequeño coche y simplemente se había sobrecalentado? Todo era posible. Había dejado el coche, intentando por todos los medios empujarlo hacia una línea de árboles por si sus perseguidores conseguían seguirla. Pero lo había estropeado. El coche había rodado, sí, pero no había desaparecido por completo entre los arbustos, sino que su parte trasera sobresalía, visible desde la carretera.

Así que caminó, escondiéndose donde podía cuando pasaba un coche. Se había sentado en el bosque y llorado, casi agotada, pero luego había encontrado su segundo aire y estaba decidida a no dejarse vencer. Ahora estaba más fresco y tenía que encontrar un lugar para descansar antes de que empezara el calor del día.

Entonces, cuando pensaba que no había nada cerca, divisó a lo lejos la silueta del hotel. Fue como encontrar un oasis en medio del desierto. Era de un alto nivel, un nivel de lujo que incluso se atrevería a decir que era de élite, lo que estaba muy por encima de sus medios financieros. Supuso que una noche aquí equivaldría al sueldo de tres meses de su pequeño trabajo a tiempo parcial en la zapatería de su casa.

Con una confianza que no sentía, subió por el camino de grava y se dirigió a la ornamentada entrada del hotel. Abrió la puerta y entró.

~

El vestíbulo del hotel era sencillo y de estilo clásico, con paredes revestidas de madera y una elegante escalera de caracol que conducía a un mirador en el primer piso desde el que se podía admirar el recinto exterior, que contaba con pistas de tenis y piscina. En cambio, el mostrador de recepción era discreto y compacto, con un escritorio a la altura de la cintura, un teléfono y un libro de reservas.

Temblorosa, se acercó al mostrador y a su intimidante centinela de turno.

—Disculpe, ¿tiene alguna habitación?

El conserje, un hombre de aspecto patricio con un aire de desprecio perpetuo, la miró con desprecio.

—Lo lamento, *Signora*, el hotel cierra por temporada. No tenemos habitaciones disponibles en este momento.

Ella asintió y miró a su alrededor. Varias de las estatuas, un elemento básico de todos los hoteles italianos, ya estaban cubiertas con sábanas de polvo en preparación para su inminente hibernación.

—¿Puedo pedir algo de beber? Tengo dinero —dijo ella débilmente.

De nuevo otra mirada, esta vez con un aire de exasperación autocomplaciente.

—Lo siento, Signora, el bar del hotel solo está abierto para los clientes del hotel actualmente. Que tenga un buen día.

Giovanna miró sus pies doloridos, hinchados y sucios. Sabía que estaba hecha un desastre y el hombre que estaba detrás del mostrador sentía un placer perverso en su miseria, lo notaba.

Estaba a punto de marcharse, de volver a recorrer el camino en medio del calor, cuando oyó la llamada de un ángel.

~

—¿Antonio?

La voz era de mujer, definitivamente estadounidense. Era una petición, una llamada a las armas, no una orden rimbombante. Tanto el portero como Giovanna giraron la cabeza en dirección a la voz.

—¿Sí, señora? —dijo el portero.

En un pequeño enclave del salón, junto a la ventana que daba al estacionamiento y más allá al lago, la mujer que estaba sentada leyendo apenas levantó la vista de su libro. Una mirada, una sonrisa, confundida momentáneamente pero no molesta en absoluto.

Tenía unos cincuenta años, era elegante y segura de sí misma. Su cabello pelirrojo, teñido de gris en las sienes, se lo dejó largo y le caía sobre los hombros. Llevaba un traje de pantalón de diseño de color gris y tenía una pierna cuidadosamente cruzada sobre la otra en una pose de calma y relajación. En conjunto, parecía una mujer que tenía el control de sí misma y de su situación. Y Giovanna necesitaba a alguien así ahora mismo... un respiro... algo... alguien.

—Deja de ser tan entrometido, me gustaría invitar a la señora a una bebida, un café y creo que me gustaría que me lo rellenaran. ¿Puedes preparar otra jarra para las dos?

Antonio, el conserje, asintió y tomó el teléfono de la recepción para pedir a las cocinas que trajeran café fresco.

—Por favor, acompáñame y no hagas caso a Antonio, su ladrido es mucho peor que su mordida —dijo la pelirroja en perfecto italiano—. Parece que has pasado por un infierno.

Giovanna caminó como un zombi desde la recepción hasta el salón. Apenas se fijó en el elegante mobiliario, las alfombras y los sillones con respaldo de cuero. Después de caminar tantos kilómetros, solo quería descansar, beber y estar segura. La estadounidense se levantó para saludarla. Al principio, Giovanna notó que había una sonrisa en su rostro, luego su expresión cambió rápidamente a confusión por su aspecto y, finalmente, a preocupación.

—Soy Gia —dijo Giovanna y estrechó la mano que le ofrecía antes de desplomarse en la silla más cercana a la chimenea abierta. La mano era larga, delgada y elegante, con las uñas perfectamente cuidadas y pintadas. Pero la piel de las palmas era áspera, tosca, como si la mujer estuviera acostumbrada al trabajo manual.

—Oh, cariño, toma asiento que pareces todo un poco. Es un placer conocerte. Soy Eunice.

Giovanna asintió con la cabeza y aceptó los hechos obvios con gracia.

—¿Eres de Estados Unidos? Lo noto en tu acento, ¡pero tu italiano es excelente!

—Oh, he viajado por este maravilloso país muchas veces a lo largo de los años, así que he tenido la suerte de aprender algo del idioma.

Eunice echó un vistazo a su invitada y completó un perfil mental. Era joven, probablemente veinteañera, delgada y menuda y llevaba una falda corta de verano, camiseta blanca y sandalias; una belleza italiana clásica. Pero esos ojos, pensó Eunice, parecían embrujados, como si hubiera habido falta de sueño... o mucho estrés. Llegó el café y se permitió encargarse de servirlo para su invitada.

—He estado disfrutando del aire fresco de aquí, leyendo mi libro y tomando mi café. Ha sido agradable, pero me estaba aburriendo un poco; Hemingway nunca fue mi favorito. El hotel está prácticamente cerrado por la temporada; de hecho, creo que en este momento solo nos alojamos yo y una pareja de ancianos, así que estaba disfrutando de una conversación con otro ser humano. Y entonces entraste tú por la puerta y supe que iba a ser un buen día —dijo Eunice.

Ambas mujeres dieron un sorbo al café y se evaluaron mutuamente.

—Es un hotel muy bonito —dijo Giovanna amablemente.

Eunice asintió.

—Ciertamente lo es. Llevo aquí poco más de una semana.

—¿Vacaciones?

—Digamos que estoy recargando las pilas antes de tener que aventurarme de nuevo en el gran mundo.

Giovanna asintió con simpatía.

—Lo entiendo, el mundo puede ser un lugar aterrador. Lo estoy aprendiendo.

Otro ceño de confusión y preocupación de Eunice. Estaba a punto de decir algo, de cuestionar el tono de la joven, cuando, en un momento de clarividencia, Giovanna decidió cambiar de tema y desviar la atención de su aspecto y su sonido.

—Pero, señora, ¿cómo ha acabado usted aquí, en el lago de Garda?

¿Cómo resumir los últimos diez años de infierno en unas pocas frases ingeniosas? Bueno, la verdad es que no se puede. Ninguna verborrea le haría justicia. Ahora lo recordaba en breves flashbacks, como una vieja película que se corta entre escenas. Los detalles están ahí, pero las emociones han desaparecido. Era como leer la lápida de un desconocido; real pero distante.

Había sido una operación encubierta, de alto riesgo, pero también de alta rentabilidad. Pero, sobre todo, a Eunice le había entusiasmado el reto. En los últimos años, los trabajos por cuenta propia que había aceptado eran mucho más mundanos: vigilancia de objetivos hostiles, vigilancia de las espaldas de la gente, seguimiento de algún que otro delincuente que había escapado al extranjero. Estaba bien, le pagaban bien, pero en última instancia no era gratificante.

Y entonces fue invitada de nuevo a la gran mesa; por encima del alto secreto. Se habían puesto en contacto con ella meses antes de que la operación diera sus frutos. Fue la forma habitual, el mismo enfoque indirecto; un mensaje en el contestador automático de su apartamento para que comprobara su buzón de correos para recibir más instrucciones. Era la forma en que los clientes, o los potenciales clientes, se ponían en contacto con Eunice 'Nikita' Brown.

Esta vez, era de un antiguo contacto de la Real Policía Montada de Canadá, la RCMP, que necesitaba un operador que pudiera negarse para llevar a cabo una operación. Bill Codd había sido oficial de inteligencia de la RCMP durante los últimos veinte años; antiguo comando de las Fuerzas Especiales canadienses, se había pasado al mundo de la recopilación de información y nunca había mirado atrás. Codd y Nikita habían trabajado juntos hace años en una operación antiterrorista que implicaba la infiltración de un agente en el entorno de un traficante de armas belga.

Así que, cuando estaba entre la espada y la pared, Codd sabía que necesitaba a alguien que pudiera negarse y fuera de confianza para el trabajo, y el trabajo era lo que Nikita Brown hacía mejor: planificar una infiltración en la Unión Soviética, ponerse en contacto con un agente durmiente de larga duración y luego llevar a cabo una extracción antes de que se descubriera la tapadera del agente.

La operación era un proyecto conjunto de la RCMP y la CIA, pero eran Codd y los canadienses los encargados de la fase de extracción de la misión. Eunice había pasado casi tres meses planeando cómo quería llevar a cabo la operación.

El concepto de la extracción era relativamente sencillo: reunirse con el agente, esconderlo en el falso fondo de un vehículo de la embajada canadiense y, a continuación, conducir hasta la frontera con Finlandia antes de cruzar clandestinamente. Después, la ruta le llevaría a Noruega y finalmente sería recogido por Codd.

Con el reloj en cuenta atrás, Eunice se coló en Moscú bajo cobertura periodística y se reunió con el equipo de enlace que proporcionaba apoyo técnico y logístico sobre el terreno. Eunice los había elegido ella misma, así que sabía que podía confiar en ellos tanto como fuera humanamente posible. Pero este era el juego de espionaje que estaban jugando y la confianza era un bien difícil de conseguir.

El día de la extracción, el KGB ya estaba, por supuesto, acechando al espía y a su equipo de extracción. Un escuadrón de contrainteligencia del KGB salió de los bosques de la carretera de circunvalación que orbitaba alrededor de Moscú. El espía, Eunice y el resto del equipo saltaron por los aires y fueron sumariamente embolsados por el KGB; encapuchados, con pistolas en las sienes y esposados, los inmovilizaron antes de cargarlos en furgonetas anónimas para llevarlos a la Lubayanka.

Fue la habitual redada de material duro, interrogatorios y faroles. Cualquier cosa para que los agentes de espionaje dijeran al KGB lo que querían saber. ¿Habló Eunice? Por supuesto que sí, pero la verdad es que el KGB ya sabía casi todo, así que todo lo que ella pudiera añadir tendría un valor mínimo. La «necesidad de saber» estaba ahí por una razón.

Cuando se aburrieron de ella, la enviaron a los gulags para trabajar en los duros páramos y campos. El trabajo era duro y agotador, y si no había violencia por parte de los guardias del campo, entonces venía de los otros prisioneros. Pero lo más difícil era aceptar que había desaparecido de la faz de la tierra; tal era el riesgo de operar como agente contratado por cuenta propia. Nadie te quería cuando te volaban, eras como el hijastro pelirrojo al que nadie quería.

Pero de todas las dificultades, batallas y violencia, fue Orlov su mayor némesis.

Solo se le conocía como Orlov; sin rango, sin nombre de pila. Pero, por su porte, Eunice sospechaba que era un oficial y, por sus preguntas, sabía que era un interrogador de contrainteligencia. El alto y arrogante ruso había recibido rienda suelta para el seguimiento del interrogatorio de «Nikita» Brown, una agente que había sido una espina en el costado de la inteligencia rusa durante años, y su tarea consistía en sacarle hasta la última información, sin importar el coste.

A lo largo de los años, su relación pasó de la desconfianza mutua a la utilización por parte de Orlov de trucos psicológicos, juegos mentales y, cuando todo eso fallaba, finalmente la amenaza de la violencia. Solo probó la violencia real con Eunice una vez; ella le rompió la mano por sus esfuerzos. Eso le valió a ella un tiempo de aislamiento y a Orlov un ingreso en el hospital, que para Eunice mereció totalmente la pena.

Y entonces, en algún momento de esas semanas de aislamiento y escasas raciones de comida, Eunice tuvo un momento de reflexión. En lugar de ser una batalla de voluntades entre ella y el hombre de la KGB, ¿qué tal si aprovechaba la oportunidad para atraerlo mentalmente y luego quebrarlo?

Empezó lentamente y con pequeños pasos tentativos, utilizando las técnicas de seducción que había perfeccionado a lo largo de los años en el espionaje. Ofrecía pequeñas partes coquetas de sí misma, observando la respuesta y las reacciones de Orlov, hasta que finalmente él empezó a plegarse a su voluntad. Eunice lo explotó sin piedad. Mientras mantenía su relación de prisionero y captor como tapadera, empezó a obtener ventaja tanto en la información que Orlov le confiaba como en los «beneficios»: comida extra, material de lectura y ejercicio, para hacer su vida más cómoda en la prisión. Incluso fue trasladada, a petición de Orlov, a una prisión más «suave» en las afueras de Volvogrado. Su «relación» duró varios años, con Eunice como fuerza dominante, hasta que los superiores de Orlov empezaron a sospechar que podría haber sido «convertido». Posteriormente, fue destituido de su función de contrainteligencia y degradado. Pero, reflexionó Eunice, había sido una buena racha y había sobrevivido, en gran parte gracias a la relación.

Los años pasaron sin que se supiera nada del mundo exterior. Comprendió que era un peón utilizado en un juego mucho más grande. Los rusos la mantendrían hasta que pudieran cambiarla por uno de los suyos. ¿Cuánto tiempo llevaría eso? Bueno, ¿cuánto tiempo era un trozo de cuerda? Los intercambios de espías no son una ciencia exacta. Así que se atrincheró, cerró su corazón y su mente y se puso en modo de supervivencia forzada. Los otros prisioneros la dejaron en paz, en su mayoría. Siempre había alguien a quien había que «educar» de vez en cuando, pero Eunice se ocupaba de la amenaza con su habitual rapidez e implacabilidad. Las semanas se convirtieron en meses y los meses en años sin grandes cambios; incluso la KGB hacía tiempo que se había aburrido de ella. Y del mundo exterior no había nada. Vivía en el vacío y tenía que aceptarlo.

Un día, diez años después de haber pisado suelo ruso, le ordenaron salir de su celda y la llevaron a ver al director de la prisión. ¿Era una ejecución? ¿Había cometido un crimen, real o imaginario?

—Va a ser liberada —dijo el director del centro penitenciario dirigido por la KGB. Parecía aburrido con la noticia.

Cuando ella había preguntado por qué la iban a liberar, el hombre de la KGB se había encogido de hombros como si se resignara a la decisión.

—Esa orden se dio lejos de aquí. Parece que tu antiguo

amante, el asesino, tiene el oído de gente influyente en el Kremlin estos días. La orden fue dada por el propio Gorbachov. Tienes una hora para recoger tus cosas y estar lista para partir.

Y fue así de sencillo; una década de estar «desaparecida» en un centro de prisioneros no oficial de la KGB, diez años de brutalidad y lucha por sobrevivir. Más tarde se enteró de que la Policía Montada de Canadá había difundido una historia falsa sobre la explosión de un avión privado en el aire; era imperativo atar los cabos sueltos y no dejar que los detalles de la operación abortada se hicieran públicos. Eunice había sido sacrificada por una negación plausible. Pero su hombre, su amante, su maravilloso Gorila, había hecho... algo, y quién sabía qué era, para que la liberaran. La última vez que lo vio, ella tenía poco más de cuarenta años. Eso fue hace algo más de una década; ahora era una mujer de mediana edad que rondaba los cincuenta.

El intercambio de espías había tenido lugar en Finlandia, ya que, por alguna razón, Berlín había dejado de ser el lugar en el que cualquier oficial de inteligencia que se preciara haría un intercambio; ella no sabía por qué.

Un mes de reunión informativa con un equipo de la CIA y luego la dejaron libre. Consiguió un nuevo pasaporte, un coche y algo de dinero y decidió viajar; ver el cielo y decidir qué quería hacer. Finalmente, tras pasar semanas viajando por Europa, se presentó en el Hotel Villa Miracoli con un Alfa Romeo Spider, una maleta con 125.000 dólares en efectivo procedentes de una cuenta de fondos «negros» de ASIS/CIA y ninguna casa que pudiera llamar suya. Era una hoja en blanco y estaba decidida a empezar de nuevo.

Eunice se detuvo un momento, se volvió hacia Giovanna y, en cambio, lo único que dijo fue:

—He estado fuera un tiempo, tomé algunas decisiones locas en la vida que no salieron muy bien, pero ahora he vuelto y estoy en el camino correcto.

—¿Qué vas a hacer? ¿Adónde irás cuando cierre el hotel? —preguntó Giovanna.

Eunice sonrió y le guiñó un ojo.

—Pues, cariño, eso es fácil. Voy a encontrarme con el amor de mi vida y nada en esta tierra va a detenerme.

El café se terminó y se retiró. Las dos mujeres se dieron cuenta de que disfrutaban de la compañía de la otra y, aunque aparentemente estaban relajadas, había un trasfondo de algo que no estaba del todo bien en toda la reunión. Finalmente, Eunice decidió investigar más, solo para ver si sus instintos seguían siendo tan agudos como antes.

—Cuéntame tu historia. ¿Cómo acabaste aquí, cariño?

—Oh, estoy de camino a visitar a mi familia en Florencia. He estado fuera visitando a unos amigos y estoy volviendo allí. Estoy como tú, de viaje antes de tener que volver —dijo Giovanna, con la cara enrojecida. No todo el mundo puede vender una mentira.

La cara de Eunice tenía una expresión que decía «tira del otro, que tiene campanas». Realmente, ella sabía que no era asunto suyo. Podría haberse limitado a decir: «Sí, claro, de acuerdo», y dejar que la chica se creyera la mentira. Pero, *maldita sea*, Eunice Brown odiaba, y digo odiaba, los misterios. Estaba en su naturaleza resolverlos. Y esta niña de trapo, deshidratada, cubierta de mugre y claramente asustada por algo, había hecho saltar sus alarmas. Eunice siguió adelante.

—Ahora, cariño, ¿creía que éramos amigas? Hay cosas que no me estás contando y no sé por qué.

—No lo entiendo —dijo Giovanna, con la voz quebrada—. ¿Por ejemplo?

—Por ejemplo, por qué una chica que dice venir del norte

de Italia tiene un acento que grita sur. Créeme, conozco los acentos del sur, yo misma soy una chica del sur. Pero no, supongo que Calabria... en algún lugar cerca de allí.

Giovanna lanzó una mirada vergonzosa y culpable a la estadounidense.

—Además, tienes el aspecto de alguien que ha mordido más de lo que puede masticar. Pareces desesperada, cariño. ¿Qué es, un hombre? Suele serlo en estos casos —dijo Eunice.

Y entonces salió. No hubo acumulación, las lágrimas brotaron al instante y solo en ese momento Giovanna se dio cuenta de lo mucho que había estado conteniendo durante las últimas horas. Eunice se puso inmediatamente en modo protector y fue a sentarse junto a ella, y luego, tentativamente, ella misma extraña al contacto humano reciente, puso sus brazos alrededor de la frágil joven.

—Tranquila, cariño, todo va a ir bien. Ahora, si quieres y estás dispuesta, por qué no me cuentas exactamente lo que ha pasado y veremos si podemos mejorarlo.

—Soy una hija de la 'Ndrangheta. Soy huérfana y viuda. Mi padre rindió homenaje a los hombres de Calabria toda su vida. Mi padre era un buen hombre, un hombre honesto, trabajador. Pero cada viernes pagaba a los hombres de respeto de su pequeño taller. Una miseria para ellos, pero el salario de un día para él. Era el precio que pagaba por la paz y para que su familia no fuera molestada.

»Un día, mi padre se vio envuelto en una disputa con un miembro de una banda local. Creo que el miembro de la banda estaba equivocado, pero mi padre era testarudo y no se iba a marchar. Exigió justicia. Una semana después, un asesino desconocido mató a mi padre de un disparo mientras cerraba su pequeño taller donde reparaba motos.

Giovanna lloró un poco más y Eunice se limitó a observarla, sin interrumpirla.

—Pero, oh, señorita Eunice, ¡cómo se repite la historia! Creo que ésta es la maldición de Italia. Nunca aprendemos; estamos condenados a seguir cometiendo los mismos errores.

—Mi marido y yo estábamos de luna de miel. Llevábamos años ahorrando para nuestra boda y para nuestra luna de miel en Rimini. Nuestras familias habían reunido dinero para comprarnos un Fiat nuevo y poder viajar. A los dos nos encantaba ese pequeño coche. Nos turnábamos para conducir desde nuestra casa en Calabria hasta el norte.

»Paolo era mi amor de la infancia. Crecimos juntos como amigos, nuestras familias siempre se habían conocido. Así que cuando nos hicimos adultos, siempre iba a ocurrir que nos enamoráramos. Y así fue. No fue nada forzado, ni artificial. Yo vendía zapatos y él trabajaba en una panadería. Éramos pobres, pero éramos felices.

»Habíamos pasado la semana disfrutando de Rimini y del otro. Era un cuento de hadas que no quería que terminara... pero tenía que terminar. Pero no fue como yo pensaba. Pensé que tendríamos el resto de nuestras vidas para pasarlas juntos. Me equivoqué.

—Cuéntame lo que pasó, cariño, si quieres —dijo Eunice, tomando la mano de la más joven para reconfortarla.

Giovanna tomó aire y continuó.

—Estábamos paseando por la orilla del río en la última noche de nuestra luna de miel. Fue tan romántico y aquella noche amé a mi Paolo más que nunca. Estábamos a punto de dar la vuelta para volver a nuestro hotel cuando oímos una conmoción bajo el puente de Tiberio. Paolo se acercó a investigar. Intenté retenerle, pero me dijo que alguien parecía estar en apuros. Esa era la naturaleza de Paolo: atento, pero también con sentido de la justicia y la equidad.

»Dos hombres tenían a un tercero de rodillas. Paolo les preguntó qué le estaban haciendo al pobre hombre. Los hombres levantaron la vista; sus ojos eran fríos. Uno de los hombres disparó al hombre arrodillado en la cabeza y su cuerpo cayó al río. Luego apuntaron a Paolo y le dispararon dos veces al cuerpo. Lo mataron. Mataron a mi marido ante mis propios ojos. Grité y corrí. Estaba más atrás, así que tenía ventaja. Podía oír sus pies viniendo tras de mí, pero fui demasiado rápida. Me persiguieron por las calles. Lo único que podía pensar era en llegar a mi pequeño coche y escapar.

»Llegué a nuestro coche, arranqué el motor y me alejé. Conduje, decidida a salir de la ciudad. Sé cómo trabajan los hombres de la mafia. No podían permitirse dejar un testigo vivo. Me dirigí hacia el norte, sin saber realmente dónde acabaría. Y entonces, en la distancia, el recuerdo constante de la muerte que había visto, alcancé a ver los faros siguiéndome, sin prisa, sin intentar alcanzarme, solo dejándome conducir y conducir... hasta que me quedé sola y aislada y entonces, fue cuando acabaron conmigo.

Era un caso clásico de estar en el lugar equivocado en el momento equivocado. La vida apesta a veces, pensó Eunice.

— ¿Y la policía? —Sabía que era una pregunta estúpida, pero tenía que intentarlo.

—En lo que respecta a la mafia, no acudiría a la policía. Sería una sentencia de muerte instantánea. La policía es suya. Los odio, los odio a todos, no importa cómo se llamen... La *Cosa Nostra, la Camorra, la Mafia, la 'Ndrangheta*, son cobardes y criminales baratos y escupo sobre sus nombres —dijo Giovanna con amargura.

～

Chiesa detuvo el coche en la entrada de grava del Hotel Villa Miracoli, apagó el motor y le dijo a su compañero:

—Entra, pregunta por ahí, a ver si averiguas si está aquí. Es el último hotel antes de cambiar de dirección.

Franco asintió, bajó del coche y se dirigió a la entrada del hotel.

En esta sociedad, Chiesa era el hombre mayor, el hombre de respeto, el pistolero principal. Franco, el hombre más joven, el *ragazzo*, era su aprendiz. Como uno de los asesinos más despiadados de su capo, que era el líder de una de las principales familias de la Camorra en Nápoles, a Chiesa se le confiaba con razón la eliminación de los rivales y enemigos del clan. Pero las últimas doce horas habían sido una calumnia para su nombre y reputación; no podía permitir que eso continuara.

A Franco, el *ragazzo*, le había entrado el pánico y había disparado al objetivo delante de un testigo. Tendría que haber esperado, haber pasado desapercibido, pero en lugar de eso había apretado el gatillo y lo había matado. Después de eso, todos tenían que morir. Así eran las cosas.

La joven había logrado ser escurridiza. Había conseguido darles esquinazo y llegar hasta un vehículo y había sido pura suerte que hubieran conseguido seguirla en el pequeño Fiat mientras atravesaba el campo a toda velocidad. Cuando encontraron el pequeño coche unos kilómetros atrás, Chiesa supo que su objetivo estaba cerca. Casi podía olerla. Solo tenía que esperar que ella no hubiera alertado a los Carabianeri, la policía. Eso sería un inconveniente.

No, su *ragazzo*, Franco, la sacaría si estaba aquí y la llevaría directamente a sus brazos mortales.

—¡Dios mío! —dijo Giovanna, mirando por la ventana junto a Eunice.

—¿Qué?

—¡Creo que son ellos! Creo que es el coche.

—¿Estás segura? —preguntó Eunice, tratando de mantener sus movimientos pequeños para no llamar la atención.

Gia se agachó en la silla, ocultándose, y estudió el coche con atención. Dos hombres. Uno delgado y esquelético, otro más joven y fornido. Trajes oscuros, coche oscuro; los asesinos de su marido.

Señaló con la cabeza a Eunice.

—Definitivamente son ellos. Me han encontrado... ¿cómo?

—¿Dónde está tu coche?

—Está a unos diez minutos por la carretera; se desvió hacia el bosque. Lo estrellé y traté de esconderlo en una zanja. Deben haberlo visto —dijo Giovanna frenéticamente.

Eunice asintió para sí misma, recordando sus antiguas habilidades. Habría sido un simple proceso de eliminación; si hubiesen encontrado el coche, no tendrían más que comprobar cada uno de los hoteles que había a lo largo de la carretera, y en esta parte del lago de Garda solo había un puñado para investigar.

—No nos preocupemos por eso ahora —dijo Eunice, ya en movimiento—. Sube a mi habitación en el tercer piso. Toma mi llave y entra. Te cubriré y luego subiré cuando no haya moros en la costa.

—¿Por qué haces esto? ¿Por qué quieres ayudarme? —dijo Giovanna, tomando la llave.

Eunice sonrió amablemente.

—Oh, cariño, parece que necesitas una mano y, además, es lo que hay que hacer. Ahora, vete.

Eunice se sentó y observó cómo Giovanna se dirigía a la escalera, siguiendo las indicaciones hacia su suite. Luego, cuando estuvo segura de que se había ido, se acomodó de nuevo en su silla y empezó a leer su libro de Hemingway, *El viejo y el mar*.

Unos instantes después, entró una figura voluminosa con un traje oscuro, que se dirigió a la recepción. Hubo una breve conversación con Antonio, el conserje, antes de que ambos miraran en dirección a Eunice. Unas cuantas veces más, el voluminoso personaje se dirigió a su pequeño rincón del salón.

—Disculpe, señora, siento molestarla.

Eunice sonrió dulcemente.

—Sí, joven, ¿en qué puedo ayudarle? ¿Ha venido a recoger mis tazas y mi cafetera?

El hombre parecía confundido.

—No, lo siento. Estoy buscando a una amiga mía. Una chica joven, de pelo oscuro, con falda de verano. El conserje dice que usted estuvo hablando con alguien que encaja con esa descripción.

Eunice lanzó una mirada fulminante al otro lado de la habitación a Antonio, el conserje. No habría propina para él cuando estuviera lista para irse.

—¿Una chica joven, dice? Sí, se fue hace un rato. Comentamos brevemente, hablamos de las obras de Hemingway mientras tomábamos un café".

—¿Dónde está ahora? —dijo el hombre de traje oscuro con brusquedad.

Eunice se encogió de hombros.

—Como he dicho, joven, se fue. Mencionó algo de ir por la carretera de la costa. Volvió por donde había venido. Era una cosa extraña.

—¿Está segura, Signora? ¿Está segura de que eso es todo lo que recuerda?

—¿Me está llamando mentirosa?

—En absoluto, señora. Mis disculpas por molestarla. Solo

estoy tratando de encontrar a mi amiga —dijo Franco, antes de darse la vuelta y salir del hotel.

Cuando estuvo segura de que se había ido, Eunice recogió su libro y su bolso y se dirigió tranquilamente a su suite del tercer piso. Un breve golpe y un silencioso

—Giovanna soy yo, soy Eunice, abre.

La puerta se abrió y las dos mujeres se reunieron.

—¿Pasó algo? —preguntó Giovanna.

—Definitivamente son ellos. El más joven preguntaba por ti. Supongo que el hombre mayor se quedó en el coche. Les he dicho que te dirigías de vuelta por la carretera de la costa. Puede que nos dé algo de tiempo.

Giovanna parecía confundida.

—¿Tiempo? ¿Tiempo para hacer qué?

—Para irnos, por supuesto.

—No quiero irme. Quiero esconderme.

—No creo que esa sea una opción realista, Gia —dijo Eunice.

—Pero dijiste que te habías librado de él. ¡Que te había creído!

—Dije que nos hizo ganar tiempo, no que me creyera —dijo finalmente Eunice. Y entonces llamaron a la puerta.

—Rápido, escóndete en el baño. Permanece en silencio —dijo Eunice—. Yo me encargaré de esto.

Giovanna parecía un conejo atrapado en los reflectores, asustada, atemorizada, insegura, pero debió haber algún nivel de control en la voz de Eunice que surtió efecto, porque la chica corrió al instante hacia el interior y echó el cerrojo a la puerta desde dentro. Cuando estuvo segura de que estaba a salvo, Eunice metió la mano en su maleta y sacó su ecualizador.

Hubo una segunda ronda de golpes que fue respaldada con las palabras de la serpiente.

—Disculpe, Signora, me pregunto si podría ayudarme de nuevo.

—¿Quién es? No recuerdo haber pedido el servicio de habitaciones.

Hubo un silencio antes de que su interrogador se recompusiera.

—El hombre de abajo dijo que usted estaba hablando con una mujer. Dijo que ella subió las escaleras.

—¿Cómo sabe el número de mi habitación? ¿Quiénes son ustedes? —dijo Eunice, titubeando.

—El... el conserje me lo dijo.

La vacilación le indicaba a Eunice que Antonio estaba incapacitado o muerto. Probablemente muerto. Así que ahora era el momento de tomar el control de la situación.

Eunice abrió la puerta y metió un dedo en ella. Volvió a evaluar al hombre que tenía delante: joven, moreno, fornido, con cara de asesino.

—Oh, ella, trataba de arrebatarme algo de dinero. Le dije que se perdiera. ¿Por qué, quién es ella?

—Es mi hermana. Su familia está muy preocupada por ella.

—¿Pensé que era tu amiga? Bueno, como dije, le dije que se largara. —Eunice comenzó a cerrar la puerta, pero el hombre corpulento puso una mano de contención, y su peso, detrás de la puerta para mantenerla abierta. Eunice era demasiado rápida para él y había resbalado con la cadena de seguridad.

—Por favor, me gustaría entrar y comprobar si está bien. *¡Ahora!* —gruñó. El hombre soltó su peso, dio un paso atrás y luego envió su considerable volumen contra la puerta. Eunice se apartó de su alcance cuando la puerta salió volando hacia dentro y vio cómo el intruso entraba, con su corpulento cuerpo llenando la puerta.

—¿Dónde está ella? —gruñó, y su mano se extendió para agarrar a Eunice.

Y esa era toda la información que ella necesitaba. Su mano salió de su espalda con un movimiento suave; un movimiento de muñeca y al instante tenía un bastón telescópico de metal en la mano y ya estaba golpeando a su oponente. El pomo metálico del extremo del bastón conectó suavemente con la mano de Franco, que gritó de dolor al sentirlo, pero para entonces Eunice ya estaba en movimiento y preparándose para un golpe de gracia. Echó una última mirada a la cara de confusión del asesino (¿cómo podía esta mujer superarlo?) y le dio un golpe de revés con la porra en la sien. Franco se estrelló contra la pared y el golpe de la porra lo dejó inconsciente. Dos golpes más en la cabeza lo dejaron fuera de combate de forma permanente.

Golpeó el extremo de la porra con firmeza en el suelo y vio cómo se desplomaba sobre sí mismo y, al instante, Eunice entró en acción, registrando al hombre que había abatido, encontrando una pistola Beretta de 9 mm, que introdujo en la parte delantera de su cintura.

—Giovanna. Sal, ya es seguro —dijo Eunice con calma.

Lentamente, vacilante, la puerta del baño se abrió.

—¿Qué ha pasado? ¿Lo... lo has... matado? —le tembló la voz.

—Oh, cariño, nos habría hecho cosas mucho peores. Piensa en ello como una bondad hacia las damas menos capaces que nosotras —dijo Eunice razonablemente.

Giovanna se quedó mirándola, atónita.

—¿Quién eres, Eunice? No eres una señora rica de vacaciones. ¿Quién *es* usted?

Eunice comprobó la Beretta y sonrió.

—Digamos que hay otro lado de mí, Gia. Es un lado en el que pongo a Eunice a salvo en una caja y saco temporalmente a una mujer conocida como Nikita. Y Nikita es otro tipo de persona. No es un lado que me guste, pero es un lado que puede hacer las cosas.

—Pero... ¡lo mataste!

—No tenemos tiempo para esto, Giovanna. Esta es una situación muy peligrosa. Tenemos que movernos y pronto.

—Pero no sé qué hacer... dónde ir o cómo sobrevivir. Necesito a mi Paolo.

Eunice miró por un momento a la joven asustada y tomó una decisión. No fue una decisión perfecta, pero fue la mejor que se le ocurrió hoy.

—Espera aquí. Tengo que hacer algo antes de que nos vayamos —dijo Eunice, tomando su maleta y una bandolera antes de desaparecer en el baño y cerrar la puerta tras de sí.

Giovanna se sentó en el extremo de la cama mirando el marco de la puerta destruido y al hombre muerto, cuya sangre se filtraba por toda la fina alfombra italiana. Momentos después, Eunice regresó a la habitación con el maletín y la bandolera.

—Nos vamos ya. Mi coche es un Alfa Romeo Spider. Está aparcado al lado del hotel. Salimos rápidamente. No hablamos con nadie, ni hacemos contacto visual con nadie, solo nos movemos. ¿Entiendes?

Giovanna asintió.

—Si el otro tipo intenta cruzarse con nosotros, corres hacia el coche y te largas. Yo me encargaré de él. Aquí están las llaves del coche. Tú conducirás. ¿De acuerdo?

Otro asentimiento.

—Bien. Tú toma las llaves del coche y la maleta. Yo cojo la bandolera y la pistola. Ahora, vamos a salir —dijo Eunice, ahora muy formal.

El vestíbulo del hotel estaba abandonado y silencioso. Un rápido vistazo a la izquierda al pasar por la recepción confirmaba las sospechas de Eunice. Antonio no había sobrevivido a su encuentro con el asesino de traje negro.

—Sigue avanzando. Directamente al coche —ordenó.

Las dos mujeres bajaron las escaleras y giraron a la izquierda hacia las plazas de estacionamiento del lateral del hotel, sin mirar atrás, intentando pasar desapercibidas, hasta que llegaron a un Alfa Romeo Spider azul metalizado de 1989. Era rápido y elegante y encajaba perfectamente con la personalidad de Eunice. No era un Mustang, pero era un coche de una parte diferente de la vida de Eunice. Una vida que ya no existía.

Giovanna se acomodó en el asiento y arrancó el motor, sintió su potencia y se alejó.

Eunice asintió agradecida por la habilidad de la joven en el manejo de su coche. Al fin y al cabo, el Alfa Romeo era mucho más potente que un Fiat, pero eso no pareció molestar a Gia mientras subía y bajaba las marchas, lanzando el coche con pericia por las carreteras fluidas.

Ahora, si pudiera dejar atrás a quienquiera que estuviera detrás de ella, aunque solo fuera por un momento, entonces ambas podrían salir vivas de esto.

Chiesa había estado revisando el cargador de su pistola Benelli MPS cuando se dio cuenta de que un coche se ponía en marcha, con el motor acelerado.

Miró a su derecha y vio un Alfa Romeo azul con dos mujeres en los asientos delanteros, una de ellas pelirroja y la otra, en el asiento del conductor, más joven y con el pelo largo y oscuro. Hizo una doble toma cómica por un momento; sus ojos se entrecerraron contra la luz del sol para ver si la conductora era la misma persona que su objetivo. Tardíamente, su cara de calavera registró que era ella. ¿Pero dónde estaba Franco, el aprendiz de asesino, y quién era la mujer pelirroja que estaba con la chica?

Consiguió arrancar el BMW y ponerlo en marcha justo cuando el deportivo Alfa Romeo salía de las ornamentadas puertas del hotel. Sabía que podía olerla; ahora ataría los cabos más sueltos.

Treinta minutos más tarde, se encontraban en la carretera de la costa, justo después del pueblo de Barbarona. Eunice comprobó a su alrededor si el lugar se ajustaba a lo que tenía en mente. Pensó que era perfecto; un largo tramo de carretera costera, sin otras personas en kilómetros a la redonda; solo un camino de entrada y uno de salida.

—¡Necesito que aceleres! Ve más rápido —dijo Eunice.

—Eunice, ¿por qué? Lo hemos dejado atrás —dijo Giovanna, con los ojos revoloteando entre la carretera que tenía delante y el pasado que tenía detrás.

—Solo hazlo... por favor.

Y así lo hizo, pisando el acelerador hasta el fondo como pudo sin sacarlas de la carretera. Tras unos minutos más de intensa velocidad, Eunice dijo:

—Ahora reduce la velocidad y detente.

—¿Detenerme? ¿Detenerme para qué? —dijo Giovanna, sin saber a dónde quería llegar con este plan.

—Me dejarás aquí y tenemos que hablar rápido.

—¿Estás loca?

Eunice se rió.

—Probablemente, pero hazlo. Gracias.

Giovanna pensó que esta estadounidense estaba loca, pero lo hizo de todos modos, frenando el coche hacia el lado de tierra de la carretera. Eunice se bajó al instante, llevándose la bolsa al hombro.

—¿Qué haces, loca? —gritó Giovanna.

—Escucha, Gia. Te dejo el maletín, he dejado algunas cosas dentro para ti. Yo lo llevaré desde aquí. Me aseguraré de que este hombre no vuelva a seguirte. Conduce hacia el norte, dirígete a la frontera suiza. La noche antes de cruzar, descansa en uno de los pueblos cercanos y luego abre la maleta. Prométemelo —dijo Eunice, mirando a su amiga.

Gia asintió, confundida, pero sin dejar de cumplir las órdenes.

—Pero ¿qué pasará contigo? No lo entiendo.

—No importa. Estaré bien. Ahora, vete. Puedo oír el BMW llegando. Conduce rápido, cariño, conduce rápido.

Giovanna asintió por última vez a su amiga y salvadora, encendió los motores y dirigió el coche hacia el norte. La última vez que vio a Eunice o, mejor dicho, a Nikita, estaba de pie en el centro de la calurosa carretera, con una bolsa colgada del hombro y una pistola en la mano.

Giovanna pensó que nunca había visto a la mujer tan cómoda y preparada.

Chiesa había perdido la cuenta de los hombres que había matado; también mujeres, pero sobre todo hombres. El golpe en Rímini debía ser un asunto relativamente sencillo, una bonita forma de introducir a Franco en la profesión y, al mismo tiempo, 'quitarse' una espina por el lado del Capo.

Quizás su juicio sobre Franco estaba nublado. Era el hijo de su hermana y quizás no era buena idea involucrar a los familiares cercanos hasta que se les juzgara más maduros. En cualquier caso, si Franco no estaba ya muerto, pronto lo estaría.

Chiesa no podía tolerar la dejadez y el chico tendría que responder por sus actos.

Pero primero habría que ocuparse de esa chica, de esa niña, y de quien la estuviera ayudando. Volvió a empujar el BMW con más fuerza, tratando de recuperar la distancia entre los dos coches, que calculó que era de aproximadamente medio kilómetro.

Dio un volantazo en una curva de la carretera y a lo lejos, en medio de la calzada, se encontraba una mujer mal encarada y de buen ver, con un bonito pelo rojo, vestida con un traje gris de pantalón, con el brazo extendido y sosteniendo una pistola... y al mismo tiempo, se le acercaban varias balas disparadas en rápida sucesión.

Las dos primeras destrozaron el parabrisas, pero fueron la tercera y la cuarta, esas dolorosas tercera y cuarta, las que le destrozaron la clavícula y le arrancaron un trozo del lado del cuello. Al instante sintió que el lado derecho de su cuerpo perdía fuerza y coordinación, pero no iba a caer sin luchar. Esa *putain*... esa perra... ¡le pasaría el puto coche por encima!

Pero para Chiesa, no iba a ser así. Nikita pivotó como un torero, se hizo a un lado con brío y administró un nuevo disparo, dos tiros claros a través de la ventanilla abierta del lado del conductor mientras el coche pasaba a toda velocidad por delante de ella. El coche salió disparado y se detuvo relativamente sin daños en el lado opuesto de la carretera.

Nikita se acercó despreocupadamente a él, con la pistola en alto y preparada para eliminar las amenazas. Miró a través de la ventanilla rota el rostro de Chiesa, que parecía una calavera. Había sangre por toda la mitad superior de su traje oscuro. Puso con firmeza la boca de la pistola en el centro de su frente.

—¿Nombre? —dijo con calma.

Él no le dijo nada.

—¡He dicho *nombre*! Puedes decírmelo o puedo matarte

como hice con tu compañero. Cualquiera de las dos opciones
me parece bien. Tengo mejores cosas que hacer, guapo, así que
hazlo rápido.

El orgullo de Chiesa jugaba con su lógica y razonamiento.
Para Chiesa, era una batalla interna. Finalmente, cedió y preva-
leció un instinto innato de supervivencia.

—Chiesa.

Ella asintió, satisfecha.

—¿Para quién trabajas? *¿Quién?*

Chiesa hizo una mueca, le costaba respirar.

—La familia Romero, Nápoles.

Eunice asintió.

—Ah, la Camorra. Bien, esto es lo que va a pasar. ¿Me estás
escuchando bien?

Asintió y la sangre brotó de su herida.

Eunice sonrió y dijo:

—Bienvenido a la realidad. Vas a morir aquí en esta carretera. Esto es por ese pobre e inocente chico que mataste en
Rimini junto al puente.

El resto fue un borrón de instantáneas para Chiesa. La pelirroja arrastrándolo fuera del coche y dejándolo en el borde de
la carretera... luego de ella de pie sobre él y, no como él esperaba, disparándole entre los ojos. Oh no, este *diavolo rosso*,
demonio rojo, le disparó en las piernas para que no pudiera
alejarse para intentar buscar ayuda. Moriría aquí, perdiendo
sangre y bajo el abrasador sol italiano. El demonio rojo era cruel
y malvado.

Lo último que vio de ella fue el humo y el olor a quemado
de los neumáticos de su BMW cuando Eunice Brown dio la
vuelta al coche y salió a toda velocidad por la carretera en dirección al sur.

«Mamá siempre nos enseñó que las pelirrojas eran el
diablo, —pensó Chiesa en sus últimos segundos—. Pero hasta

este momento, nunca lo había creído».

Una semana después...

Eunice Brown bajó del tren y entró en el andén de la Terminal del Norte. Llevaba un nuevo vestido de seda de color verde que hacía juego con sus ojos y complementaba su cabello y el tono de su piel. Para el observador casual, parecía una elegante dama de recreo que regresaba a su casa en París después de unas vacaciones en la playa.

Había sido un camino tortuoso el que la llevó a Francia, especialmente a París. Los sucesos del lago de Garda habían trastocado sus planes y se había mostrado cauta a la hora de cruzar fronteras, por lo que había utilizado sus pasaportes falsos de la CIA con moderación. Pero finalmente lo consiguió. En realidad, nunca dudó de que lo lograría.

En los días previos a su viaje a París, había llamado al número de teléfono que le había dado el equipo de la CIA que la había desinformado. Había escuchado su voz. Sonaba igual, y podía imaginar su cara mientras le decía las palabras. Ambos habían llorado por teléfono, pero en realidad había sido como si esos diez años no hubieran existido.

Caminó con confianza entre la multitud de sus compañeros de viaje, evitando el grupo de familias que luchaban con carritos y sillas de ruedas y niños y...

... Y allí, en la distancia, lo vio; ciertamente más viejo, un poco más canoso, pero más o menos el mismo hombre que ella conocía y amaba. La edad no le había alterado demasiado. Sólo esperaba que él pensara lo mismo de ella.

En el fondo, junto a su hombro, se dio cuenta de que había un grupo de apoyo. Una hija que recordaba, un hijo que no conocía... y compañeros y maridos, hijos y nietos que desconocía. Una familia.

Se vieron por fin y se vieron de verdad. En sus manos llevaba un pequeño ramo de flores que extendió mientras comenzaba a caminar hacia ella.

Estaba en casa.

~

Domodossola, frontera entre Italia y Suiza. Una semana antes...

Giovanna dejó la maleta en la cama de su habitación de hotel y se tumbó junto a ella, exhausta. Había llegado hasta este hermoso pueblo alpino y su plan era quedarse allí los próximos días. Después, si era lo suficientemente valiente, cruzaría la frontera y saldría de Italia para el futuro inmediato. Algún día volvería, pero por ahora no valía la pena arriesgar a su querida familia.

El viaje había sido tranquilo, nada que le hiciera sospechar. Se había tomado su tiempo y había pensado en Eunice.

¡La maleta! La maleta. Eunice había dicho que la abriera cuando estuviera en la frontera. Giovanna la hizo girar y trabajó para liberar los dos cierres de seguridad. Levantó la tapa y encontró un sobre que contenía una carta y que estaba encajado en la parte superior de la ropa de Eunice.

Abrió el sobre y leyó la carta que contenía.

Para Gia

Estoy garabateando esto en el baño, así que perdona las palabras apresuradas. De hecho, puedo oírte llorar en la habitación de al lado. Voy a hacer esto rápido porque sé que no tenemos mucho tiempo, así que voy a darte algunos consejos.

Te voy a dejar varios regalos en esta bolsa y espero que los uses sabiamente.

Hay 50 000 dólares en efectivo en el fondo de la bolsa. Es un fondo falso, hay una pequeña trampa y el dinero está debajo. Es una oportunidad para que empieces de nuevo. A donde voy, no necesito tanto dinero en efectivo o un coche, sólo necesito estar con el amor de mi vida; para bien o para mal. Y en verdad, tú tampoco necesitas dinero o un vehículo, pero por ahora, cariño, te comprarán algo de libertad para decidir dónde quieres estar y, más importante, con quién quieres estar. No lo desperdicies. Así que, confío en que harás lo correcto. Ese dinero para mí es dinero manchado de sangre, pero me lo he ganado con sangre, sudor y lágrimas, y espero que hagas lo correcto por mí.

Hay un par de pasaportes en la bolsa, todos falsos, por supuesto. Pero si te tiñes el pelo de un atractivo tono rojo, llevas un pañuelo en la cabeza y gafas de sol en la frontera, deberían hacerte cruzar fácilmente. Después, todo depende de ti.

Una última cosa: si alguna vez tienes problemas y necesitas ayuda, busca a un hombre en Barcelona. Es un comerciante de gemas preciosas llamado Eduardo. Déjale un mensaje y él se encargará de que lo reciba, y cuando lo haga vendré corriendo. Pero sinceramente, no creo que me necesites, estarás más que bien... es... solo por si tienes mala suerte.

Sal, encuentra el amor y encuentra la felicidad. El único desperdicio es la vida que elegimos no vivir.

...Con amor, Nikita x

...Con amor, Nikita x
«Es un lado donde coloco a Eunice a salvo en una caja y saco
temporalmente a una mujer conocida como Nikita. Y Nikita es
otro tipo de persona. No es un lado que me guste más, pero es un
lado que puede conseguir cosas».

NOTAS DE LA HISTORIA

He pensado en incluir una breve sección en la que expongo mis opiniones sobre cada uno de los relatos de esta antología, un poco de información de fondo y quizá una o dos anécdotas.

Son una especie de afectación y no son realmente necesarias para los relatos. Espero que los relatos se sostengan por sí mismos y que los disfruten, pero si quieren un poco de información sobre lo que pasaba por mi cabeza en ese momento… ¡pues háganlo y disfruten! Pero recuerden, y permítanme tranquilizarlos, que nunca les contaré todo.

CHIS

A todo el mundo le gusta una historia espeluznante; ¡yo sé que a mí sí! *CHIS* es una historia que he intentado escribir durante mucho tiempo, ¡como treinta años! La he ido posponiendo y postergando, sin tener realmente una plataforma en la que presentarla o incluso sin saber si funcionaría.

¿Es cierto? En parte, sí. ¿He encontrado contactos en situaciones similares? Desde luego que sí. ¿He sido testigo de acontecimientos extraños que no puedo explicar? Me temo que ese es otro gran "sí". Pero dejaré que el lector intente averiguar cuál es cuál y que saque sus propias conclusiones. En cualquier caso, espero que les haya gustado una pequeña y divertida historia de espías con un toque espeluznante.

Sin embargo, para aquellos investigadores entre ustedes, y si tienen el interés, les instaría a hacer una búsqueda en Internet sobre los misteriosos casos documentados en o alrededor de Bold Street y Central Station, Liverpool, que se remontan a treinta años o más. Es una lectura fascinante.

L'ARENA

Esta historia se sitúa en el futuro, cuando los incendios destructivos de 2020 se han extinguido (esperemos) hace tiempo. El tiempo cura las viejas heridas. Así que cualquier similitud con personas vivas o muertas es pura coincidencia.

No vi esta historia como una parábola política, sino con el punto de vista de un oficial de inteligencia. No había ninguna emoción en el ángulo político cuando lo estaba escribiendo; era puramente un hipotético «¿qué pasaría si?»

Así que mi pregunta es la siguiente: ¿cuál es la mayor hazaña del profesional de la inteligencia? Yo diría que es conseguir que su agente (de forma consciente o no) llegue a la última sede del poder. ¡Eso sería digno del título de un golpe de inteligencia! Y una vez allí, ¿imagina cómo podría manipular y amenazar para sus propios fines... para influir en los países... para influir en la geopolítica? ¡Cómo un antiguo enemigo era ahora doblegado a TU voluntad!

También es una historia de venganza, del amor que una

hija tenía por su padre y de cuánto tiempo esperará para ver al artífice de su dolor ante la justicia.

Y la música; no olvidemos que tiene la belleza de la música en su corazón y en su alma. Así que, si quieren comprobar la música que sonaba en la cabeza de Eleanor cuando por fin se vengó del mercurial Sr. Yuri, les señalo *L'Arena*, de Ennio Morricone, de la película *El Mercenario*. Es a la vez decidida y edificante. Disfrútenla.

VAGABUNDO

Siempre quise intentar escribir un libro de misterio con un detective que reuniera las pistas y atrapara al asesino. Piensa en Poirot, piensa en Morse, piensa en Holmes, pero por supuesto, todo con un ángulo de espionaje. Quiero decir que incluso tenemos la penúltima escena al borde de un precipicio (Holmes y Moriarty en las cataratas de Reichanbach).

Personalmente, disfruté escribiendo la historia y descubriendo a dónde me llevaba, pero no tenía grandes ilusiones de que esto fuera algo más que otro relato corto en una colección de relatos. Y entonces sucedió algo cuando me acercaba a terminar *Vagabundo*. Empecé a imaginarlo en diversas aventuras, casos y operaciones. ¿Cómo encajaría este exespía y académico en la lucha contra los enemigos de la Guerra Fría? ¿Un nuevo enemigo... nuevas amenazas? Espero que resurja en los próximos años y podamos averiguarlo.

La historia se desarrolla principalmente en Wirral, en el noroeste del Reino Unido, y es un lugar que he llegado a conocer bien en los últimos años. Birkenhead Park, Thurstaston, Eastham Woods y Bear Pit, incluso existe una versión suavizada de Stormlands (aunque nunca he estado en ella) y animaría a los lectores a visitarlos si están en la región.

Las letales técnicas de lucha con bastones de Vagabond

Martineau deben mucho a los trabajos de W.E. Fairbairn en su manual seminal de la Segunda Guerra Mundial, *All-In-Fighting*, así como a las técnicas de lucha con bastones enseñadas por John Styers, del Cuerpo de Marines de los Estados Unidos, en su libro *Cold Steel*.

CARRERA DE LA MUERTE

No hay nada más incomprendido que el papel del Operativo de Protección Cercana, o guardaespaldas, como se les suele conocer mejor.

Quería que *Carrera de la Muerte* fuera una historia de acción pura (los buenos a contrarreloj y perseguidos por asesinos sin rostro) en la que hubiera coches rápidos, armas, combate y peligro. Pero también quería aprovechar la oportunidad para dar al lector una idea de cómo es operar dentro de un equipo de protección cercana a nivel de calle. ¡Y cómo todo puede salir mal en cualquier momento!

Contrariamente a la creencia popular, el trabajo de protección personal no es todo glamour y saltos dentro y fuera de los vehículos a gran velocidad (aunque hay un poco de eso de vez en cuando), sino más bien la realidad de la planificación, el nivel de profesionalidad y la atención a los detalles que conlleva dirigir un equipo de protección.

Luego, por supuesto, llegó el dilema moral: ¿debe un guardaespaldas trabajar para alguien que es un delincuente? ¿Es ético? ¿Está en el código del guardaespaldas proteger a alguien malvado? ¿O es sólo un trabajo y ese nivel de profesionalidad le exime de cualquier obligación moral?

Son grandes preguntas sobre las que he reflexionado a lo largo de los años. Incluso pregunté a varios de mis colegas su opinión. En realidad, no llegamos a un consenso sobre cómo lo veíamos.

Así que para esta historia decidí mantener a mi protagonista, Clive, en la oscuridad sobre la verdadera naturaleza del contrato de SP, además de que me gusta el hecho de que sea el conductor de seguridad y no el oficial de escolta quien sea el héroe y consiga salvar el día contra todo pronóstico.

EL HOMBRE INCREMENTO

Esta historia comenzó como una cosa (¿historia de asesinos futuristas?) que fue desechada y luego pasó por varias versiones, ninguna de las cuales me gustó, ¡así que fue desechada sin contemplaciones!

Finalmente, recuperé las mejores partes de la extinción y encontré una forma de contar una historia que ofreciera al lector un thriller de acción duro ambientado en Belfast, una ciudad que he visitado a menudo y que he disfrutado enormemente, además de ofrecer al lector una imagen de lo que es operar como agente de inteligencia independiente en el teatro de operaciones moderno.

Como extra, me tomé la libertad de insertar un adelanto del protagonista de mi próximo libro, *El pescador*, para que todo quede bien atado.

EL VIGILANTE

Si alguna vez has tenido que observar a un objetivo en una tarea de vigilancia durante algún tiempo, te das cuenta rápidamente de lo totalmente extraño que es todo el proceso y de lo rápido que la mente puede jugarte una mala pasada. Cuando era más joven, era emocionante y, como nos habían formado para ello, queríamos poner a prueba nuestras habilidades con objetivos de la vida real. A medida que me hago mayor, como la mayoría de los trabajos, tiendes a verlo como algo monótono y con ojos hastiados.

Llegas a conocer al objetivo, a veces más íntimamente de lo que realmente te gustaría. Llegas a saber cómo piensan y actúan, a veces incluso antes de que hagan nada. Aprendes a entenderlos y sí, en ocasiones, hasta te enamoras un poco de ellos.

He estado en el mismo lugar que Danny (Señal de llamada Delta-Uno) más veces de las que puedo recordar. Suele ser en un vehículo, a veces en un edificio, pero también en la calle, pasando desapercibido y tratando de no ser visto. A veces estás solo, pero la mayoría de las veces estás con un equipo. Cada situación presenta sus propios retos, y fue mientras estaba en una tarea de este tipo cuando tuve la idea de este relato corto.

¿Qué pasaría si yo (o cualquier operador de vigilancia encubierta) viera que está a punto de ocurrir algo que quizás podríamos evitar? ¿Romperíamos nuestra cobertura e intervendríamos? ¿Nos ceñiríamos a nuestras normas de intervención, o haríamos lo correcto y evitaríamos que ocurriera? Por suerte, nunca me he visto en esa situación... pero enhorabuena a Danny por salvar el día y, con suerte, por encontrar el amor verdadero en el proceso.

EL EXTRAORDINARIO PLAN DE JUBILACIÓN DEL SR. PALMER

La caída del comunismo y la desintegración del imperio soviético a finales de la década de 1980 fue uno de los mayores episodios de toda la Guerra Fría. Para los servicios de inteligencia y seguridad, fue un cambio de juego de proporciones épicas. Hubo que replantearse todo, negociar civilizadamente con los antiguos enemigos y cambiar las lealtades. Era la era de la apertura y el cambio, real o imaginario.

¿Pero qué pasa con los soldados que siguen tras las líneas enemigas? ¿Qué pasa con los agentes durmientes del KGB que estaban profundamente arraigados en Occidente? ¿No tendrían que ser retirados? ¿No había terminado su misión?

Así que me imaginé a un agente encubierto del KGB que se había enamorado realmente del país que espiaba -su tierra, su gente, su mentalidad- y lo que haría para continuar con el estilo de vida que había disfrutado durante décadas (menos un horrible cónyuge, por supuesto), y así nació el Extraordinario Plan de Jubilación del Sr. Palmer.

UNA AVENTURA MUY PELIGROSA

Siempre me ha gustado Roma como escenario de una novela de suspense, al igual que me gusta como ciudad cuando he estado allí. Tiene una vitalidad que no he encontrado en ningún otro lugar del mundo, esa mezcla de historia, sofisticación y clase. La he utilizado como escenario en varios de mis libros (*A Game for Assassins* y *Berlin Reload*) y, si pudiera, haría un viaje de investigación tan a menudo como pudiera. Todavía estoy tratando de convencer a mi editor para que me financie estos viajes de investigación (de momento, ¡no ha caído!).

También hay algo misterioso y sexy en dos extraños que se encuentran en un bar; ambos atractivos, ambos en lados opuestos de la línea divisoria, pero ambos tratando de burlar al otro. Si se junta esta combinación, se obtiene la receta perfecta para un misterio/thriller altamente erótico con un giro.

Después de todo, y como todo el mundo sabe, ¡el espionaje y el sexo venden!

... CON AMOR, NIKITA X

Esta historia debe sus raíces a la historia de Ian Fleming, James Bond, *La espía que me amó*. No hagas caso de la película de submarinos y todas esas tonterías, el libro es en realidad un pequeño y agradable thriller de crimen *noir* ambientado en un hotel y contado desde la perspectiva de una protagonista femenina (Bond ni siquiera hace una aparición hasta la mitad) y de todos los libros de Fleming, es el que es desestimado y muy infravalorado de forma habitual.

La gente que actúa así no sabe de lo que habla en mi opinión. Es un libro excelente. Dame cualquier medio, libro, película, obra de teatro, vida real, en el que tengas a un grupo de extraños atrapados juntos en una situación y me venderán al instante.

Originalmente había planeado que Nikita apareciera en la última novela de Gorilla Grant, Berlín Reload. Había escrito las escenas, los diálogos, la historia de fondo, todo. Pero algo no encajaba y, sin ser cruel con un personaje que me encanta, no, la *adoro*, ¡me estorbaba!

Finalmente, se me ocurrió que Berlín Reload era una historia sobre un padre que encuentra y protege a sus hijos. Ese era el objetivo principal. Y como Nikita era un personaje tan grande, una gran personalidad, estaba eclipsando lo que ocurría con el resto de los personajes de la historia. Se convirtió más en ella y no en Gorila, Katy y Peter. Así que tuvo que irse. Y la verdad es que eso me entristeció (pero George R.R. Martin habría estado orgulloso de mí por haberla eliminado tan despiadadamente).

Entonces... en algún lugar de mi mente tuve una idea; la traería de vuelta de alguna manera. Se lo merecía, era un personaje demasiado bueno para desperdiciarlo. Así que tuve una idea para una novela, ¡dando a Nikita su propia historia! Pero como eso tampoco funcionó, esperé hasta que esta colección de cuentos se hiciera realidad.

Me encanta esta pequeña historia. Es una carta de amor, desde el corazón, a uno de mis personajes favoritos y me alegro de que por fin haya encontrado el camino a casa, después de tanta pérdida y dolor, con las personas que más la querían: su familia.

Estimado lector:

Esperamos que hayas disfrutado de *Clandestino*. Te agradeceré tomar un momento para dejar un comentario, sin importar si es breve. Tu opinión es importante para nosotros.

Saludos

James Quinn y el Equipo de Next Chapter

AGRADECIMIENTOS

A Eleanor Kelly, música talentosa, por educarme sobre los matices de la guitarra clásica e involucrarme en la belleza de la música que toca. De todo corazón, lo animo a que visite el sitio web y los videos de Eleanor. Los puede encontrar en: http://www.eleanorguitar.com/

Al alcalde Duncan en el MOD (Ministerio de Defensa, por sus siglas en inglés), y al personal de varios departamentos gubernamentales, por asegurarse de que no violara ninguna ley o confidencias.

Al personal de Wirral Archives y Liverpool Reference Library.

A los artistas que amablemente donaron las imágenes en *Clandestino*. Gracias a todos.

A la Srita. H. Jackson por su fantástico trabajo en la investigación de las ubicaciones de Vagabond.

A mi editora, la maravillosa Lorna Read, quien me impidió cometer errores de colegial y por llevar a Clandestine al siguiente nivel. Gracias.

A Miika Hannila y al equipo de Next Chapter por todo su fantástico trabajo para dar vida a los libros y hacerlos llegar a los lectores.

ACERCA DEL AUTOR

James Quinn es el autor de la serie de novelas de espías *Gorilla Grant*. Consultor de seguridad profesional y agente de inteligencia corporativa, actualmente reside en Reino Unido, pero le gusta mucho viajar por todo el mundo.

Su próximo proyecto es *The Fisherman*, que presenta un nuevo personaje en el mundo de la inteligencia encubierta.

Visita el sitio web oficial del autor James Quinn para obtener más información sobre los próximos proyectos y eventos:

https://gorillagrant101.wixsite.com/jamesquinn

Clandestino
ISBN: 978-4-82415-384-5

Publicado por
Next Chapter
1-60-20 Minami-Otsuka
170-0005 Toshima-Ku, Tokyo
+818035793528

14 octubre 2022

CPSIA information can be obtained
at www.ICGtesting.com
Printed in the USA
LVHW110253011122
732067LV00003B/86